공자(孔子)와 공명(孔明)의

구멍

두 구멍 이야기

공자(孔子)와 공명(孔明)의

孔

두 구멍 이야기

모봉구 지음

도서출판
The Road Books

"구멍과 이름"

세상에는 구멍이 참 많다. 몸에는 콧구멍, 귓구멍, 목구멍 등이 있고, 개가 들락거리는 개구멍, 노래가 흘러나오는 스피커 구멍, 우리가 들락거리는 대문이나 화장실 문도 따지고 보면 구멍의 일종이다. 음식은 목구멍으로 들어가 대장 구멍을 통과해 항문 구멍으로 나온다. 혈액은 혈관 구멍을 쉼 없이 돌며 생명을 유지시킨다. 정액은 남근의 구멍에서 나와 여근 구멍 속으로 들어가 생명을 잉태시킨다. 아주 큰 구멍으로는 블랙홀이나 화이트홀 같은 우주적인 구멍이 있고, 작게는 숨구멍 같은 작은 구멍도 있다. 전기 콘센트 구멍, 스마트 폰이나 이어폰 단자 구멍, 열쇠 구멍, 단추 구멍 등 우리가 매일 같이 조작해야 하는 구멍도 많다.

우리는 하루 종일 각종 구멍 속을 들락거리며 그것에 둘러싸여 살고 있으며 구멍이 막히거나 작동하지 않으면 제대로 살아 갈 수가 없다. 사람 눈에는 개미들이 하루 종일 개미집인 구멍을 쉴 새 없이 들락거리는 것처럼 보인다. 우주 공간에서 누군가 사람들을 바라보면 역시 하루 종일 집 대문, 사무실, 화장실, 버스, 지하철, 터널, 지하상가 구멍을 바쁘게 들락거리는 것처럼 보일 것이다.

이렇게 구멍의 역할과 쓰임이 생각보다 다양하고 유용하다. 때문에 인류 최고의 성인 중의 한 분인 공자(孔子)와 삼국지 최고의 전략가인 공명(孔明)의 이름 속에 이런 구멍(孔)이 들어있다는 사실을 무의미하게 볼 것이 아니다. 어떻게 보면 공자나 공명처럼 이름 속에 구멍을 지니고 있는 사람들이 위대해 보이고, 그렇지 못한 사람들이 오히려 평범해 보인다.

"호랑이는 죽어서 가죽을 남기고, 사람은 죽어서 이름을 남긴다." 고 한다. 호랑이 가죽은 호랑이의 특질과 개성을 나타내고 옷이나 이불, 의자 장식 등으로 유용하게 쓰이기도 한다. 속담대로 라면 호랑이 가죽처럼 사람이 남긴 이름 속에도 그 사람의 사상, 정체성, 인생관, 가치관이 전부 들어있어야 하고 유용한 가치도 담고 있어야 한다. 공자와 공명이 지닌 구멍(孔)이라는 한 글자 속에 어떻게 그들의 사상이나 인생관이 전부 들어갈 수 있는가? 의심하지 않을 수 없다. 그러나 블랙홀 이론에서 블랙홀의 중심부인 특이점은 부피가 제로여서 사람의 눈에 보이지 않을 정도로 작지만 밀도는 반대로 무한대라고 한다. 사람의 상식이나 오감으로는 설명되지 않는 것이 우주의 오묘함이다.

공자와 공명이 남긴 오묘한 이름인 구멍(孔), 그 속에는 과연 무엇이 들어있을까? 실제로 호랑이 가죽에 필적할 만한 가치가 들어있기나 한 것인가? 결론적으로 말하면 공자의 구멍에서는 어진 인간성이라는 인(仁)의 정신이 흘러나오고, 공명의 구멍에서는 활력 있는 성생활의 에너지가 흘러나온다. 이 두 구멍에서 흘러나오는 에너지는 우리의 일상생활과 직결되어 있기에 모두가 관심을 가질 만한 특별한 구멍이라 말 할 수 있다.

개인 이기주의의 만연, 사회, 경제, 정치, 환경적인 모든 면에서 불확실성의 증가 등으로 사람들에게서 어짊과 인간성이 줄어들고 있다. 스마트폰, 인터넷, SNS 기능의 발달로 생활이 편리해진 반면에 진실과 여론을 호도하고 악플로 인간성이 피폐해지고 자살자까지 등장하고 있다. 국민이 보수와 진보로 갈라져 자기와 생각이 다른 상대방을 마치 야만인, 반역자, 악마 등으로 보며 거칠고 비인간적으로 대하고 있기도 하다. 이러한 사회적 병폐는 인간애와 어진 인간성이 과거에 비해 적게 흘러나오고 있기 때문에 발생한다.

성생활이 막히고 줄어들어 섹스리스 부부가 증가하고 젊은이들은 아예 초식 남녀가 되기도 하는 세태이다. 초저출산율에 따라 전체 인구와 생산가능인구도 줄어들어 대한민국의 장래가 암울해 지고 있다. 오늘날 우리 사회가 처한 두 가지 고질적인 문제인 어진 인간성 상실과 성생활 부족을 공자와 공명의 두 구멍이 보충 할 수 있으리라 본다. 공자와 공명이 지닌 두 구멍에서 어진 인간성과 성적 활력이 막힘없이 흘러나오게 되면 우리사회가 생명력과 건강이 넘치고 생산적으로 발전해 나갈 수 있다.

아울러 중국 문명이 유구한 역사 속에 찬란하게 발전해 올 수 있도록 정치, 철학, 일상생활 측면에서 뒷받침해 온 것으로 공자의 인(仁)의 정신을 들 수 있다. 14억이 넘는 세계 최고 인구를 유지하게 된 배경으로는 공명을 통해 중국인들이 성생활에 대해 제대로 알고 풍요롭게 즐겨왔기 때문이다. 결국 공자와 공명이 지닌 두 구멍에서 흘러나오는 인(仁)의 정신, 활력 있는 성적인 에너지가 중국 사회 전반으로 퍼지고 스며들어 오늘날의 중국을 만든 원동력이 되고 있다.

뻐꾸기란 놈은 작은 뱁새 둥지에 자신의 알을 몰래 밀어놓고 뱁새로 하여금 키우게 하는 탁란을 하는 것으로 유명하다. 뱁새는 뻐꾸기알과 그 알에서 깨어난 자신보다 몇 배는 큰 뻐꾸기 새끼를 자기 새끼로 알고 지극 정성으로 키운다. 자기 둥지 안에 있는 것에 대해서는 모두 자기 알이나 새끼라고 믿고 의심을 전혀 하지 않기 때문에 발생하는 생각의 오류 내지는 비극이다. 사람들도 살아가면서 자신만의 가치관, 이념, 사고방식 등 다양한 생각의 둥지를 짓는다. 그 둥지 안에도 본래 내 것이 아닌 뻐꾸기의 알 같은 가짜의 씨알을 누군가 몰래 밀어 넣을 수 있다. 자기 생각이라는 익숙한 둥지만 믿고 정신 바짝 차리지 않으면 애처로운 뱁새 신세가 되기에 딱 알맞다. 우리가 지금까지 알고 있던 공자와 공명, 적벽대전, 고사성어 등에도 뻐꾸기알들이 너무 많이 들어있다. 그것들을 그대로 받아들여 내 생각의 둥지 안에서 아무런 의심 없이 키워왔던 것이다. 이제는 우리의 생각의 둥지에서 내 자식이 아니며 가짜에 해당하는 뻐꾸기알들을 골라내 밖으로 힘껏 던져버려야 한다. 그래야 진짜 내 자식, 진실에 해당하는 생각들을 찾아내 좀 더 애지중지하며 키워나갈 수 있지 않을까?

2019년 12월 겨울날에...

저자 **모봉구**

Contents | **차례**

Contents | **차례**

공자(孔子)와 공명(孔明)의
두 구멍 이야기 01

공자(孔子),
인간성이
나오는 구멍

孔

공자는 신이 되기보다 인간이 되는
삶을 사랑했다

01

구멍에서 나온 사람 공자

아파봤기에 어진 사람으로 거듭난 공자

오늘날 공자께서는 점잖은 성인군자의 대명사이며, 50세에 하늘의 뜻을 알아 인생의 모든 원리를 아는 사람으로 평가받고 있다. 그런 그가 꼬부랑 할아버지나 다름없는 70세 아버지와 16세 사춘기 소녀와의 야합으로 탄생했다고 한다. 성 윤리가 엄격했던 고대사회에서는 공자 아버지와 어머니의 이런 괴상한 야합은 오늘날 유명 정치인의 성 스캔들에 버금가는 사건이다.

당나라 시인 두보(杜甫)가 '인생칠십고래희(人生七十古來稀)' 라고 말했듯이 공자께서 살던 시절에는 70세까지 사는 사람이 매우 드물었다. 오늘날은 의학기술의 발달과 충분한 영양공급으로 90세 넘은 사람을 쉽게 볼 수 있고 100세 넘는 사람이 드물다 할 것이다. 따라서 좀 과장하면 공자 아버지의 나이는 오늘날로 치자면 90세 정도에 해당하는 나이였다고 볼 수도 있다.

상식적인 수준에 비춰볼 때 공자께서는 이처럼 매우 비정상적인 부부관계에서 출생했다. 이런 출생 배경을 통해 그가 얼마나 힘겹고 어려운 환경에서 성장했는가를 살펴볼 필요가 있다. 공자 아버지는 공자께서 태어난 후 3년 후에 죽었다. 가장이 죽으면 남겨진 처자식은 살아가는 데 있어서 많은 어려움을 겪기 마련이다. 중국의 역사가 사마천은 그의 저서《사기(史記)》에서 공자를 가리켜 '상갓집 개'라고 불렀다. 상갓집 개는 주인이 상을 당해 정신이 없는 관계로 제대로 먹여 주고 돌봐 줄 수가 없다. 여기저기서 천대받으며 살았던 공자의 고단한 삶을 잘 표현하는 문구이다.

따라서 공자 아버지가 죽었을 때 가정 분위기를 다음과 같이 예상해 볼 수 있다. 세 살 정도 된 어린 공자는 아버지의 죽음도 모르고 엄마한테 밥이나 젖을 달라며 칭얼대고 운다. 공자의 어머니인 어린 아내는 죽은 남편의 시신을 붙잡고 "여보, 나는 어떻게 살라고 혼자만 먼저 가시면 어찌합니까?"하면서 울부짖는다. 오늘날 TV 드라마에서 한 가정의 비극을 그릴 때 이런 장면을 곧잘 연출하기도 한다. 공자의 어머니라고 해도 사춘기 소녀에 불과했던 그녀가

두 구멍 이야기

'남편도 죽고 내가 낳은 아들이니까 공자를 인류의 4대 성인으로 키워야지.' 하며 의지를 불태우진 못했을 것이다. 70세 노인과 사춘기 소녀의 야합에는 당초부터 이런 비극의 불씨가 내재되어 있음은 삼척동자도 다 아는 사실이다.

가정에서 아버지의 역할은 자녀들에게 살아가는 자세나 삶의 원리를 가르치는 것이다. 이런 것을 직접 말로 안 해도 가장으로써 책임감을 지니고 성실하게 살아가는 모습을 보임으로써 자녀들이 보고 배운다. 그러나 공자의 아버지는 일찍 죽음에 따라 공자에게 좋은 말 한마디도 못 해주고 모범도 보이지 못했다. 기르지도 못할 인간이 가까스로 씨만 뿌려놓고 갔으니 무책임한 최악의 아버지였다. 늙은 남편이 먼저 가서 꽃다운 나이에 청상과부가 된 채 나이 어린 자식을 홀로 키워야 했던 신세가 공자의 어머니였다. 그런 어머니의 내적인 절규를 마치 뭉크의 〈절규〉처럼 보고 들으며 성장한 것이 공자의 어린 시절 환경이랄 수 있다. 성인군자라는 그의 체면에 가려져 있던 숨겨진 가정사요 슬픔이었다.

공자께서는 왕자로 태어난 석가모니처럼 6개의 상아를 지닌 흰 코끼리가 어머니 속으로 들어오는 태몽을 꾸었거나, 예수처럼 성령으로 동정녀 마리아에게서 태어난 것이 아니다. 공자께서는 하늘이나 신의 뜻으로 잉태되지 않았다. 그는 꼬부랑 노인과 16살 소녀의 어처구니없는 욕망의 산물이다. 무질서와 혼돈 속에서 태어난 것이며 야만적인 출생이라 할 것이다. 이렇게 어린 홀어머니 슬하에서 자란 공자는 가정형편이 어려워 창고지기와 가축 관리 등의 천한 일도 했었다.

뒤늦게 자신의 출생 과정을 알게 된 공자의 입장에서 자신을 낳아준 부모에 대해 어떤 마음을 지녔을까? 늦은 나이에도 불구하고 세상 구경시켜준 아버지가 고맙고, 사춘기 철부지 시절에 자신을 낳아준 어머니가 용기 있거나 자랑스럽게 여겨지지는 않았을 것이다. 보통의 경우에는 부모들을 원망하고 창피해하며 감추려고 하는 것이 사람들의 마음이다. 오늘날 학부모 총회 때 나이 든 부모가 학교에 오면 아이들이 창피해하며 싫어한다고 한다. 공자의 아버지는 꼬부랑 노인이었으니 공자께서 겪었던 심리적 아픔은 이루 말할 수가 없었을 것이다. 누구나 좋은 출생을 원하지만 어찌할 수 없는 것이 인생이다. 공자께서도 한때 이러한 맘고생을 했지만 그의 위대성에 감춰져서 세상에 알려지지 않았을 뿐이다.

이렇게 태어난 공자에 대해 주변 사람들이 너는 이다음에 커서 큰 인물이 될 거야, 그래서 지금부터 존경한다고 말했을까? 아니면 너무 늙어서 일찍 죽은 아버지를 둔 관계로 애비 없는 자식이라고 놀렸거나 업신여겼을까? 공자에 대해 한번쯤은 이런 각도에서 생각해봐야 그가 꽃길만 걸어온 사람이 아니라는 것을 알 수 있다. 이미 가시밭길이 예견된 환경에서 태어났고 자랐는데 공자의 생활과 삶이 어떻게 아프지 않을 수 있겠는가? 아파서 청춘이라는 말이 있는데 공자의 경우에는 정말로 아파서 어진 사람, 인간 공자가 됐던 것이다. 공자의 아픔을 같이 헤아려 본다면 어진 인간이 된 그를 이해하는 데 많은 도움이 될 것이다.

공자, 구멍에서 나온 사람

"호랑이는 죽어서 가죽을 남기고 사람은 죽어서 이름을 남긴다."는 속담처럼 사람에게 있어서 이름은 매우 중요하다. 몇 자 안 되는 사람의 이름 속에 한 사람이 살아온 인생이나 가치관, 개성이 고스란히 담겨져 있기 때문이다. 사람의 유전자 수는 약 5만 개 내외 정도로 알려져 있으며 이 중에 98퍼센트는 동일하고 다른 2퍼센트가 개성을 결정한다고 한다. 사람의 인생도 마찬가지이다. 먹고, 자고, 일하고, 걷고, 책보고, 노래하고, 놀이하는 시간 등 98퍼센트는 거의 동일하다. 따라서 다른 사람과 대동소이한 일상적인 것을 다 빼고 2퍼센트만 차별화해 이름 속에 표현하면 한 사람의 개성을 확고하게 표현할 수 있다. 이때 특히 사회적, 국가적으로 유명한 사람들의 이름은 부모님이 지어 준 본래의 이름보다 그가 세상에 남긴 업적 등이 반영된 이름이 더 중요하다.

　공자(孔子)라는 이름의 한자어 자체를 직역하면 '구멍(孔)에서 나온 사람(子)'이라는 좀 괴상망측한 뜻이 된다. 여기서 구멍은 두말할 것도 없이 여성의 사타구니 사이에 있는 그 구멍을 의미한다. 남들은 자신이 높은 하늘의 뜻으로 태어났거나 신의 자식이라고 알리지 못해 안달하는데 비해 공자는 자신을 여성의 구멍, 자궁 속에서 나온 인간임을 당당하게 알리고 있다. 성현군자 중에서 공자의 이름보다 더 세속적이고 인간적인 이름도 없다.

인류 최고의 성인으로 알려진 예수는 '구원자', 석가모니는 '성인(聖人)'이라는 멋지고 위엄 있는 이름 뜻을 지니고 있다. 그러나 공자의 이름은 이들과 대등하지는 못할망정 보통 수준에도 못 미치며 오히려 비천하고 혐오스럽기까지 하다. 성인들의 이름을 고상하게 짓는 대세를 거스르고 속된 측면에서 도발적으로 지은 이름이다. 누가 공자 같은 위인의 이름을 이렇게 욕되게 지었을까?

그러나 여기에는 커다란 반전이 있다. 공자께서는 여자의 구멍에서 나왔다는 이름을 통해 자신은 신이거나 신의 자식이 아니고 사람의 자식임을 만천하에 알리고 있다. 공자의 이름을 품위 있거나 신성하게 지으려 했다면 앞 부분에 '孔' 대신에 '天', '王', '聖' 등을 사용할 수도 있었다. 그렇게 되면 공자(孔子)가 아니라 '천자(天子)' '왕자(王子)', '성자(聖子)'가 되어 이름이 존귀해 보인다. 그걸 포기하고 구멍을 의미하는 공자(孔子)를 선택해 사람들에게 자신의 천박스런 이름 뜻을 각인시켰다. 그 결과 누구도 자신의 이름을 바꾸거나 되돌릴 수 없게 만들어 놓았다.

독재자들은 생전에 신과 같은 우상화를 진행하지만 세월이 흐르면 한낱 인간으로 전락한다. 인격적으로 매우 훌륭한 삶을 영위한 분들은 사후에 제자나 대중들에 의해 신성시되며 신의 자식이나 하늘의 후손으로 변모하기도 한다. 예를 들어 석가모니는 태어나자마자 한 손은 하늘을, 다른 한 손은 땅을 가리키며 "천상천하유아독존(天上天下唯我獨尊)"이라고 외쳤다고 한다. 갓난아이가 그런 말을 했다는 것은 불가능하지만 석가모니의 훌륭함을 표현하기 위해 후대 사람들이 지어낸 말일 것이다. 공자께서는 자신의 인간성을 강조하고 자신이 신성시되는 것을 죽은 후에도 원천봉쇄하기 위해 구멍에서 나온 사람이라 지었던 것이다.

그는 신과 같이 높고 고상한 곳으로 임하지 않고 낮은 곳으로 임해 우리 모두가 여자의 구멍에서 나온 다 같은 인간이라고 외쳤다. 사람에게서 났으니 우리 모두는 죽음을 면할 수 없는 인간이다. 우린 죽음을 면할 수 없다는 운명과 슬픔, 좌절감 등으로 단단한 쇠고리처럼 연결되어 있다. 이러한 심리적 상황은 한편으로는 종교를 형성하기도 하고, 한편으로는 동병상련에서 오는 강력한 인간애를 형성하기도 한다.

험상궂은 조폭이나 특수부대 군인도 칼이나 총 한방 제대로 맞으면 죽는다. 돈과 권력을 휘두르며 날아가는 새도 떨어트릴 수 있는 재벌이나 권력자도 불치병에 걸리고 사고나 자연재해로 하루아침에 죽기도 한다. 창녀나 부랑아, 신사와 성자도 예외 없다. 그리고 시간에 장사 없듯이 세월 가면 모두가 늙고 죽는 것이 인간의 운명이다. 죽음 앞에 서기만 하면 한없이 작아지는 것이 인간이다. 그래서 영원히 사는 신들에 비해 죽음을 면할 수 없는 인간이라는 유대감은 생각보다 강력한 힘을 발휘한다.

그리스로마신화에는 제우스 등 올림포스 신들과 거인족 기간테스들이 벌인 기간토마키아라는 전쟁이 있었다. 이 전쟁에서 신들이 승리하기 위한 조건이 하나 있었다. 죽음을 면할 수 없는 인간의 도움이 필요하다는 것이다. 그래서 인간 헤라클레스가 참여해서 전쟁을 끝냈다. 죽지 않는 신들이 벌인 싸움에 죽음을 면할 수 없는 인간이 참여해야만 승리하고 전쟁이 끝난다는 역설적인 상황이다. 다같이 구멍에서 나온 사람이고 죽음을 면할 수 없는 인간이라는 동질감과 유대감이 신성함보다 강함을 의미한다. 그곳에서 어진 인간성이 나오는 것이다.

자신을 희생해서 어짊을 이룬다는 살신성인(殺身成仁)이라는 고사성어가 있다. 공자께서《논어》〈위령공(衛靈公)〉편에서 하신 말씀이다. 자신을 높이기보다 낮추는 것도 일종의 자기희생이고 자신을 죽이는 것이다. 어진 마음이라는 것이 남보다 자신을 높이면 절대로 나올 수가 없기 때문이다. 공자께서는 자신을 구멍에서 나온 사람이라고 겸손하게 낮춤으로써 자신을 죽이고 희생했고 어짊을 실천했다.

공자께서는 하늘만 쳐다보지 말고 주위를 살피며 서로에게 어질게 대하며 살자고 역설했다. 병약한 사람, 고아, 가난한 사람, 사회 부적응자 등 사회적 약자를 돌보고 헌신봉사 하는 행위가 다 같은 인간이라는 어진 마음이 있기에 가능하다. 고상한 사람이 노약자를 돌보고 헌신봉사 하는 것이 아니다. 다 같은 인간이라는 마음이 있어 헌신, 봉사하다 보니 고상한 삶이 되는 것이다.

공자(孔子)라는 이름은 유교 시조의 이름이지만 진정으로 우리 모두의 이름이기도 하다. 공자라는 이름 그대로 우린 어머니의 자궁이자 구멍에서 나온 사람들이다. 그래서 고상하고 예쁘고 멋지고 신이나 여신 같은 사람도 지천명의 나이만 넘기면 다 늙어가고 생로병사를 운명으로 짊어지고 살아간다. 잘났건 못났건 모두가 다 같은 공자(孔子)라는 의식이 어찌 보면 우릴 사해형제(四海兄弟)로 맺어준다. 사회적인 신분이나 직업, 용모, 성격과 자질 등은 다르지만 모두가 본질적으로는 인간의 자식이라는 뿌리가 같다. 따라서 우린 뿌리가 같은 인간 자체로써 개개인 모두가 존엄성을 지닌다. 그래서 서로 이해하고 존중하며 사랑하고 살아도 손해 볼 것 없고 괜찮은 삶이 될 것 같다. 공자의 이름 속에 이미 서로에게 어질게 대하려는 '仁'이 내포되어 있는 것이다. 결국 공자의 구멍은 어진 인간성이 쉼 없이 분출하는 구멍인 셈이다.

그는 태어나면서부터 머리 위가 오목하게 들어가 있었기 때문에 원래 이름은 구(丘)라고 지었다고 한다. 머리 위가 오목하게 들어갔다는 것은 못생기고 볼품없는 모습이다. '丘'는 언덕이나 구릉을 의미한다. 삶이 평탄치가 않고 언덕처럼 굴곡이 많았음을 의미하기도 한다. 이렇게 인간적인 약점을 갖고 태어났고 온갖 고생을 하며 힘들게 산 공자이었기에 힘들게 살아가는 서민, 대중의 마음을 더 잘 헤아리게 되었을 것이다. 공자는 꼬부랑 아버지와 사춘기 소녀의 야합으로 태어난 자신도 있는데 사람들이 못났으면 얼마나 못났고, 잘났으면 얼마나 잘났냐고 묻고 있다. 우린 다 같은 사람이므로 서로에게 어질게 대하며 살아가야 함을 사람이 지켜야 할 덕목으로 제시했다.

인간적인 공자와 엘리트 맹자

공자의 맞수로 알려진 맹자는 맹모삼천으로 유명한 그의 어머니에 의해 엘리트로 성장한 사람이다. 자녀 교육이라면 집까지 세 번 이사할 정도로 적극적이었던 맹자 어머니는 우리나라의 극성스런 강남 엄마들에 비교 된다. 이런 어머니를 둔 맹자와 꼬부랑 노인과 야합한 철부지 어머니를 둔 공자의 성장과 교육과정은 아예 비교조차 할 수가 없다. 오늘날로 치자면 공자는 매일 세상 한탄이나 하면서 술이나 먹고 들어와서 자녀들을 두들겨 패는 결손 가정 출신에 해당한다. 이에 비해 맹자는 자녀 교육에 열성적인 강남의 잘 나가는 부모를 둔 유복한 가정 출신이다. 이렇게만 보면 맹자가 더 성공하고 존경받아야 되는 것이 상식이지만 역사는 그렇게 쓰여 지지 않았다.

맹모삼천(孟母三遷)에 대한 역사적인 시각과 의미부여는 맹자의 어머니가 자식 교육을 위해 세 번의 이사를 할 정도로 고생하며 정성껏 돌봤다는 것이다. 그러나 맹자의 어머니가 외면한 두 장소인 시장과 공동묘지는 인간성을 경험하고 함양할 수 있는 대표적인 장소이기도 했다. 맹자는 시장을 보면서 자라거나 시장을 더 경험했어야 했다. 그래야 한 푼이라도 더 깎으려는 자와 한 푼이라도 더 받으려는 자들이 아웅다웅하는 세속적 욕망과 돈이 지배하는 현실을 제대로 인식했을 것이다. 치열한 경쟁을 통해 이득을 얻으려는 시장이나 세상 속에서 살아가다 보면 사람들은 허점이나 약점을 보이고 내로남불 같은 모순된 행동을 하기도 한다. 그것이 인간 본연의 모습이기도 하다.

죽음에는 순서가 없다고 한다. 공동묘지에는 노인뿐만 아니라 채 피어보지도 못한 어린아이도 와서 누워있고, 한창 때의 젊은이, 딸린 가족이 많은 중년 남녀 등도 말없이 누워있다. 노환이나 불치병에 걸려 죽은 사람, 사고나 살인으로 죽은 사람, 사업실패나 실연으로 자살한 사람 등 이유도 각양각색이다. 공동묘지 옆에서 계속 자랐어야 생로병사에 시달리는 나약한 사람들을 보고 삶과 죽음에 대해 절실히 깨닫고 겸허하고 사랑이 많은 인간적인 사람이 되었을 것이다.

그는 결국 어머니의 의도대로 글방에 안주하며 자란 사람이다. 인간 실존의 가장 중대한 두 가지 요소인 욕망이 들끓는 현실과 죽음이라는 인간의 운명을 외면하며 자란 것이 맹자이다. 그는 이론과 원칙에는 밝아서 이상주의적인 왕도정치(王道政治)를 주장했다. 공자께서 다 같은 사람으로서 지켜야 할 덕목으로 어짊(仁)을 강조했다면 그는 의(義)를 강조함으로써 올곧고 원칙주의적인 사람이 되었다. 어머니가 우리 아들은 귀하게 자라야 한다며 철저하게 엘리트 교육만 시킨 사람이라 천한 것, 불행한 삶은 멀리하며 자라났다. 그래서 맹자는 겉으로는 엘리트적이고 엄친아 같은 풍모를 풍기지만 시장과 묘지를 이웃하며 살아가는 인간에 대해 제대로 경험하지 못한 반쪽 인간으로 성장했던 것이다.

공자의 이름 속에 공자의 핵심 사상이 들어있었듯이 맹자(孟子)라는 이름에도 맹자의 핵심 사상이 들어있다. '맹(孟)'은 첫째, 맏이, 우두머리 등의 뜻이 있다. 그는 일등이나 최고를 추구하는 엘리트적인 사람이라는 의미이다. 그는 그의 입장에서 보면 속고 속이는 시정잡배들이 들끓는 시장을 멀리했다. 약하거나 어리석고 욕심 많은 사람들이 제명대로 살지 못하고 일찍 와서 누워있는 공동묘지도 무시했다. 그는 오직 좋고, 훌륭하고, 깨끗하고, 실한 것만 추구하며 최고가 되고 일등을 하며 살았다. 그의 본명이 맹가(孟軻)라고 한다. 첫째가는 수레라는 뜻이다. 그래서 그는 첫째가는 수레, 최고의 수레를 타고 살았다. 오늘날로 치자면 최고급 승용차를 타며 산 사람이라는 소리다. 수레나 차는 평탄한 길에서 잘 달린다. 언덕 같은 삶을 산 공자와는 많이 다르다.

공자가 논어에서 최고나 일등을 하라는 소릴 하였는가? 남녀노소 우린 모두가 다 같은 인간이므로 서로를 아끼고 사랑하며 어질게 살자고 했다. 객관적으로 볼 때 공자가 맹자보다 더 많이 배우고 유식해서 최고 성인이 된 것이 아니다. 유가(儒家)에서는 어짊과 사랑이 많고 인간성을 지닌 공자를 최고의 성인(聖仁)으로 대우한다. 올곧게 자라고 많이 배워 엘리트가 된 맹자는 공자 다음가는 아성(亞聖)이라 칭하고 있다. 맹자도 매우 훌륭하지만 공자와 비교하는 경우에는 그 다음이라는 의미이다. 공자의 구멍(孔)이라는 이름에서는 어진 인간성이 나왔고, 맹자의 첫째(孟)라는 이름에서는 온갖 일등과 최고, 챔피언이 나왔다.

우리나라 정치인 중에 노무현과 이회창이 공자와 맹자에 비견되기도 한다. 가난한 농민의 아들로 태어난 노무현은 상고 출신에 바보라는 별칭을 가졌고 인권변호사 등을 역임하며 인간적인 면모를 지닌 사람이었다. 반면에 이회창은 판검사 등 사회적 엘리트들이 즐비한 집안 출신이었고 감사원장, 대법관 등을 역임하며 대쪽 이미지를 지녔었다. 이 두 사람이 제16대 대통령선거에서 맞붙어 바보 노무현이 이겼다. 인간미가 엘리트적인 자질을 이긴 것이라 볼 수 있다.

〈삼국유사〉에도 흡사한 사례가 나온다. 신라의 제18대 실성왕(實聖王)에게는 전왕(前王)의 태자인 눌지(訥祇)가 늘 눈엣가시 같은 존재였다. 이에 고구려에 군사를 청하여 눌지를 죽이게 하였다. 그러나 고구려 군사들은 눌지가 어짊을 알고 창끝을 뒤로 돌려 실성왕을 죽인 후 눌지를 왕으로 세우고 돌아갔다고 한다.

실성왕(實聖王)과 눌지(訥祇)는 대립적인 삶의 자세를 상징한다. 먼저 실성왕은 '가득 차서 빈틈이 없고(實) 완벽하게 뛰어난 사람(聖)'이라는 이름 뜻을 지니고 있다. 이를 의역하면 실생활에서 빈틈이 없고 완전무결한 사람을 뜻한다. 보통 이런 사람들을 친구나 상사로 두게 되면 피곤하고 정이 안 간다고 말한다. 매사를 완전무결한 잣대로 판단하기 때문에 그들은 인간적인 작은 실수나 오차도 허용하지 않고 깐깐하게 구는 경향이 있다. 이처럼 완벽한 사람들은 접근하여 말을 붙이기가 겁이 난다. 그래서 애인이 많을 것 같은 빼어난 미인들은 의외로 애인이 없거나 연애를 잘하지 못한다고 한다.

남성들이 미리 겁을 먹고 접근하지 않기 때문이란다.

반면에 눌지(訥祗)는 '말을 더듬어 어눌(語訥)하나 존경받는다(祗)'는 의미이다. 사람들은 약간 푼수기가 있고 어딘가 모자라거나 어눌한 사람을 부담 없이 여기며 그런 사람들에게 인간미를 느낀다. 그래서 드라마 작가들이 드라마를 구성할 때 약방의 감초격으로 약간 바보 같거나 말을 더듬는 역할을 하는 사람을 등장시키며 대부분 인기가 많다. 세상은 힘 있고 완벽한 실성왕 같은 사람보다 어눌해서 말도 제대로 못 하지만 어질고 인간미 있는 눌지왕 같은 사람을 더 존경하고 사랑한다.

가난한 농민의 아들 노무현, 말을 어눌하게 했던 눌지왕, 시체나 다름없는 늙은 아버지와 사춘기 소녀의 야합으로 태어난 공자에게는 공통점이 두 가지 있다. 첫째는 세 사람 모두 당사자들이 어찌할 수 없는 인간적인 약점을 지니고 태어났다는 점이다. 그래서 연민의 정이 더 느껴진다. 둘째는 삶이 그들을 속이고 고단하게 했을지언정 세상을 원망하지 않고 자신과 같이 나약한 인간들을 이해하고 사랑하는 어진 사람으로 거듭났다. 그래서 세상을 살기 좋은 곳으로 만들기 위해 노력했고 큰일 들을 했다.

요즘 부모들은 자녀를 전부 맹자 어머니처럼 키우려고 해서 개인적으론 옳지만 전체적으론 구조적이고 커다란 문제를 유발시키고 있다. 시장과 공동묘지로 상징되는 욕망이 들끓는 힘든 현실, 약함과 불행함, 슬픔 등을 겪지 않게 하는 대신 좋은 것 먹이고 입히고 일등으로 키우려 한다. 전부가 맹자같이 키워지면 막노동은 누가하고 소는 누가 키우나? 70노인과 사춘기 소녀 사이에서 태어나 맹자 어머니 식의 교육을 전혀 못 받은 공자가 오히려 맹자보다 훌륭한 성인이 된 것에서도 배우는 바가 있어야 한다.

우리 사회가 보수와 진보로 나뉘어 분열하는 것에는 자기 진영이 추구하는 가치관과 생각이 우월하거나 옳다는 기본 전제가 깔려있다. 그렇게 자기 쪽만 옳고 정의롭다고 주장하며 매사에 정반대로 가거나 평행선을 달리면 타협과 민주주의는 없다. 여론의 일시적인 흐름에 따라 권력을 잡은 쪽이 상대 진영을 압박하고 보복하는 악순환만 거듭될 뿐이다. 진보주의자로만 가득 찬 사회도 시간이 지나면 보수주의자가 나와 대립 구도가 형성되며 반대의 경우도 마찬가지이다. 결국은 보수와 진보는 옳고 그름이 아니라 상대적인 개념이며 인류가 있는 한 영원히 존재할 수밖에 없다.

최고를 추구하는 맹자적인 가치도 중요하지만 이 사회를 소통과 화합으로 이끌어나가는 정신은 공자적인 정신과 가치에서 나온다. 진보나 보수주의자 역시 모두 구멍에서 나온 공자요, 인간이기 때문이다. 우리는 다 같이 생로병사라는 운명의 짐을 짊어지고 가는 사람의 자식으로서 공자이기에 생각과 가치관이 다르더라도 서로 이해하고 소통할 수 있다. 서로를 발아래 굴복시키거나 없애버려야 할 적으로만 생각하기보다 공자처럼 살신성인의 자세로 자신을 죽여 어질게 대해야 한다. 그래야 때론 싸우기도 하지만 기본적으론 상대를 이해하며 밝은 세상을 만들어나갈 수 있다.

02
⋮
종심(從心), 남근이 곱자를
넘지 못하는 시기

••

공자는 사상 유례없던 자기 자랑을 했을까?

공자께서는 《논어》〈위정〉편에서 '15세에는 지우학, 30에는 이립, 40에는 불혹, 50에는 지천명, 60에는 이순, 70에는 종심' 했다고 자신의 인생을 평가했다. "나이 열다섯에 학문에 뜻을 두었고, 서른에 확고하게 섰으며, 마흔에는 미혹되지 않았고, 쉰에는 하늘의 명을 알게 되었으며, 예순에는 귀가 순해졌고, 일흔에는 무엇이든 하고 싶은 대로 했어도 법도에 어긋나지 않았다."는 의미이다.

그러나 여기에는 우리가 미처 생각하지 못한 커다란 문제가 있다. 공자의 삶을 평가한 것이 객관적인 대중이 아니라 그 스스로가 평가

했기 때문이다. 심하게 말하면 자화자찬식의 평가일 수도 있다는 점이다. 좀 더 혹평을 하면 공자께서 자신이 살아 온 삶에 대해 사상 유례가 없는 자랑을 했던 것이다. 우리가 지금까지 알고 있는 공자의 인격 상태는 그의 자랑을 대중들이 최대한 좋게 의역(意譯)해온 결과물이기도 하다. 공자께서 지녔던 인격 수준에 대해 괜한 꼬투리를 잡을 필요는 없다. 다만, 그가 인생의 각 시기에 도달했다는 인격 수준이 뒷부분으로 갈수록 현실적인 인간 세상에서는 불가능하기 때문에 되짚어 볼 필요가 있다.

공자께서는 70대에 '종심소욕 불유구(從心所欲 不踰矩)' 상태에 도달했다고 한다. 이를 두 글자로 줄여 종심(從心)이라고 부른다. 자신이 욕망하거나 하고 싶은 대로 해도 법도에서 벗어나지 않았다는 뜻으로 널리 알려져 있다. 그러나 실제로 이런 사람은 존재 자체가 불가능하다. 사람이 어떻게 자기 하고 싶은 대로 해도 법도를 어기지 않고 그릇됨이 없을 수 있겠는가? 이런 말을 하는 순간 그 사람은 무결점을 지닌 신이 된다. 결국 공자는 자신이 인격 수양을 많이 해서 신이 되었다고 만인에게 자랑하고 우상화 하고 있는 셈이다. 그러나 앞에서 살펴봤듯이 공자께서는 이름을 통해 스스로를 구멍에서 나온 사람이라 규정했다. 이를 통해 우린 다 같은 사람이라고 주장했던 매우 인간적인 사람이라 뭔가 앞뒤가 맞지 않는다.

보통 사람이 70이 되어 자기 하고 싶은 대로 뭔가를 했다가는 수

많은 불상사가 생긴다. 멀리 둘러볼 필요도 없이 공자 아버지를 보면 극명해진다. 그의 아버지는 나이 칠십에 하고 싶은 대로 했다가 사춘기 소녀와 야합을 해서 공자를 낳고 3년 후에 죽었다. 자식을 제대로 키우지도 못하고 자기 욕심만 채웠던 인물이다. 이건 법도에서 벗어나도 한참을 벗어난 것이다.

음식을 먹고 싶은 대로 매일 먹으며 과식하면 현대인들이 제일 싫어하는 비만이 된다. 술자리에서 기분이 고조되어 과음을 하면 술에 취해 넘어져 다칠 수도 있고 술병이 심하게 나기도 한다. 젊은이들 못지않은 노익장을 과시하며 운동을 심하게 했다가 근육통, 관절 이상, 골절, 감기몸살로 드러눕기도 한다. 젊은 사람들에게 치근덕거리거나 성적인 농담을 하다가는 "나잇값도 못한다."는 소릴 듣거나 추한 늙은이가 되고 성추행범이 될 수도 있다. 이것이 70대에 들어서서 자기 하고 싶은 대로 했다가 맞이하는 큰일 날 현실이고 사실들이다. 보통 사람들은 하고 싶은 대로 하기보다 매사에 삼가고 절제를 하려고 한다. 그러다가도 단 한 번 실수로 음주운전, 성추행, 폭행 등에 휘말려 패가망신하는 것이 현실이다.

공자처럼 자신이 하고 싶은 대로 해도 법도에서 벗어나지 않는다면 그곳이야말로 바로 유토피아, 천국, 극락과도 같은 세상이다. 무슨 일을 해도 법과 도덕에서 벗어나지 않으니 모든 사람들이 자유롭고 억압됨이 없이 행복하다. 이런 세상에는 아예 법과 도덕 자체가 필요 없다. 유사 이래로 인류가 이런 세상을 꿈꾸기는 했어도 단 한 번도 있어 본 적이 없고 인간이 살아있는 한 영원히 없을 것 같다. 왜냐하면 인간은 끊임없이 분출하는 욕망이라는 원자로가 있어야 생명이 유지되기 때문이다.

《논어》〈술이(述而)〉편에는 '자불어괴력난신(子不語怪力亂神)'이라는 말이 나온다. "공자께서 괴력난신(怪力亂神)에 대해 말하지 않았다."는 의미이다. 괴력난신은 괴이하고 미신적이고 이성적으로 설명하기 어려운 불가사의한 존재나 현상을 이르는 말이다. 공자께서는 이를 믿지 않았다. 그의 합리적이고 이성적인 사고방식을 엿 볼 수 있는 대목이다. 그런 공자께서 70세에 자신이 욕망하거나 하고 싶은 대로 해도 법도에서 벗어나지 않았다는 말을 했을 리가 만무하다. 매사에 자기 하고 싶은 대로 해도 법도에서 벗어나지 않는 것은 틀림없이 괴력난신의 일종이기 때문이다. 오히려 그는 《논어》〈리인(里仁)〉편에서 "절제 있는 생활을 하면서 잘못되는 경우는 드물다."라고 말했듯이 마음대로 하는 것보다 절제 있는 생활을 강조했다.

공자께서는 《논어》〈학이(學而)〉편에서, "교언영색, 선의인(巧言令色, 鮮矣仁)"이라고 말했다. 교묘한 말과 아첨하는 얼굴을 하는 사람들 중에는 어진 사람이 적다는 의미이다. 자신이 욕망하는 바대로 했어도 법도에서 벗어남이 없었다는 것보다 아름답고 교묘한 말은 없을 것이다. 공자가 스스로 그토록 인(仁)을 강조해 놓고 스스로 그것을 부정하는 말을 했을까? 자기 인격 자랑을 하는 공자와 난봉꾼이 이 여자 저 여자 난봉질한 자랑을 하는 것하고 뭐가 다르겠는가?

공자는 신이 되기보다 인간이 되는 삶을 사랑했다

나이 들어서는 젊었을 때 보다 자기 하고 싶은 대로 하는 것을 더욱 삼가야 한다. 젊었을 때야 아직 경험이 없어서 그러려니 하고 용서가 되기도 하고 실수 등을 만회할 시간도 있기에 봐줄 만하다. 그러나 나이 먹어서는 단 한 번의 실수로 명예나 지위, 건강, 재산 등을 전부 잃을 수 있다. 욕망하는 바대로 하거나 하고 싶은 대로 했어도 법도에서 벗어남이 없었다는 것은 인간으로서 오만과 교만함의 극치이다. 차라리 독재자나 사이비종교 교주처럼 대놓고 자신을 신이나 신의 아들로 불러 달라는 편이 더 나을 것이다. 그러나 공자께서는 자신의 칠십 평생을 이렇게 오만하게 자평하지 않았다. 그는 오히려 무엇인가 하고 싶은 마음이 있더라도 가벼이 행하지 않고 삼가고 삼간 후에 심사숙고하여 일을 처리함으로써 그릇됨이 없었던 진정한 군자였다. 그런 공자였기에 70세가 되어서도 마음대로 하고 싶은 마음은 굴뚝같았지만 이를 악물고 참아내 법도에서 벗어나지 않았던 것이 아닐까?

공자께서는 군자의 정신자세와 몸가짐 등을 논어에서 계속 강조했다. 군자나 선비란 오얏나무 아래서 갓끈만 다시 고쳐 매도 오해를 사는 법이다. 하물며 자기 하고 싶은 대로 하면 세상과 지켜보는 눈이 이를 가만두질 않는다. 오해를 넘어 맹렬한 비난과 사회적 처벌의 대상이 되기 쉽다. "범은 가죽을 아끼고 군자는 입을 아낀다."고 했다. 군자의 도리를 강조했던 공자께서 경솔하게 자화자찬의 말을 했을 리 없다. 공자의 말을 기록한 논어를 보면 문장이 미사여구 없이 간결하다. 비유적이거나 돌려 말하는 표현이 없는 매우 직설적이고 현실적인 내용들이다. 그의 직설적이며 분명한 성격이 잘 드러난다.

그는 아는 것을 안다고 하고 모르는 것을 모른다고 말했던 솔직한 사람이었으며 제대로 아는 사람이었다. 그는 "남이 자신을 알아주지 못할까 걱정하지 말고 내가 남을 제대로 알지 못함을 걱정해야 한다."고 말할 정도로 배려심 깊고 통 큰 사람이었다. 그는 마굿간에 불이 났을 때 "사람이 다쳤느냐?"라고만 묻고, 화재의 원인이나 큰 재산이 되는 말(馬)에 대해서는 묻지 않으셨던 너무나 인간적인 사람이었다. 그는 "인격을 수양하지 못하는 것, 배운 것을 익히지 못하는 것, 옳은 일을 듣고 실천하지 못하는 것, 잘못을 고치지 못하는 것, 이것이 나의 걱정거리이다."라고 말했을 정도로 우리네 보통 사람과 크게 다르지 않았다. 그는 귀신 섬기는 것에 대해 묻자 "사람도 제대로 섬기지 못하는데 어찌 귀신을 섬길 수 있겠느냐?"고 말했던 인본

주의자였다. 그는 죽음에 대해 묻자 "삶도 제대로 알지 못하는데 어찌 죽음을 알겠느냐?"고 말한 겸손한 사람이었을 뿐이다.

나(吾)와 우리(吾)

《논어》〈위정(爲政)〉편에 나오는 공자의 말씀을 해석할 때 가장 중요한 핵심 글자가 '오십유오이지우학(吾十有五而志于學)' 속에 포함된 '吾' 자다. '吾'는 '나'와 '우리'의 의미를 동시에 지니고 있는 한자다. 예를 들어, 우리나라 〈3.1 독립선언서〉는 '오등(吾等)'으로 시작하고 '吾' 자가 열 번 나오며, 모두 '우리'라는 뜻으로 해석되고 있다.

따라서 이 한자를 '나'로 해석하면 공자 자신이 남보다 정신적으로 우아하고 고상하고 아름다운 인격으로 살아왔다고 자화자찬하는 모습이다. 그러나 이러한 은근한 인격적인 자랑은 '군자는 항상 겸손해야 한다.'는 그의 지론에 어긋난다. 그렇게 되면 공자는 군자가 아니라 자기 말도 실천하지 못하는 소인배가 되고 만다. 반대로 '吾' 자가 원래부터 '우리'라는 뜻을 지니고 있기 때문에 경우에 따라 '우리'로 해석 할 수도 있다. 공자 말씀의 주어를 '우리'로 해석하면 인생의 각 시기에 따라 나타나는 우리들의 보편적인 삶의 모습을 언급하는 것이 된다. 그러므로 '吾'를 어떻게 해석하느냐에 따라 공자의 말씀이 하늘과 땅만큼의 차이로 다르게 됨을 알 수 있다.

우리가 기존에 알고 있던 공자는 불혹, 지천명, 이순, 종심을 통해 고매한 인격을 지니고 신과 같은 경지에 도달한 범접하기 어려운 사람이다. 물론 공자 같으신 분도 필요하고 그런 삶을 목표로 자신의 인격을 평생 동안 도야해 나가는 것도 가치 있을 것이다. 따라서 기존의 가치는 기존대로 유효하다. 그러나 인류 문명은 옛것이나 낡은 것을 깨뜨리고 부단하게 혁신함으로써 획기적인 발전을 이룩해왔다. 과거의 지식이나 틀, 가치관에 너무 얽매이게 되면 발전이 없다. 따라서 공자의 말씀에 대해 '나'가 아닌 '우리'의 시선으로 혁신을 가해 보다 나은 삶의 지혜와 정보를 얻을 필요가 있다.

지우학(志于學), 사춘기 청소년들이 성에 눈뜨고 배우는 시기

공자는 15세에 지우학(志于學) 했다고 한다. 주어가 '나'일 경우에는 공자 개인적인 일이 되어 '나는 15세에 학문에 뜻을 두었다.'로 해석하는 것이 옳다. 그러나 주어를 '우리'로 하면 문제가 완전히 달라진다. 모든 사람들이 15세에 학문에 뜻을 두는 것이 아니기 때문에 '우리는 15세에 학문에 뜻을 두었다.'는 문장은 사실이 아닌 것이 된다. 따라서 주어를 우리로 볼 때는 학문 대신에 15세 청소년 대부분이 배우는 데 뜻을 두는 그 무엇인가를 찾아내야 한다.

영재나 천재들처럼 빠른 아이들은 3세에도 학문에 뜻을 두고, 공부를 싫어하는 사람들은 15세는커녕 30세, 40세에도 학문에 전혀 뜻을 두질 않는다. 그래서 일부 영재들은 이미 7세 정도에 1만 권의 책을 읽는 반면에 책 읽기를 죽기보다 더 싫어하는 사람은 평생 한 권의 책조차 안 읽는다. 그리고 학교 다닐 때는 빈둥거리던 사람이 사회에 나와서 온갖 냉대와 차별을 받자 오기가 생겨서 그때서야 학문에 뜻을 두기도 한다. 가정형편 등 개인사정으로 학교를 못 다녀 7, 80세에 배움에 뜻을 두고 학교에 다니는 만학도들도 있다.

그러나 배운 사람이건 못 배운 사람이건 15세 하면 가장 먼저 떠올릴 수 있는 단어는 '사춘기'이다. 우리는 15세를 전후하여 사춘기를 맞이한다. 요즘은 사춘기가 도래하는 시기가 점점 빨라진다고 하지만 느린 청소년들도 있다. 보편적인 측면에서 15세는 사춘기에 해당하는 나이다. 이런 맥락에서 볼 때 공자께서 말한 15세도 사춘기에 들어섰다는 의미를 강조하고 있다.

소년 소녀들이 15세 사춘기에 들어서게 되면 가장 관심을 갖는 것이 학문보다는 자신의 성적인 변화다. 소녀들은 초경을 하고 젖가슴이 커지고, 소년들은 목소리에 변화가 생기고 수염과 음모가 나고 수시로 발기가 일어난다. 자연적으로 자신의 성적인 변화에 관심을 가지지 않을 수가 없게 된다. 이 시기에 사랑에 눈떠 황순원의《소나기》같은 사랑이 찾아오기도 하고, 머리, 옷, 신발, 가방 등 패션에 신경을 쓰고 대중가요와 인기 연예인에 심취한다. 이성과 함께 분식집, 게임장, 영화관에 가서 맛있는 것을 먹으면서 즐겁게 데이트도 한다. 그러면서 이성에 대해 배우며 알아가는 시기가 사춘기이다.

지우학의 나이인 15세는 사춘기에 들어서는 나이이며 성적인 호기심이 많아 이를 배워나가는 시기로 알려져 있다. 15세가 그런 나이라는 것은 누구나 인정하는 사실이다. 그리고 학문의 세계에서 '수(數)'에 대해 배우는 것을 '수학(數學)', '언어나 문법'에 대해 배우는 것을 '어학(語學)'이라고 한다. 마찬가지로 '志于學'에서 '于'를 어조사로 해석하지 않고 '于'라는 것을 배우는데 뜻을 두다는 의미로 해석할 수 있다. '于'가 무엇을 의미하는지는 모르지만 사춘기에는 수학(數學)이나 화학(化學), 물리학(物理學)보다 '우학(于學)'을 배우기 위해 엄청난 노력들을 한다.

한자 '于'는 '二'와 'ㅣ(갈고리 궐)'의 합자다. '二'는 두 개의 몸을 뜻하며, 이를 갈고리를 뜻하는 'ㅣ'이 하나로 꿰어 연결된 모양이다. 인간의 성이나 성행위를 기호적으로 가장 단순하게 표현하면 남녀의 두 몸(二)을 갈고리(ㅣ)같은 남근으로 꿰어 하나로 연결한 모습이다. 이와 비슷한 것으로써 책(冊)이라는 한자어가 있다. '冊'자는 종이가 없던 고대사회에서 종이 역할을 했던 죽간(竹簡)을 여러 개 줄로 묶은 형태에서 유래한 한자어다. 책이라는 한자어가 가운데를 줄로 묶은 것이듯이 '于'라는 한자어는 두 몸을 갈고리 같은 남근으로 꿴 것으로 봐도 무방하다. 낯설기는 하겠지만 한자의 보편적인 형성 원리에서 벗어나지 않기 때문이다.

아동기에서 어른으로 변모하고 성장해가는 길목인 사춘기는 인생에 있어서 가장 중요한 시절이다. 사춘기의 가장 보편적인 특징은 학문에 뜻을 두는데 있지 않고 성적인 것, 다시 말해 우학(于學)에 눈을 뜨고 배워나가는 시기이다. 따라서 공자는 우리 모두에게 사춘기에 들이닥치는 보편적인 사실을 언급한 것이다. 이것을 직접 언급하면 외설적인 것이 되기 때문에 지우학이라고 돌려서 점잖게 표현함으로써 절제된 가운데 인간의 성을 다룬 것이다. 공자 같은 큰 어른을 비롯하여 사람이라면 빈부귀천을 떠나서 15세 사춘기에는 성을 배우는 데 뜻을 두기 마련이다.

공자께서는 아버지와 어머니가 일찍 돌아가시고 가난하고 천하게 자라서 계씨라는 부호가문의 창고지기와 축사지기 노릇도 했다고 한다. 공자의 나이 20세 되던 어느 날 계씨가 선비들에게 잔치를 벌여 대접을 했다. 공자께서도 가서 참여하려고 했는데 계씨가 "선비를 대접하자는 것이지, 너 같은 놈을 대접하자는 것이 아니다!" 라며 문전박대를 했다. 한마디로 말해 어른 대접을 받지 못하고 비인격적인 대접을 받은 것이다. 그 이후 공자가 발분망식(發憤忘食)하며 공부했다고 한다. 요즘 젊은이들도 고등학교 때 공부를 안해 시원찮은 대학에 들어간 후 자신을 바라보는 사회적 시선이나 대우가 따갑게 되면 발분망식하며 공부해 상위권 대학으로 편입하기도 한다.

지우학했다는 언급과 달리 공자께서 15세 사춘기 때 어려운 환경에서도 남다르게 형설지공의 정신으로 공부를 했다는 실제 기록은 없다. 다만 공자께서는 여느 사춘기 청소년들과 마찬가지로 15세 사춘기에 성을 배우는 데 뜻을 뒀음은 간접적으로 입증된다. 아버지 어머니가 다 돌아가시고 혈혈단신 혼자만 남았던 공자께서 19세에 결혼했고, 20세에 아들을 얻었다는 사실을 통해서다. 만약 15세 사춘기 때 성을 배우는 데 뜻을 두지 않았다면 혼자 남은 공자께서 19세에 결혼하기는 어려웠을 것이다.

공자의 신의 한 수

사람들이 약간의 주의를 기울이면 성적인 의미를 유추해 낼 수 있는 '于' 자를 사용해 지우학(志于學)을 언급한 것은 공자의 '신의 한 수'가 됐다. 물론 '于' 자 하나만 보고 그것이 성적인 의미라고 단정 짓는 것은 아무런 근거와 일고의 가치도 없다. 그러나 70세에 도달한다는 종심(從心)도 확고한 성적인 의미가 있음을 밝힐 수 있다면 생각이 달라진다. 따라서 공자의 이러한 언어적 기교와 신의 한 수를 70세에 도달한다는 종심(從心)에서 다시 한번 철저하게 검증할 것이다.

‘于’자를 다른 각도에서 보면 ‘丁’과 ‘一’이 합쳐진 모양이다. ‘丁’은 벽이나 나무 등에 박는 못의 형태에서 유래한 글자다. 아궁이 속의 재를 끌어내는 고무래를 뜻하고 동시에 남성을 뜻한다. 아궁이 속에 들어가는 고무래나 벽에 박는 못은 남근을 상징하기에 적합하다. 따라서 ‘于’는 남근을 상징하는 ‘丁’이 ‘一’이 의미하는 벽 속이나 지면으로 깊숙이 들어간 형태다. 이 경우에도 ‘于’는 성적인 의미를 지닌 글자라 할 수 있다. ‘于’자의 글자 형태가 이래저래 성적인 의미에서 빠져나갈 수가 없어 신의 한 수가 된 것이다.

결론적으로 지우학(志于學)은 15세인 사춘기에 들어선 청소년들이 자신의 성기나 성적인 것에 관심을 갖고 배워나가는 시기라는 의미이다. 공자뿐만이 아니라 예나 지금이나 사춘기에 도달한 모든 청소년들에게 통용되는 대중적인 심리 현상이다. 공자의 말씀을 개인적인 측면으로 보면 정신적으로 고상하고 우아한 삶에 관한 이야기이다. 그러나 ‘우리’라는 대중적인 측면에서 보면 많은 사람들이 일상적으로 겪는 친숙하고 인간적인 내용이 된다.

수천 년간 알려져 온 바대로 ‘于’자를 넣어도 그만 안 넣어도 그만인 어조사로 해석하여 학문에 뜻을 두다는 의미로 계속 유지 할 수도 있다. 그러나 기존대로 15세에 학문에 뜻을 뒀다고 해석하면 이미 돌아가시고 세상에 없는 위대한 공자 한 분만을 만나게 될 뿐이다. 반대로 ‘于’를 두 몸이 남근에 의해 하나로 꿰어지는 성생활로 해석하면 현재를 치열하게 살아가고 있는 수십억 명의 우리들의 이웃을 만날 수 있다. 15세라는 사춘기에 일어나는 현상으로 인해 인류가 하나 되고 동질감을 확인 할 수 있게 된다. 지우학의 진실을 알기 위해 일종의 사고(思考) 실험을 해보자. 양팔 저울 한 쪽에는 학문에 뜻을 둔 위대한 공자, 한쪽에는 성을 배우는 데 관심을 둔 수억 명의 사춘기 청소년을 올려놓아 보자. 그럼 저울이 어느 쪽으로 더 기우는지 금방 알 수 있게 되지 않을까?

이립(而立)과 불혹(不惑)

30세는 이립(而立)이라고 부른다. 우리는 30대가 되면 경제적으로 독립하고 결혼도 해서 독자적으로 서는 시기가 된다. 30대가 돼서야 이때부터 인격적, 경제적, 사회적으로 비로써 확고하게 서거나 독립한다는 의미이다. 아울러 성적인 측면에서도 바로 서는 시기가 된다. 사춘기나 총각 시절에는 이성 간의 성생활이 자유롭게 이뤄지지 않아 금욕하거나 자위 등에 의존한다. 성생활의 가치 측면에서 자위 행위는 제대로 서지 못하고 있는 미숙한 성생활로 평가받는다. 그러다가 30세를 전후해 결혼하고 배우자와 안정되고 주기적인 성생활을 가짐으로써 성적으로도 바로 서게 된다.

40대는 불혹(不惑)이라 한다. 우리가 40대까지는 자신의 젊음이나 정력, 수명 등에 대해 큰 의혹이나 흔들림 없이 살아감을 의미한다. 인생을 전체적으로 봤을 때 40대까지는 그럭저럭 살만한 나이인 것이다. 40대까지는 밤새도록 일을 하거나 취미생활을 하고, 술 마시고 노래하고 춤을 추도 그 다음 날 별 지장이 없다. 성적으로도 아직까지는 폐경이나 발기부전 등 정력 감퇴를 크게 걱정할 나이가 아니므로 심리적으로 미혹됨이 없는 불혹 상태라 할 수 있다.

도대체 하늘의 명(命)이 뭡니까?

공자께서 50에 도달했다는 지천명(知天命)은 한자어를 액면 그대로 해석하면 하늘의 명을 안다는 뜻이다. 그러나 하늘이 단순하게 푸른 하늘을 의미하는지, 자연의 섭리나 우주의 진리, 또는 신을 의미하는지는 알 수 없다. 공자께서 하늘의 명을 안다고 했지, 하늘의 명이 무엇이라고 구체적으로 언급을 안 했기 때문이다.

그리고 공자께서는 하늘의 명을 왜 50대에 들어선 후에 알게 되었을까 하는 점이다. 인생의 한창때인 10대, 20대, 30대, 40십대에는 하늘의 명을 알 수가 없는 것인지, 아니면 알아서는 안 되는 것인지 그것도 궁금하고 의문이 증폭된다. 그래서 지천명(知天命)이라는 단어도 공자 개인만의 상태를 의미하는 것으로 볼 것이 아니다. 세상을 살아가는 모든 사람들에게서 50대에 보편적으로 일어나는 어떤 상태를 의미한다고 '우리' 의 관점으로 보는 것이 타당하다. 15세 사춘기와 마찬가지로 50세에도 사람들에게 보편적으로 일어나는 일이 있기 때문이다.

소위 지천명이라고 알려진 50대 시기에 여성은 폐경기, 남성은 갱년기가 도래한다. 그렇게 되면 허리, 무릎, 어깨 관절이 쑤시고, 노안이 오거나 눈이 침침해지고, 귀에서 윙윙거리는 이명이 발생한다. 한번 나온 똥배는 여간해서 들어가지 않고, 평소 알고 있던 이름도 잘 떠오르지 않고, 고혈압 고지혈증, 당뇨병에 치아는 시원찮아 임플란트도 한두 개씩은 해 넣는 시기다. 여기에 더해 성호르몬의 감소로 남성은 발기력이 시원찮아지고, 여성은 폐경이 와 섹스에 대해 흥미를 잃어 밤이 무서워지기도 한다. 남성의 경우 어느 날은 충분한 발기가 이뤄지지 못해 관계를 치르지도 못 하는 일도 생긴다. 이렇게 되면 내게도 발기부전이 온 것인가 하고 피식피식 헛웃음이 나온다. 그때서야 "나도 정말 늙어가고 있구나."를 실감하게 된다.

사람들 중에 "나도 이제 살 만큼 살고 50대가 되었으니 어서 늙어야지"하고 늙어감을 원하는 사람은 단 한 명도 없다. 내가 죄를 많이 지었거나, 공부나 일을 안 해서, 불효를 했거나 남을 돕지 않아서 늙어가는 것이 결코 아니다. 마음의 수양을 아주 잘해서 백팔 번뇌를 다 없애고, 십계명을 다 지키며 신의 말씀대로만 산 사람이라면 죽어서는 극락 가고 천국 갈 수도 있다. 그러나 그런 사람들도 살아있을 때만큼은 50대가 되면 부쩍 늙어간다. 늙어 감은 아무도 원치 않지만 때가 되면 스스로 알아서 찾아온다. 인생살이의 성공과 실패 여부를 떠나서 우리의 오십 대가 되면 저절로 찾아오는 예의라고는 전혀 없는 불청객이다. 늙어 감은 평범한 촌부에서 영웅호걸이나 절세미인, 성인군자에 이르기까지 결코 단 한 사람도 피해 가는 법이 없었다. 그래서 절대 권력을 휘둘렀던 진시황제조차도 불로초를 구하려고 헛수고만 하다가 50이라는 이른 나이에 절명했다.

늙어감을 멈추기 위한 그 어떤 변명이나 애절한 사연도 통하지 않는다. 늙어감이 확연해지고 실감 나는 50대, 우리는 그것을 거역할 수 없는 하늘의 명, 지천명이라 부르는 것이다. 늙어 감은 집행유예나 모범수 가석방제도조차 원천 봉쇄되어 있는 잔혹한 자연의 섭리이다. 그래서 코흘리개 아이들도 오십이 되면 늙어가고, 유행가 가사처럼 영원할 것만 같았던 첫사랑 그 소녀도 어디에서 나처럼 늙어간다. 누구도 거역할 수 없는 높고 지엄한 하늘의 명이기 때문이다.

오십을 의미하는 순수 우리말 쉰은 지천명의 시기를 잘 대변한다. 머리도 쉬고, 치아도 쉬고, 눈과 귀도 쉬고, 어깨와 무릎도 쉬고, 혈관과 심장도 쉬고, 피부도 쉬고, 정력과 의욕도 쉬는 등 모든 것이 쉬어 버리는 시기이다. 이렇게 모든 것이 쉬어버리니 어찌 하늘의 뜻을 모르겠는가? 그러나 쉬는 것도 정성껏 잘 쉬면 감칠맛 나는 묵은지, 건강에 좋은 요구르트, 치즈 등으로 재탄생하게 된다. 60대 이후로 제2의 인생을 잘 살아갈 수 있다는 희망을 제공한다.

이순(耳順), 성적인 감흥이 순해지는 60대

60대는 이순(耳順)이라고 한다. 이순은 직역하면, 귀가 순하다는 의미이다. 통상적으로 받아들여지고 있는 사전적 의미는 '생각하는 것이 원만하여 어떤 일을 들으면 곧 이해가 된다.'는 의미이다. 사실 이순(耳順)이라는 한자어 자체에는 이러한 의미가 전혀 들어있지 않다. 다만, 공자께서 말씀하셨기에 최상의 예우를 갖춰 좋은 방향으로 의역을 한 결과가 우리들이 알고 있는 이순(耳順)의 의미이다.

실상은 60세가 되면 시력처럼 청력도 나빠진다. 가는귀가 먹어서 말을 잘 알아듣기 위해 말하는 사람 방향으로 자신의 얼굴을 약간 틀며 귀를 대는 전형적인 모습을 보이기도 한다. 일부는 남의 말귀를 잘 알아듣지 못하게 되는 경우도 있게 된다. 60세 이후로는 이순(耳順)보다는 귀가 잘 들리지 않는 이롱(耳聾)이 나타나기 쉽다. 그리고 60대 이후로는 사고력이 유연해지기보다 경직되기 쉬운 것이 현실이다. 자신의 경험이나 생각을 우선하는 경향이 높아진다. 그 결과 타인의 말을 원만하게 받아들이며 이해하기보다는 무시하거나 간과하며 고지식함을 보이기 쉽다.

반면에 예로부터 동서양을 막론하고 귀(耳)는 여성 성기의 상징으로, 코는 남성 성기의 상징으로 알려져 있다. 고대 이집트에서는 여성이 간통을 하면 귀를 잘랐고, 남성이 간통하면 코를 자르는 형벌이 있었다. 우리 민요에는 '우리 언니 좋겠네, 형부 코가 커서'라는 가사가 있다. 여기다가 대중들이 내용을 더 첨가해서 '형부는 좋겠네, 우리 언니 귀가 작아'라고 은밀하게 부르기도 한다. 또한 귀와 귀이개를 각각 남녀의 성기로 비유하는 표현도 있다. '耳' 자는 '귀처럼 생긴 것'을 뜻하기도 한다. 유고슬라비아에서는 귀처럼 생긴 여성의 성기를 속어로 '다리 사이에 있는 귀'라고 부르기도 한다. 이처럼 귀가 여성의 성기를 상징하므로 이순(耳順)은 여성의 생식기에 대해 순해질 나이라는 뜻이 된다. 지천명 시기에 나타나기 시작한 늙어감이 60대에는 정력적인 측면에서도 눈에 띄게 진행됨을 의미한다.

공자 같은 성인군자를 포함한 모든 남성들이 한창 젊었을 때는 귀가 상징하는 여근을 대하게 되면 순하기보다 순식간에 욕구나 발기가 우쩍 일어난다. 한창때의 남성들은 여성의 비밀스런 곳을 보면 두 눈이 물고기의 눈처럼 휘둥그레져서 꼼짝을 못 할 정도였다. 성충동이 매우 격하게 일어나는 모습이다. 그러나 나이가 들어감에 따라 호르몬 감소라는 자연현상이 일어난다. 미모의 여성이나 쿠르베의 회화 작품《세상의 근원》같은 것에 나오는 적나라한 여성의 음부를 봐도 예전 같질 않고 순해지는 시기가 도래한다. 바로 그 나이가

60대인 이순(耳順)의 시기이다.

순(順)하다는 것은 기세가 거칠거나 세지 않은 상태를 의미한다. 이것의 반대 의미는 격하거나 거칠게 일어나거나 흥분하는 상태이다. 한창때의 남성들이 아름다운 여성을 보면 몸과 마음이 결코 순해질 수 없다. 순식간에 격정적인 욕망이 일어난다. 육체적으로는 욱하고 성 충동이 일어나 남근이 발기되기도 하고, 심적으로는 매혹을 당해 정신을 빼앗기게 된다. 영화감독들은 이런 심리를 잘 알고 있기에 에로 신을 표현할 때 의도적으로 매우 거칠고 격하게 표현한다. 남녀가 실내로 들어서자마자 남성이 다짜고짜로 키스를 마구 퍼부으며 여성을 벽이나 침대로 밀치며 거칠고 격하게 에로틱한 행동을 한다.

이렇게 격정적으로 일어나던 성 충동과 에로틱한 감정이 60세에 들어서자 순해졌다는 것이다. 세상만사가 달도 차면 기울고, 흥함이 있으면 쇠퇴가 있다. 젊음을 구가하며 고조되었던 성 본능과 에로틱한 감정도 순해지며 쇠퇴기를 겪는 것이 바로 이순(耳順)의 시기이다. 남성들은 50대 중반 이후에는 전립선비대증이 생기는 경우가 많아 나이 먹을수록 오줌발이 상징하는 정력은 더욱 약해지고 순해진다. 《창문 넘어 도망친 백세 노인》이라는 책에 '오줌 슬리퍼'라는 용어가 나온다. 남성들이 일정 연령대에 도달하면 자신의 슬리퍼 끄트머리 이상으로 오줌발이 뻗지 않기 때문에 붙여진 이름이다. 젊었을 때는 거칠고 시원하게 뻗히던 오줌발이 힘이 없고 순해지는 것이다. 이순의 나이인 60세 이후의 남성들에게는 누구나 현실로 들이닥칠 수 있는 일이기도 하다.

70세, 남근이 구부러진 곱자 상태를 넘지 못하는 시기

공자께서는 70대를 '종심소욕 불유구(從心所欲 不踰矩)'라고 표현했으나 이를 줄여 종심(從心)이라고 부르고 있다. 지우학(知于學), 지천명(知天命), 이순(耳順) 등은 단어가 너무 짧고 모호하여 그것이 정확하게 어떤 상태를 지칭하는 것인지 알기 어렵다. 반면에 종심(從心)은 원래 일곱 글자로 표현한 문구를 두 자로 줄여서 표현했기 때문에 공자의 말씀 중 가장 선명하게 그 뜻을 알 수 있는 부분이다. 주요 한자어의 의미를 알아보면 다음과 같다.

欲 = 하고자 하다, 욕심, 욕망, 애욕(愛慾), 색욕(色慾)
踰 = 넘다, 지나가다, 상회하다, 이기다
矩 = 곱자, 모나다, 네모, 법도, 상규, 규칙

종심소욕 불유구(從心所欲 不踰矩)를 직역하면 "마음이 하고자 하는 바나 색욕 하는 바를 쫓아도 곱자처럼 구부러진 형태를 넘을 수 없다."는 의미가 된다. 여기서 가장 문제가 되는 한자가 '矩' 자이다. '矩' 자에 대한 기존에 널리 알려진 해석은 '법도(法度)'이지만 '곱자'라는 뜻으로 가장 많이 쓰이는 한자이다.

곱자는 건축 현장에서 목수들이 사용하는 'ㄱ'자 모양의 직각자다. 이것은 남근이 이완되어 있을 때 음낭 위로 얹히며 약간 구부러진 곱자 형태를 띠는 모습이다. 음경의 뿌리부터 보면 이완된 성기는 더욱 정확하게 곱자 형태를 띤다고 볼 수 있다. 인터넷상에서 '남성 생식기관'이라는 단어를 치면 곱자 형태로 구부러진 음경의 모습을 확인할 수 있다. 한창때의 단단하게 발기한 남근은 반듯한 막대기 형태나 초승달처럼 끝부분이 약간 들린 형태를 보이므로 이와는 완전히 대조적인 모습이다.

따라서 '종심소욕불유구'는 70세가 되면 대부분의 남성들이 하고자 하는 욕구를 느껴도 남근이 구부러진 곱자 형태를 넘지 못한다는 의미이다. 성생활에 필요한 충분한 발기가 거의 이뤄지지 않기 때문이다. 이것은 남성 호르몬 감소, 심장 및 혈관의 노화, 혈액의 질적 저하, 전립선 비대증 등이 복합되어 일어나는 현상이라 할 수 있다. 지천명이나 이순 시기에는 비록 남근이 10대나 20대 시절처럼 단단하게 서진 못해도 구부러진 곱자 형태를 넘는다. 아주 단단하게 발기하지는 못하지만 곱자 형태는 넘으므로 노력하면 그럭저럭 성생활이 가능한 상태이다. 그러나 70대에 도달하면 구부러진 곱자를 넘

지 못하니 남근이 더욱 힘이 없어지고 제 역할을 거의 못 하는 상태
가 된다. 여성과 삽입 성관계가 매우 곤란해진다는 의미이다.

공자께서는 나이 70이 되자 남근이 구부러진 곱자 형태를 넘지 못
하게 되는 사실만을 강조하고 있는 것이 아니다. 사람은 나이 70 되
어도 마음만큼은 성생활을 비롯해 사회적 활동 등을 왕성하게 하고
싶은 마음이 있다. 의욕은 넘치지만 몸이 구부러진 곱자를 넘지 못
하듯 따라주지 않는 것, 그것이 바로 인생이라는 것을 역설하고 있
다. 이런 냉엄한 현실을 무시하고 한창 젊은 때의 기분을 내려 하거
나 집착하게 되면 몸을 다치고, 병이 나고, 자기 자신과 갈등을 일으
키게 된다. 그래서 나이 든 현실을 하루라도 빨리 똑바로 인식하고
그러한 상황에 맞게 노년 생활을 재설계해 나가는 것이 현명한 삶의
자세이다.

남근이 구부러진 곱자를 넘지 못할 정도로 기력이 쇠해졌다는 것
은 살 만큼 살았다는 의미이기도 하다. 공자께서는 기력이 쇠해 73
세에 돌아가셨다. 그는 70대까지 살아본 후 자신의 인생을 자평하는
말을 남겼다. 이 말을 하고 최대한 길어봤자 3년, 짧으면 며칠 이내
에 돌아가신 것이다. 따라서 공자께서는 남근이 구부러진 곱자를 넘
지 못하는 성적인 사실에 방점을 둔 것이 아니다. 사람의 나이 70대
가 되면 남근이 구부러진 곱자를 넘지 못할 정도로 기력이 쇠해져
결국 세상과 하직하게 됨을 강조했던 것이다. '인생칠십고래희' 라

는 말이 있듯이 공자께서 살던 그 시절에는 70대는 대부분의 사람들이 죽는 시기였다. 그리고 공자께서도 이를 증명이라도 하듯이 73세에 돌아가셨다. 사람의 인생이 길어봤자 70인데 시기와 질투, 미움을 갖지 말고 서로에게 어질게 대하며 마음 편히 살자는 뜻이 내포되어 있다.

공자께서 69세 때는 50살이 된 아들이 죽었고, 71세에는 아끼던 제자 안회, 72세에는 제자 자로가 연이어 죽어 매우 슬퍼하는 모습이 논어에 묘사되어 있다. 이 부분을 다시 자세히 살펴보면 나이를 적게 먹은 아들과 제자들이 죽을 정도로 공자가 오래 살았다는 반증이 된다. 남의 일을 자신의 일처럼 기뻐하거나 슬퍼하는 사람은 공감능력이 풍부하다고 말한다. 공감능력은 자신도 다른 사람의 처지와 같이 될 수 있음을 느끼는 데서 생긴다. 공자께서는 남근이 구부러진 곱자를 넘지 못할 정도로 기력이 쇠해진 자신에게도 죽음이 다가왔음을 느꼈다. 그래서 이를 두려워했고 슬퍼했던 인간적인 사람임을 알 수 있다.

수명이 대폭 연장된 오늘날에도 70대가 되면 남근이 구부러진 곱자를 넘지 못할 정도로 기력이 쇠해져 공자처럼 언제 세상과 하직하게 될지 모른다. 그래서 밤새 안녕이라는 말도 있고, "저승길이 멀다더니 대문 밖이 바로 저승일세."라는 말도 있다. 그럼에도 불구하고 그들은 그 나이에도 아직까지는 성적인 농담도 하고, 성생활을 언제까지 할 것인가에 대해 고심을 한다. 실제로 70대 노인들을 상대로 심신 상태에 대한 설문조사를 해 보면 하고 싶은 대로 해도 법도를 넘지 않는다고 답하는 사람은 단 한 명도 없을 것이다. 대신에 그 나이에도 하고자 하는 마음만큼은 있으나 자신의 남근이 구부러진 곱자를 넘지 못하게 됐다고 대부분 답할 것이다.

사춘기 하면 떠오르는 것이 반항심이고 이를 통해 사춘기 청소년들의 핵심적인 특성을 이해할 수 있다. 70대 하면 종심을 떠올림으로써 남근이 구부러진 곱자를 넘지 못할 정도로 기력이 쇠해지는 것이 70대의 특성임을 알 수 있게 된다. 그래서 노인들의 무릎과 허리가 굽고, 지팡이를 짚고, 보행기를 밀고 다니고, 버스에 오르내릴 때 느려짐도 이해 할 수 있다. 우리는 영원히 착하고 말 잘들을 것 같던 자식들이 사춘기가 되자 걸핏하면 신경질과 짜증을 내고, 매사에 청개구리처럼 반대로 하며 반항심을 보여도 사춘기려니 하고 참고 넘어간다. 70대 노인 분들이 출퇴근 시간 등에 버스나 전철에 늦게 탄다고 은근히 짜증내던 사람들도 종심의 의미를 알게 됨으로써 노인의 처지와 입장에 대해 충분히 공감하게 된다. 그분들도 사춘기 때나 중·장년기에는 자신이 그렇게 되리라 거의 생각하지 못했다. 한해 두해 나이 먹다 보니 어느덧 종심의 시기까지 이른 것이다. 오늘날엔 수명이 길어져 종심의 시기가 80대로 연장된 측면이 있기는 하지만 개인마다 종심이 나타나는 시기에 차이가 있다.

70대에 들어선 노인들에게 하고 싶은 대로 해도 법도를 넘지 않았다는 말은 전혀 중요하지도 않고 관심 사항도 아니다. 남근이 구부러진 곱자를 넘지 못할 정도로 기력이 쇠해졌는데 법도를 넘고 말고가 뭐가 그리 대수겠는가? 건강한 몸과 활력 있는 생활이 남은 인생 발등의 불이자 장기적으로 관리해 나가야 할 과업일 뿐이다. 그래서 나이 드신 분들일수록 영양제 챙겨 먹고, 걷기, 체조, 수영장에서 에어로빅을 열심히 하고 있다.

구약성서《전도서》를 보면 "헛되고 헛되며 헛되고 헛되니 모든 것이 헛되도다. 해 아래에서 수고하는 모든 수고가 사람에게 무엇이 유익한가? 한 세대는 가고 한 세대는 오되 땅은 영원히 있도다."로 시작한다. 이 말을 한 사람이 솔로몬으로 알려져 있다. 솔로몬은 지혜롭고 모든 부귀영화를 누린 왕이다. 그런 그도 노년이 되어 남근이 구부러진 곱자를 넘지 못하는 종심 상태가 도래하자 기력이 쇠진한 가운데 인생을 이렇게 노래한 것이다. 종심의 시기가 되면 살아온 인생에 대해 회한(悔恨)이 늘어난다. 그리고 잘났고 못났건 생로병사라는 피할 수 없는 운명을 다 같이 걸어가는 인간이라는 연민의 정과 어진 인간애가 생기기도 한다.

성생활에도 정년퇴직 시기가 있다?

불혹의 나이인 40대까지만 해도 필요시에 남근이 순식간에 우쩍 일어서서 성생활에 별문제가 발생하지 않았다. 그러나 50대를 넘어서 6, 70대가 되면 삽입식 성관계에 곤란을 겪는 남성들이 기하급수적으로 증가한다. 아름다운 여성을 보더라도 성적인 감흥이 줄어들어 순해지고 남근이 구부러진 곱자 형태를 넘지 못하는 현상이 찾아오기 때문이다. 그러던 것이 '필요가 발명의 어머니'라고 했듯이 발기부전으로 고민하는 수많은 남성들을 위해 최근에서야 발기부전 치료제가 발명됐다. 구부러진 곱자 형태의 남근이 활짝 펴고 다시 일어설 수 있게 된 것이다. 오늘날 발기부전 치료제는 남성들의 불유구(不踰矩)상태를 유구(踰矩)상태로 바꾼 기념비적인 약이며 해피드럭(Happy Drug)으로 각광받고 있다.

그러나 약에 의존하면서까지 성생활을 자주 갖거나 언제까지나 지속할 수는 없다. 70대에 들어 남근이 구부러진 곱자를 넘지 못하는 것은 심신의 전반적인 기능이 쇠약해졌다는 표시이며 자연의 순리이기 때문이다. 성생활은 부부가 가장 손쉽게 할 수 있는 공통의 취미생활이므로 이를 유지하기 위해서 적정수준의 약물 사용도 필요하다 할 것이다. 다만 과유불급이므로 전체적인 건강을 우선시하며 잘 통제해 나가야 한다.

성생활에도 정년퇴직이 있다면 구부러진 곱자를 넘지 못하는 시기인 70대가 틀림없을 것이다. 다만 근로자들의 정년퇴직도 60세에서 65세로 정해져 있지만 퇴직 후에도 많은 사람들이 경비원, 개인택시, 자영업 등 많은 일들을 한다. 그러나 정년퇴직 후에는 일을 해도 임금피크제 등을 적용받거나 허드렛일이 많아 보수가 줄어드는 것이 일반적인 현상이다. 성생활도 마찬가지여서 70대에 가장 많은 사람들이 정년퇴직을 하지만 그렇지 않고 계속해서 이어나가는 사람들도 있다. 사람들마다 체력, 정력, 건강, 생활 정도, 가치관, 환경 등이 다양하기 때문이다. 그러나 70대 이후의 성생활은 발기강직도, 지속력, 사정 양, 쾌감 등 질적인 면에서는 전성기 시절보다 떨어진다. 70대가 성생활의 정년퇴직 시기이기는 하지만 성생활의 지속 여부는 개인들의 선택의 몫이 된다.

남자들은 젓가락을 들거나 문턱을 가까스로 넘을 정도의 힘, 두부를 씹어 먹을 힘만 있어도 여자를 밝힌다고 한다. 그 정도로 남자들은 발기력을 남자다움과 젊음의 표상으로 여기고 인생의 종착지까지 끌고 가려고 한다. 그런 남성들이기에 하고 싶은 마음이나 욕구는 있으나 발기가 전혀 안 되는 상태를 맞이하게 되면 심리적인 상실감이 더욱 크게 느껴진다. 그 결과 '나도 이제 정말로 늙었나 보다.' 하며 70대를 받아들이게 된다.

공자께서는 성호르몬이 물밀듯이 밀려오는 사춘기는 성에 대해 배워 나가는 지우학이라고 명명했다. 이때 청소년들이 왜 성에 대해 배워나가려고 했는가? 이때는 남근이 발기하여 수시로 구부러진 곱자를 넘어섰기 때문에 자연히 관심을 갖고 배우려 했던 것이다. 사춘기와 정반대 방향에 있어 성호르몬이 썰물처럼 다 빠져나가는 노쇠기인 70세는 '종심소욕 불유구'라고 칭했다. 40대 이후부터 진행되어온 성호르몬의 분비가 현저하게 줄어들어 많은 사람들에게서 남근이 굽은 곱자 상태를 넘지 못하는 시기가 바로 70대임을 밝힌 것이다. 이것을 통해 사람들은 사춘기에는 성에 대해 배우고, 70대가 되면 대부분 성생활을 잘 마무리 지어야 함을 표현하고자 했던 것이다. 성생활의 일선에서 전격적으로 물러나는 퇴직을 할 것인지 아니면 여력이 있어 좀 더 지속해나가야 할 것인지 결정해야 하는 시기가 70대임은 분명하다.

03

벌거벗은 임금님이 된
공자 구하기

'종심(從心)'과 고양이 목에 방울 달기

공자께서는 하고 싶은 대로 했어도 법도에서 벗어나질 않았다. 우리들은 하고 싶은 대로 하다가 온갖 말썽과 사고를 일으키므로 인격적인 열등감과 죄책감을 느끼게 된다. 또한 마음이 하고자 하는 대로 하는 시기는 단순하고 세상물정 모르는 유아기 때나 가능한 것이다. 그때조차도 비난은 덜 받겠지만 하고 싶은 대로 하면 법도는 넘게 된다. 치매 걸린 노인이나 술이나 마약에 취해 심신 미약 상태에 있는 사람들이 하고 싶은 대로 할 수는 있지만 그들 역시 법도는 넘는다. 성인들은 매사에 삼가고 또 삼가는 행동을 해도 법도를 넘기

쉬우므로 이를 경계해야 하는데 기존의 '종심'은 현실 상황을 전면 부정한다.

'종심'은 마치 '고양이 목에 방울 달기' 이야기와 판박이이다. 고양이 목에 방울을 달 수만 있다면 쥐들에게는 안전이 확보되므로 모든 쥐들이 원하고 지향하는 일이라 할 수 있다. 그러나 고양이 목에 방울을 달 수 있는 쥐가 단 한 마리도 없다는 것이 바로 냉엄한 현실이다. 사람들의 인품이 하고 싶은 대로 해도 법도에서 벗어나지 않으면 두 말할 나위 없는 좋은 세상이 된다. 그러나 막상 현실 속에서 자기 마음 내키는 대로 했다가는 법규와 도덕을 어겨 처벌받거나 맹비난이 따른다. 그러므로 기존의 '종심'은 고양이 목에 방울 달기이며, 사람들을 윤리적으로 홀리는 마녀이자 사기꾼에 불과하다.

우리는 살아가면서 마음대로 했다가 욕심도 내고, 실수도 하고, 타인에게 해도 끼치지만 그러한 과오를 줄여나가고 경계하고 반성하는 삶을 산다. 매사에 하고 싶은 대로 해도 법도에서 벗어남이 없었다고 자랑하기보다 삼가고 뒤돌아보며 자기관리를 철저히 하는 사람이 바른 사람이다. 공자께서 바로 그런 사람이었다. 공자께서는 평소 괴력난신을 언급하지 않았듯이 고양이 목에 방울을 달자고 제안할 헛된 공상가나 망상가가 아니다. 그는 현실주의자, 실천가, 인간적인 사람이다. 그에게 종심이라는 굴레를 뒤집어 씌어 헛된 공상가나 마녀로 만들어 욕되게 하는 행위는 이제 끝내야 한다.

벌거벗은 임금님과 공자

여성의 자궁에서 나온 사람이라는 이름 뜻을 지녔고 인류의 위대한 스승인 공자께서는 매우 인간적이며 성생활 같은 일상에 충실했던 사람이다. 우리는 이런 공자의 진면목을 모르거나 무시한 채 오해와 편견 등으로 대해온 측면이 있다. 우리가 본의 아니게 이런 자세를 취해온 것에는 안데르센의 동화 〈벌거벗은 임금님〉에 나오는 사람들과 동일한 심리가 있기 때문이다.

옛날에 특별한 옷 입기를 좋아하는 임금님에게 재단사이자 사기꾼인 두 사람이 눈에 보이지 않는 특별한 옷을 지어 바쳤다. 그러나 실제로 옷은커녕 천 한 조각조차 없었다. 사기꾼들은 이 옷이 어리석은 사람에게는 보이지 않는다며 교묘한 엄포를 놓았다. 임금님은 자신이 어리석다는 소릴 듣기 싫어서 있지도 않은 옷을 입고 벌거벗은 채로 위풍당당하게 거리를 행진했다. 주변의 신하들은 물론 백성들도 자신들이 어리석은 사람이라는 소릴 듣는 것이 겁나 벌거벗어 망측해진 임금의 몸을 보고도 특별한 옷을 입으셨다고 칭찬 일색이었다. 이때, 한 아이가 임금님이 벌거벗으셨다고 하자 그때서야 모든 사람들이 속은 것을 알아차렸다.

옷은 사람의 몸을 꾸미고 치장하는 물건이다. 사람들은 옷으로 몸을 치장하듯이 어떤 자세나 가치관으로 자신의 정신을 꾸미고 치장하길 무척 좋아한다. 그래서 사람들은 민주주의, 자본주의, 공산주의, 사회주의, 현실주의, 이상주의, 쾌락주의, 금욕주의, 보수주의, 진보주의 등 다양한 사상이나 가치관으로 치장한 채 살아간다. 특별한 옷 입기를 좋아하는 임금님은 자신의 정신이나 마음가짐을 어떤 특별한 자세나 가치관으로 꾸미고 치장하길 좋아하는 사람이다. 예를 들어 어떤 사람은 매사에 정의나 공정성을 내세우며 자신을 치장한다. 다른 이는 인간성이야말로 최고의 가치라며 내세우며 치장한다. 불쌍한 사람을 돕고 봉사하는 가치를 내세우고 치장하는 사람도 있다. 이 밖에 남자나 여자다움, 용기, 예의 등 다양한 가치를 내세우고 치장하며 살아간다.

　임금과 신하, 어른들이 실제로 존재하지도 않는 옷에 대해 그런 옷은 없다고 진실을 말하지 못하는 데는 다 이유가 있다. 괜히 그런 입바른 소릴 했다가는 마음씨가 나쁘거나 어리석고, 자신의 지위에 걸맞지 않는 사람이라고 비난과 평가를 받을까 봐 두렵기 때문이다. 또한 세간에는 "가만히 있으면 중간이나 간다."며 비난받을 일에 앞으로 나서지 말라는 처세술도 권장되고 있다. 집단이 추구하는 가치에 대해 한 개인이 옳고 그름을 따지며 반대나 튀는 행동을 하지 말라는 묵시적인 위협이 존재하고 있는 것이다. 사실을 사실대로 말하는 것이 당연하고 민주롭고 정의로운 사회이다. 그러나 현실은 사실을 보고도 못 본체, 듣고도 못 들은 체하는 장님과 벙어리가 될 것을 강요하고 있다. 그래서 오죽했으면 '임금님 귀는 당나귀 귀' 라는 설화까지 인간 세상에는 생겨났던 것이다.

자신이 하고 싶은 대로 해도 법도에서 벗어남이 없었다는 '종심' 이라는 말은 너무 멋진 말이다. 그래서 자신도 그런 사람이 되는 정신적인 치장을 하고 싶어진다. 그러나 그 말에 대해 조금만 생각해 보면 그것이 불가능한 일임을 쉽게 알 수 있다. 그런 말은 사이비 교주, 독재자, 인격적 허영심에 들뜬 소인배들에게나 어울린다. 괴력난신을 싫어했던 어질고 현실적인 사람인 공자께서는 벌거벗은 임금님처럼 특별한 옷, 말하자면 고상함과 인격적 우월함이라는 옷을 입는 것을 원치 않았다. 그럼에도 불구하고 우리는 공자에게 '종심' 이라는 보이지 않는 옷을 강제로 입혀 놓고 있다. 벌거벗은 임금님은 옷을 스스로 벗었다지만 공자의 옷은 후세 사람들이 강제로 벌거벗겨 놓은 것이다. 그리곤 대중의 무리 속을 으스대며 걸어가는 인격적 꼭두각시를 만듦으로써 일종의 성추행과 강요죄를 범하고 있는 것이 아닐까?

아이는 벌거벗은 임금님에 대해 남들이 말 못 하는 것을 우쭐하는 마음에 용기 내어 말한 것이 아니다. 임금의 권위에 도전하고 반역을 꾀하거나 망신을 주자고 한 것도 아니다. 단지 임금님이 벌거벗고 걸어가고 있었으므로 사실 그대로 말했던 것뿐이다. 공자의 이름 뜻에 대해 '여성의 자궁에서 나온 사람'이라고 말한다고 해서 그분의 권위에 도전하거나 깎아내리는 것, 용기 있는 것도 아니다. 한자가 당초부터 지니고 있는 뜻을 사실 그대로 말하고 있을 뿐이다.

공자께서 70세에 도달했다는 '종심'도 마찬가지이다. 그것은 인간의 욕망과 심리구조상 원천적으로 불가능하기에 그냥 불가능한 것이라고 사실을 말할 필요가 있다. 거기에는 용기도 필요 없고 우쭐거림도 필요 없다. 70까지 살아본 사람들은 공자처럼 멋지고 완전무결한 상태에는 신이나 죽은 사람이 아니고서는 그 누구도 도달할 수 없다는 사실을 다 알고 있다. 그러나 그냥 입을 꾹 다문다. 나이 먹어서 괜히 어리석다는 소리, 마음씨 비뚤어진 사람이란 소릴 듣거나 쓸데없는 일로 논쟁하며 시간과 정력을 허비할 필요가 없기 때문이다.

벌거벗은 임금님과 공자가 결정적으로 다른 점이 있다. 벌거벗은 임금님은 스스로가 특별한 옷 입기를 좋아했지만 공자께서는 그렇지 않았다는 점이다. 공자께서는 종심소욕불유구(從心所慾不踰矩)라고만 말했을 뿐 '자신이 하고 싶은 대로 해도 법도를 넘지 않았다.'고 결코 말한 적이 없다. 단지 수많은 학자들과 추종자들이 수천 년을 이어져 내려오면서 인격적, 윤리적으로 좋은 쪽으로 해석해온 결과일 뿐이다. 그들이 좋은 세상을 만들자는 취지로 그렇게 해온 것 자체는 백번 이해가 간다. 다만 실현 가능성이 영 퍼센트인 사상으로 대중을 현혹시켜왔다는데 문제가 있다. 후세들의 그릇된 충성심이기도 하다. 어찌 보면 그 학자나 추종자들은 본의 아니게 사이비들이요, 사기꾼에 해당하기도 한다.

사람들은 존재하지도 않는 옷을 오늘도 인간성 좋은 공자에게 입히고 대중 앞을 벌거벗은 흉한 모습으로 걷게 하고 있다. 대화, 칼럼, 책 속, 강연장 등 자기계발과 인격교육의 최전선에서 나체 상태로 종심이라는 총 하나 들고 활보하게 만들고 있다. 하고 싶은 대로 해도 법도에서 벗어남이 없었다는 주장은 정신과적인 측면에서 보면 과대망상증이나 미치광이라는 진단이 내려질 수밖에 없다. 공자를 이렇게 나체상태의 미치광이로 만들면 나도 사기꾼이 되거나 침묵하는 대중 중에 한 사람이 될 뿐이다. 사람들이 자신들의 인격적 성장이라는 허영심을 위해 나체의 꼭두각시로 만들어 놓은 공자를 하루빨리 구해서 정상으로 되돌려 놓을 필요가 있다.

임금님이 벌거벗고 있다는 사실을 알았을 때 가장 먼저 해줘야 할 일은 보이지 않는 특별한 옷 대신에 실제의 옷, 인간의 옷을 입혀주는 것이다. 공자도 마찬가지이다. 하고 싶은 대로 했어도 법도를 넘지 않았다는 보이지 않는 특별한 옷을 강제로 입혔다면 그 옷부터 갈아입혀야 한다. 사람들에게 보이는 평범한 옷, 70이 되니 하고자 하는 욕망은 있으나 남근이 구부러진 곱자를 넘지 못했다는 옷으로 말이다. 이런 성적인 의미의 옷이 싫다면 "하고자 하는 욕망은 있었으나 꾹 참고 견뎌내어 법도를 넘지 않았다."라는 옷이라도 다시 입혀야 한다. 인간적인 공자에게 괴상한 옷을 강제로 입혔으니 결자해지 측면에서 그렇게 해야 할 의무가 우리들에게 있다. 그래야만 공자께서 무덤 속에서나마 편안하게 쉴 수가 있다.

현실적으로 볼 때 공자께서 종심 상태에 도달했거나 말거나 대중들에게는 크게 중요한 것이 아니다. 그것을 모르거나 관심 두지 않아도 먹고 사는 데 지장이 없다. 옳고 그름을 따진다며 진실을 말했다가 괜히 무식한 사람이란 소리나 들을 수가 있다. 보통 사람들이 수천 년간 취해온 행동과 자세이다. 그러나 아이처럼 있는 그대로의 것을 사실대로 말하는 순간 새로운 세계가 열린다. 지금까지 우리가 알고 있던 말이 사실이 아니고 속았음을 아는 순간 그럼 진실은 무엇이냐는 의문이 생기게 된다. 그 순간 우리는 혁신의 세계가 열리는 경험을 할 수 있다. 지금까지 우리의 의식을 지배해온 낡은 것과 가짜의 가치가 와장창 무너진다. 대신에 실생활과 인간을 이해하는 데 도움이 되는 새로운 가치관이 자리 잡을 수 있다.

뻐꾸기 같은 속임수를 쓴 공자

자연의 신비스런 현상 중의 하나가 뻐꾸기의 탁란(托卵)이다. 뻐꾸기는 자신의 알을 몰래 뱁새(붉은 머리 오목눈이) 둥지 안에다 낳고 기르게 하는 탁란(托卵)을 한다. 뱁새가 인간처럼 이런 사실을 알고 있다면 뻐꾸기 알을 키우는 일은 결코 없을 것이다. 뱁새는 흰색과 파란색 알을 낳는 두 종류가 있다. 그리고 자신의 알을 크기보다 색깔로 구분한다고 한다. 뻐꾸기의 알도 파란색이다. 그래서 뻐꾸기는 뱁새를 속이기 위해 파란색 알을 낳는 둥지에만 탁란을 한다. 뱁새가 자기 알을 색깔로 구분한다지만 뻐꾸기의 것은 크기가 월등히 커서 약간의 이상함은 느낄 것이다. 부화되고 난 후에 자기보다 몇 배나 커져가는 새끼를 보고는 더 이상하다는 마음은 들 것이다. 그럼에도 불구하고 그 새는 뻐꾸기 새끼를 지극정성으로 키운다. 먹이 달라며 보채는 뻐꾸기 새끼도 생명이기 때문에 우선은 살려놓고 봐야 하기 때문이다. 작은 새를 혹사시키는 뻐꾸기의 얌체 같고 사악한 탁란이지만 자연의 이치에서 보면 뱁새도 살고 뻐꾸기도 사는 길이다.

사람들은 '지우학(志于學)'에 대해 공자같이 인품이 훌륭하고 어려서부터 남다른 데가 있었던 분이 하신 말씀인지라 학문에 뜻을 둔다는 의미로 받아 들여왔다. 이것이 결코 잘못된 일은 아니다. 그러나 파란색의 알로 뱁새를 속인 뻐꾸기처럼 공자께서도 성적인 의미를 지닌 '于' 자를 주변 글자와 자연스럽게 어울리게 했다. '于' 자는 어조사이기 때문에 마치 약방의 감초격으로 어느 한자와도 잘 어울리는 속성이 있다. 그 새는 자신의 알과 뻐꾸기의 알을 구분해 내지 못했다. 대중들도 '于' 자가 너무 자연스럽게 주변 글자와 어울렸기 때문에 그 글자에서 성적인 의미를 구별해내지 못했다.

그렇다면 훌륭한 인품을 지니신 인류의 4대 성인인 공자께서는 왜 '지우학'에다 성적인 내용을 탁란했을까 하는 의문이 든다. 그것은 15세에 학문에 뜻을 두는 것도 중요하지만 인간에게는 사춘기에 성적인 것을 배우는 데 뜻을 두는 것 또한 매우 중요하기 때문이다. 성본능은 종족보존과 인류문명 유지에 가장 핵심이 되는 바탕이다. 학문하는 마음도 살고 성적인 본능도 살아야 제대로 된 인간이 될 수 있다. 둘 다 살려야 하는데 뱁새 역할을 하는 대중들이 윤리적으로 성적인 내용을 배척하기 때문에 언어적인 탁란을 한 것이다. 대중들이 고상한 파란색의 알을 원하는데 성적인 냄새를 풍기는 황색의 알을 그곳에 집어넣으면 거부되고 당장에 지면으로 내동댕이쳐진다. 공자께서 비록 뻐꾸기 같은 속임수를 썼지만 생명현상의 중추가 되는 성 본능도 살리려 했기에 그분의 행위를 그 누구도 비난할 수는 없을 것이다.

인간의 삶은 성생활로 시작되고 끝난다 해도 과언이 아니다

사람들의 일생은 부모님의 사랑과 성생활로부터 시작된다. 그렇게 잉태되어 세상 구경을 한 후 사춘기를 거치면서 천진난만했던 소년소녀들이 성과 사랑에 눈을 뜨기 시작한다. 처음에는 낯선 이방인같이 찾아온 자신의 성 본능을 어떻게 대해야 할지 몰라 방황하지만 서로 신뢰하며 같이 있는 시간이 길어짐에 따라 차츰 친숙해져 간다. 그 결과 결혼 등을 통해 수십 년간 성생활을 안정적으로 영위하고 그 과정에서 보배 같은 자식도 생기며 희로애락 속에 늙어가게 된다. 결국 하고자 하는 마음은 있으나 남근이 구부러진 곱자를 넘지 못하는 시기에 누구나 도달하는 것이 인생이다.

우리가 평생 영위하는 크고 작은 성생활은 생활의 재미와 기쁨을 주고 스트레스를 해소하고 삶의 활력을 선사한다. 그래서 우리의 긴 인생 여정에 성생활이 없다면 일상은 메마른 사막처럼 변할 것이며 너무 지루하고 온갖 잡음을 낼 것이다. 그렇다고 섹스가 불치병을 고치는 만병통치약도 아니고, 일이나 사업이 잘못된 것, 가난함도 보상해주지는 않는다. 섹스로 한 사람의 능력이나 자질을 평가하지도 않지만 섹스는 즐겁고 건강증진에 도움이 되고 부부나 남녀 간에 소통에 매우 중요한 역할을 한다.

흔히 말하길 섹스는 두 남녀가 같이 사랑을 나누며 성적인 욕망을 배설하는 것이라고 한다. 그러나 달리 보면 남성에게 섹스는 순간적으로나마 한 여성을 완벽하게 만족시킬 수 있는 남성다움의 시험대 같은 것이다. 여성은 상대 남성으로 하여금 순간적이나마 자신에게 완전하게 몰입하고 의존하게 만드는 것이 섹스의 가치이다. 섹스는 젊음과 건강의 상징이며, 섹스를 할 수 있다는 것은 아직도 살날이 많이 남았으며 몸이 활기차게 돌아가고 있다는 간접 증거가 되기도 한다. 그래서 사람들이 섹스능력 유지에 안간힘을 쓰고 집착하게 된다.

인간이라면 누구나 도덕적인 이성(理性)과 성적인 본능을 동시에 지니고 있다. 공자께서 15세에 성을 배우는 데 관심을 뒀고, 70세에는 하고 싶은 욕망은 있었으나 남근이 구부러진 곱자를 넘지 못했다고 성적인 사실을 있는 그대로 말했다. 이것이 15세에 학문에 뜻을 둔 것이나 70세에는 하고 싶은 대로 했어도 법도에서 벗어나지 않았다는 것보다 비인간적이거나 열등한 행위는 아니다. 오히려 기존에 우리가 알고 있던 지우학이나 종심의 의미보다 더 사실적이고 현실적이며 인간적이다.

우리는 기존의 의미대로 공자의 말씀을 받아들여 공자처럼 인격적으로 고상하게 사는 사람들을 부러워할 수는 있다. 그러나 과연 그런 수준에 도달한 사람들이 있기나 한 것인지, 지구상에 몇 명이나 있는지 알 수 없다. 대신에 우리는 사춘기에는 성을 배우는 데 뜻을 두고 70대에는 하고 싶은 마음은 있어도 남근의 발기가 어려워진다는 데 공감을 한다. 그러한 과정은 누구나 겪게 되는 현실이며 보편적인 인간의 모습이기 때문이다. 우리의 수많은 선조들도 모두 그렇게 늙어갔고 우리도 그 길을 따라가고 우리의 후손들도 그 길을 따라올 것이다. 공자께서는 지우학, 지천명, 종심 등을 통해 자신의 고상함을 자랑하기보다 '생로병사의 운명을 지닌 다 같은 인간' 임을 강조하려 했다. 그래야 짧은 인생 미워하고 시기하고 질투하며 살기보다 서로 도와가며 어질게 살아갈 수 있기 때문이다.

　공자(孔子)처럼 '孔' 자를 이름으로 지니고 있는 공명(孔明)이 대활약을 펼친 소설 삼국지도 공자의 말씀과 같은 선상에서 바라볼 필요가 있다. 삼국지는 사나이들의 원대한 포부와 지략, 외교적 합종연횡, 충성심, 처세술, 용기가 어우러지는 호쾌한 전쟁 소설로 알려져 있다. 공명은 천지조화까지 다스리며 동남풍을 일으켜 적벽대전을 승리로 이끌고, 장비는 장판교에서 혼자서 조조의 십만 대군을 물리치기도 한다.

　이런 허풍스러운 이야기가 처음에는 재미있었지만 자주 듣다 보니 식상하고 현실성이 결여되어 있어 이제는 큰 감동을 주진 못한다. 그래서 이제는 삼국지도 혁신해야 한다. 지우학이나 종심처럼 삼국지에도 뻐꾸기의 알과 같은 내용이 탁란되어 있다. 탁란도 한두 곳에 된 것이 아니다. 삼국지의 시작부터 끝까지 이곳저곳에 온통 뻐꾸기 알이 감춰져 있고 뻐꾹뻐꾹 하는 울음소리가 진동한다. 지금까지 우리를 감쪽같이 속여 온 뻐꾸기 알이 무엇인지 안다는 것 자체가 매우 흥미로운 일이 될 것이다. 이를 통해 삼국지는 더 이상 유비, 공명, 관우와 장비, 조조, 손권이 자신들의 야망을 위해 싸우는 전쟁 소설로써의 역할만 하지 않는다. 스마트폰을 들고 바쁘게 현대를 살아가는 우리들에게 또 다른 의미와 삶의 지혜를 제공하는 삼국지가 새로운 물결로 힘차게 다가오고 있다.

나도 지금까지 죽어라고 남의 자식만 키워온 것이 아닐까?

요즘 드라마에는 회장 같은 부잣집 자식과 가난한 자기 자식을 바꿔치기해서 이야기가 전개되는 내용도 종종 방영된다. 나중에 이 사실이 밝혀지며 주인공 측이 바꿔치기한 악역들을 응징하며 드라마가 끝난다. 시퍼렇게 살아있는 자기 자식을 놔두고 남의 자식을 키웠다는 사실을 알게 된 부모는 매우 어이가 없고 화가 치밀 것이다. 그리고 당장 진짜 내 자식을 찾으려 할 것이다.

마찬가지로 내가 지금까지 철석같이 믿거나 간직해온 지식이나 생각에 누군가가 뻐꾸기 알 같은 것을 탁란 시켜 놓았다면 별로 기분이 안 좋을 것이다. 뱁새가 뻐꾸기 알을 다른 새의 알이라고 의심을 하지 않고 키운 것은 자기 둥지를 너무 믿었기 때문이다. 자기 둥지 안에 있는 알이라면 그것이 언제부터 들어와 있는 것인지, 또는 크기는 중요하지 않고 색깔만 대충 들어맞으면 자기 알로 인식하는 생각의 오류이다. 사람들도 뱁새처럼 자신들만의 이념, 사고방식,

가치관 등 생각의 둥지를 지니고 있다. 그리고 그 생각의 둥지 안에 누군가 광고나 선전, 반복 주입 등을 통해 뻐꾸기 알 같은 것을 몰래 들여놓을 수 있는 것이 현실이다. 그래서 공자, 공명, 적벽대전 등에 무슨 내용이 들어있건 간에 나하고는 상관없는 일로 치부하고 넘어갈 형편이 못 된다. 언제까지 뻐꾸기가 몰래 가져다 놓은 알을 자기 알이나 자식으로 생각하고 키울 수만은 없지 않은가? 지금이라도 진짜 내 자식을 찾아야 하는 것이 부모의 도리이듯 지적인 측면에서도 진짜나 진실을 찾아야 하는 것이 지식인의 천륜이 아닐까?

공명(孔明),
성생활이 샘솟는 구멍

일정부분이 항상 물 위에 떠있어야
침몰하지 않는 배처럼 남근도 여근 속에서
일정 부분 떠 있어야 갑자기 침몰하지 않고
섹스가 길고 풍요로워진다.

01

적벽대전에 열광했던
우리 선조들

적벽대전을 수입해 판소리 적벽가로 만든 우리 선조들

14억 중국인들은 물론 한국과 일본 등에서 즐겨 읽는 최고의 소설은 삼국지이다. 중국에서는 "삼국지를 읽지 않는 사람과는 대화를 하지 말라"는 말까지 있을 정도이며 지금 이 시간에도 수많은 사람들의 연구 대상이 되고 있다. 정치 및 경제인들은 삼국지에서 처세와 경영을 찾고, 군인들은 전략과 전술을 찾고 있으며 스마트폰 시대에 맞게 삼국지 관련 각종 게임이 출시되고 있는 실정이다.

공자의 말씀을 전하는 논어를 비롯하여 사서삼경에는 좋은 글귀가 많이 나온다. 그러나 우리의 삶 속에서 생활화되고 귀에 익숙한 고사성어는 삼국지에 더 많이 나온다. 도원결의, 읍참마속, 파죽지세, 계륵, 수불석권, 괄목상대, 삼고초려, 오관참육장, 단기천리, 칠종칠금, 백미, 비육지탄, 출사표, 수어지교, 간뇌도지(肝腦塗地), 일신시담(一身是膽) 외 다수의 고사성어가 나온다. 그야말로 고사성어의 보고이자 경연장인 셈이다. 참혹한 전쟁 이야기만으로 알고 있었던 삼국지가 이처럼 수많은 고사성어를 통해 삶의 지혜를 깨닫는 배움의 장이었던 것이다. 그래서 많은 사람들이 바쁜 일상 속에서도 삼국지를 손에서 놓지 않고 수불석권하며 살아가고 있다. 그래야 인생이 괄목상대해질 수 있기 때문이다.

수많은 중국 소설 중에 백미가 삼국지인 것은 분명하다. 삼국지에는 백마전투, 관도대전, 적벽대전, 이릉전투 등 수많은 전투가 나온다. 이런 전투들 중에서 또한 가장 백미가 되는 것은 공명(孔明)이 동남풍을 일으켜 조조의 백만 대군을 화공으로 전멸시킨 적벽대전이다. 중국 소설 중에 백미는 삼국지이고, 삼국지의 백미는 적벽대전이므로 적벽대전은 백미 중에 백미라 할 것이다.

단 한 번의 전투로 백만 대군이 전멸한다는 것은 불가능에 가깝다. 인류 역사상 최악의 전쟁이었던 제2차 세계전쟁의 종지부를 찍은 히로시마 나가사키 원자폭탄 투하 때도 10만 내외가 죽었을 뿐이다. 100만의 조조 병력이 화살에 맞아 죽고, 불에 타죽고, 물에 빠져 죽는 등 전멸하다시피 한 적벽대전은 그래서 사상 최대의 전투인 셈이다. 이런 적벽대전에서 공명이 지략을 쓰고 천지조화를 부려서 5만의 병력으로 조조의 백만 대군을 전멸시켰다. 그러나 우리나라에도 이 정도의 이야기는 있다. 중국의 성군이라는 일컬어지는 당 태종 이세민의 침입을 막아 낸 고구려 안시성의 양만춘 장군, 삼국통일을 일궈 낸 김유신 장군, 귀주대첩을 지휘한 강감찬 장군 등도 있다. 간신배들의 모함을 받고 백의종군까지 하면서 임진왜란을 승리로 이끈 이순신은 영웅을 넘어 성웅(聖雄)으로 추앙받고 있다.

이들의 눈부신 지략과 전과, 시기와 좌절, 자신의 목숨마저 초개와 같이 던졌던 애국충절의 마음 등을 엮으면 적벽대전을 능가하는 판소리가 될 수도 있다. 그럼에도 불구하고 우리 민족은 불멸의 영웅이라 일컫는 이순신의 활약상마저 외면하고 판소리로 엮지 않았다. 그 대신 유비 삼형제와 간웅 조조가 등장하는 이야기인 적벽대전을 판소리 다섯 마당 중에 하나로 엮었다. 적벽대전은 중국의 역사 이야기이다. 우리 민족은 그 소설의 재미에 푹 빠져 열광했고 그것을 직 수입하여 우리 민족 고유의 판소리로 만들었다. 이와 같은 행위를 오늘날의 시각에서 보면 사대주의 사상이며 매국노적인 행위에 해당한다. 그럼에도 불구하고 적벽대전이 우리 고유의 판소리에 포함된 것에는 우리가 미처 알지 못했던 'X'와 같은 요소가 있기 때문이다.

판소리는 우리 민족의 삶의 애환과 철학, 지혜가 담겨있는 최고의 정신적인 유산이다. 그래서 일찌감치 유네스코 인류무형문화유산으로 등재된 바 있다. 우리 민족은 인생이 벌어지는 판이나 마당을 크게 12개로 봤다. 그래서 판소리가 원래는 열두 마당이었다. 이중 핵심이 되는 다섯 개를 간추려서 판소리 다섯 마당으로 만들어 오늘날까지 전해지게 된 것이다.

중국 소설 《서유기》에서 손오공이 아무리 재주와 도술을 부렸어도 부처님의 다섯 손가락 안을 벗어나지 못했다. 현대인들의 삶이 아무리 복잡다양하고 치열하고 소름이 끼친다 해도 판소리 다섯 마당에서 벗어나지 못한다고 할 수 있다. 그래서 우리 민족이 지향하는 가치관이나 살아가는 모습의 주요 골격을 알고자 하면 판소리 다섯 마당을 음미해 보면 된다. 적벽대전은 그중에서도 백미(白眉)에 해당할 정도로 뛰어난 작품이기에 성인이라면 누구나 알아둘 필요가 있는 것이다. 우리 판소리 다섯 마당에 적벽대전이 포함되었다는 것 자체가 그만큼 특별한 의미를 지닌다. 적벽대전을 판소리로 선택한 우리 선조들이 매국노라기보다 그 속에는 애국심을 능가할 정도로 인간의 마음을 끌어당기는 강력한 에너지가 있기 때문이다.

공자(孔子)와 공명(孔明)이 이끄는 새롭고 건강한 일상

중국의 위대한 성현인 공자(孔子)와 삼국지의 위대한 책사이자 영웅인 공명(孔明)은 구멍이라는 뜻의 한자 '孔'을 이름으로 같이 쓴다. 공자(孔子)의 이름은 '구멍에서 나온 사람'이라는 뜻이며 그 구멍은 인간성과 어짊이 나오는 구멍임을 알아봤다. 공명(孔明)의 이름 뜻도 풀이해보면 '구멍(孔)에 밝은(明) 사람'이라는 더 의외의 뜻이 나온다. 다만 그 구멍이 목구멍이나 쥐구멍인지 현대인들이 좋아하는 골프 구멍, 젊은이들의 뚫린 청바지 구멍인지 너무 막연하여 알 수 없다. '공명'이라는 이름 하나만으로는 더 이상 알 수 있는 것이 없다. 따라서 주변 사람들과의 관계, 그의 행위나 치른 전투 등에 대해서 좀 더 자세히 살펴야만 정확한 이름 뜻이 나올 수 있다.

우선, 그가 치른 가장 유명한 전투가 적벽대전이었고, 적벽(赤壁)은 말 그대로 붉은 벽이라는 의미다. 실제의 적벽은 장강(長江)의 여느 지역에서도 볼 수 있는 평범한 암벽이다. 이름처럼 색깔이 붉지도 않고 다만 붉은 한자 글씨로 적벽(赤壁)이라고 쓰여 있을 뿐이다. 그 적벽은 전후관계로 봤을 때 인간의 가랑이 사이, 그중에서도 여성의 생식기 부위의 붉은 벽을 의미한다고 조심스럽게 추정해 볼 수 있다. 평상시에는 누렇거나 살색을 띠는 남근이 발기하면 대추 빛을 띠듯이 여성 생식기도 흥분하게 되면 붉은 적벽 형태가 된다. 그렇게 되면 구멍이 자연스럽게 여성의 생식기를 의미하기 때문에 공명(孔明)은 '여성의 생식기에 밝은 사람'이라는 특별한 의미가 도출된다. 결국은 적벽대전이 남녀의 성생활을 다룬 전쟁 이야기가 되는 것이다. 중국의 대중들이 남자들의 피를 끓게 하는 웅장한 전쟁 이야기에 역시 남자들의 피를 끓게 하는 성적인 내용을 탁란시켜 키워온 것이다.

욕망 없는 인간은 심장 없는 인간이나 다름없다. 성생활을 할 수 있다는 것은 아직까지 젊고 살아있다는 표시이다. 인생을 즐겁고 활력 있게 살아가 우울하지 않음을 의미하기도 한다. 현실적으로 전쟁을 경험하고 참여하는 사람보다 적벽대전이 의미하는 성생활을 직접 경험하고 참여하는 사람이 수십 배는 더 많다. 그래서 실제 전쟁으로써 적벽대전을 아는 것도 가치가 있지만 박진감 넘치는 치열한 성생활로써 적벽대전을 알아두는 것도 커다란 가치가 있다.

성인군자인 공자는 구멍이라는 이름을 통해 자신이 여성의 자궁 속에서 나온 인간임을 당당하게 알렸다. 이를 통해 자신이 신이 아니고 우리와 같이 울고 웃으며 하루하루를 살았던 보통 인간임도 알렸다. 그리고 그 구멍에서 흘러나오는 인간성을 바탕으로 어질게 살아가자고 강조했다. 중국이 세계에서 가장 많은 인구를 지닌 국가임에도 불구하고 분열되지 않고 통일성을 유지해 온 것에는 공자의 구멍에서 나온 어진 인간성이 뒷받침하고 있다.

공명도 이름을 통해 자신이 여성 생식기에 밝은 사람, 성생활에 밝은 사람임을 당당하게 알렸다. 그의 구멍은 성생활이 활기차게 흘러나오는 구멍이다. 이를 통해 전쟁에서 승리하는 지략과 신통력보다 성생활 같은 일상적인 삶에 충실해 나갈 것을 강조하고 있다. 중국이 오늘날 14억이 넘는 거대시장을 지닌 국가로 성장해온 배경에는 삼국지 같은 장편 소설을 통해 성생활을 폭넓게 권장하고 풍요롭게 즐겨온 결과가 아닌가 생각된다.

02

삼고초려로 성(性)에
밝은 공명을 얻다

삼고초려(三顧草廬), 음모가 수북한 여근을 자주 살피다

적벽대전은 유비가 자신의 작전 참모이자 비서실장 역할을 해줄 공명을 얻기 위해 삼고초려를 하는 것으로 시작된다. 이미 살펴본 바대로 공명의 이름 뜻이 '여성 생식기에 밝은 사람'이란 뜻이다. 만약 유비가 삼고초려를 하지 않았다면 이런 이름 뜻을 지닌 공명을 얻을 수가 없었다. 따라서 삼고초려라는 말 자체가 성적인 의미와 밀접하게 연결되어 있음을 알 수 있다.

三 = 세 번, 거듭, 자주

顧 = 돌아보다, 관찰하다, 반성하다, 찾다, 방문하다

草 = 풀, 거친 풀, 암컷

廬 = 농막집, 오두막집, 주막, 임시거처, 여인숙

　먼저, 초려(草廬)는 풀로 지은 농막집이라는 뜻이다. 농막집은 들에서 농사를 짓다가 따가운 햇살이나 비바람을 피하기 위한 집이다. 사람 몸 하나 가까스로 들어갈 정도로 작고 간단하게 짓는다. '풀(草)'은 그 생김새가 털과 비슷해 서로 교차적인 의미로 쓰이기도 한다. 예를 들어 머리털을 깎은 것을 우스갯소리로 벌초했다고 말하기도 한다. '집'은 사람이 들락거리고, 칼집은 칼이 들락거린다. 이처럼 집은 무엇인가 들락거리는 속성이 있다. 따라서 초려는 무엇인가 들락거리는 털이 나 있는 집이라는 의미가 도출된다. 성적인 측면에서 초려는 남근이 제집처럼 들락거리는 털이 나 있는 여근이라는 뜻이다. 성적인 의미를 지닌 공명이라는 이름 뜻과 삼고초려가 서로 부합하기 위해서는 삼고초려도 성적인 의미를 지닐 수밖에 없다. 이런 공명이 거주한 고장이 '융(隆)'이라는 곳이다. '융(隆)'은 형성문자로써 '작은 산같이 봉긋하다'는 뜻이다. 여성의 생식기 주변에 봉긋하게 솟아오른 불두덩 부위를 상징한다.

　삼고(三顧)는 무엇인가를 거듭 되돌아보거나 방문하다는 의미이다. 그 대상은 공명이 살았다는 융중(隆中)의 초려(草廬)이다. 음모가 난

여근을 거듭 살피거나 방문한다는 의미이다. 결혼해서 남녀가 한 이불을 덮고 같이 살게 되면 성생활이 일상이 되기 때문에 초려를 거듭 방문하게 된다. 그렇게 되면 누구나 자연스럽게 구멍에 밝은 공명(孔明)같은 사람이 될 수밖에 없다. 골프 치러 골프장을 자주 방문하면 골프에 밝은 사람이 되고, 전국의 유명한 산을 자주 방문하면 등산에 밝은 등산전문가가 되는 것이 세상의 이치이다. 결과적으로 인생이란 별것 없다. 무엇인가를 거듭 방문하거나 살피는 삼고(三顧)를 하면 그 방면의 전문가가 된다.

자기계발 분야에서는 '1만 시간의 법칙'이라는 것이 있다. 어떤 분야의 전문가가 되려면 최소한 1만 시간 정도의 훈련이 필요하다는 법칙이다. 1만 시간의 법칙에는 못 미치겠지만 삼고(三顧)도 상당한 시간 동안 반복해서 훈련을 하는 것을 의미한다. 남성들이 성생활에 밝은 사람이 되기 위해서는 충분한 시간을 갖고 거듭해서 여근을 삼고(三顧)해야 한다.

아무리 나이 먹은 사람도 결혼하지 않고 주기적으로 성생활을 하지 않는다면 공명을 얻을 수 없다. 사람에 따라 연애기에도 초려를 방문하는 경우가 있고 성이 개방화된 현대사회에서는 일반화되는 추세다. 그러나 그것은 결혼 후에 이뤄지는 삼고초려와는 그 횟수가 비교조차 되지 않는다. 간헐적으로 초려를 방문하는 연애기에는 대부분의 남성들이 여성생식기에 밝은 공명을 얻지 못하게 된다. 공명은 남성들이 여성과 주기적인 성생활을 하면서 거듭해서 여근을 살펴야만 얻을 수 있기 때문이다. 운전을 배울 때 운전대를 자주 잡아야 운전에 익숙해지는 이치와 같다.

유명무실(有名無實)과 무명유실(無名有實)

사람들은 실제로는 공명을 데리고 살아가면서도 그 이름 뜻과 역할에 대해 잘 모르거나 그다지 신경 쓰지 않고 살아간다. 공명의 에로틱하고 신기한 이름 뜻에 대해 몰라도 자신의 성생활에 커다란 문제점이 없고 잘 이뤄지며 만족하기 때문이다. 그것은 마치 심장이나 위장의 기능에 대해 몰랐어도 잘 살아왔던 옛날 사람들의 경우와 마찬가지이다. 그렇지만 이들의 존재와 기능에 대해 알게 된 오늘날에는 운동이나 음식을 통해 이들을 관리하면서 기능을 증진시킨다. 병들었을 때 치료할 수 있는 약도 발명함으로써 고혈압, 고지혈증 약 등의 치료제는 인간의 수명연장에 많은 도움이 되고 있는 실정이다. 사물에 대해 잘 몰라도 살아갈 수 있지만 제대로 알게 되면 문제를 해결하고 살아가는 데 크게 도움이 된다. 역시 아는 것이 힘이다.

이름만 있고 실상이 없는 것을 유명무실(有名無實)하다고 한다. 이에 비해 성생활을 일정 기간 영위한 남성들이 보유하고 있는 공명은 정반대로 무명유실(無名有實)한 책사의 성격이 짙다. 남성들이 공명과 같은 성생활 테크닉을 작동시키며 이를 매일 밤 활용하고 있으나 그 이름을 모르기 때문이다. 집에서 기르는 강아지조차도 이름을 불러 주면 꼬리를 흔들며 좋아한다. 개인들도 무명유실한 그 책사에게 공명이라는 이름을 붙여줄 필요가 있다. 그렇게 되면 공명이 자기를 알아준 주인을 위해 신바람이 나서 매일 밤 적벽대전을 더욱 잘 치를 수 있도록 도와주기 때문이다. 공명이라는 이름이 싫다면 자기만의 다른 이름이라도 붙여줘 그 가치와 노고를 정당하게 평가해야 한다.

부부관계가 흡족하게 끝났을 때 상대 여성이 남성을 향해 엄지손가락을 치켜세우며 "오늘 밤 최고"라고 말하기도 한다. 이때 그러한 찬사의 대상이 평상시의 남성 자신이 아닌 바로 책사 공명의 노고임을 알아야 한다. 공명을 제대로 모르고 치르는 성생활은 식사로 보면 라면이나 평범한 음식을 먹는 수준에 비유된다. 공명의 이름 뜻을 확실하게 알고 그를 책사로 부리며 치르는 적벽대전은 경치나 분위기 좋은 맛집에 가서 식사하는 상류 급 성생활이라 할 수 있다.

공명 없는 적벽대전은 스마트폰 없는 현대인과 같다

인류는 고도의 과학지식과 기술을 축적함에 따라 생활 속 모든 방면에서 문명의 이기를 사용하여 편리한 생활을 영위하고 있다. 그래서 대부분의 사람들이 자동차 운전 면허증을 따고, 가전제품, 컴퓨터와 스마트폰 등의 사용법을 익혀서 생활 속에서 잘 사용하고 있다. 공명 역시 인류가 오랜 세월에 걸쳐 성생활을 하면서 온갖 시행착오를 겪으면서 축적한 성생활에 이로운 기술이다. 부부간에 적벽대전을 치를 때 그런 공명을 사용하지 않고도 적벽대전을 치를 수는 있다. 그러나 자동차나 스마트 폰을 사용하지 않으면 불편하고 세상을 좀 더 즐기며 살아갈 수 없듯이 공명을 사용하지 않아도 같은 상황이 발생한다.

남녀가 동시에 만족하는 성생활을 원하는 사람들에게는 공명이 필요하고 별생각 없이 성생활을 치르는 사람에게는 그렇지 않을 것이다. 핸드폰이나 스마트 폰이 처음 나왔을 때는 비싸고 일부 계층에서는 사용법이 낯설어 사용을 망설였다. 그러나 지금은 스마트 폰이 빈부격차와 남녀노소 구분 없이 마치 의복처럼 생활필수품이 되었다. 공명의 이름 뜻도 세상에 나온 지 얼마 되지 않아 상당히 낯선 측면이 있다. 그래서 적벽대전을 치를 때 사람들마다 공명을 의식해 나가는 데는 시간이 좀 걸릴 것이다. 다만 발전과 성장을 쉼 없이 추구해나가는 인간의 속성상 적벽대전과 공명이라는 이름은 유행하고 대중화가 되리라 예견된다.

순수한 여성의 입장에서도 공명이 반드시 필요하다. 가부장적인 중국의 고대사회나 조선시대에 소설 삼국지와 적벽가라는 판소리가 유행했다는 것은 성 생활시 남녀를 만족시키는 공명이 그때도 반드시 필요했음을 의미한다. 여성들은 통상의 배우자감으로 무능력한 남자를 쳐다보지 않는다. 성생활에 있어서도 마찬가지이다. 공명을 책사로 대동하지 않고 자기 위주의 이불 속 적벽대전을 치르려는 조조 같은 남성들도 여성들에게는 꼴 볼견이지 않을까?

공자의 적벽대전

공명 혼자서는 적벽대전을 치를 수 없다. 공명은 사람이 아니고 개인들이 지닌 성적인 기술을 의미하기 때문이다. 위대한 사람 보통 사람 가릴 것 없이 남성들은 대부분 공명이라는 성적인 기술을 대동하고 적벽대전을 치른다. 15세에 지우학(知于學) 했다고 언급함으로써 성인군자인 공자도 15세 사춘기에는 성에 관심을 두고 배우려고 노력했다. 19세에 결혼한 후에는 삼고초려를 함으로써 공자도 공명을 얻었다. 물론 그가 몇 년 후에 공명을 얻었는지는 정확하게 알 수는 없지만 그도 삼고초려를 했기 때문에 틀림없이 공명을 얻었다고 보면 된다. 그렇게 얻은 공명을 대동하고 공자께서도 적벽대전을 주기적으로 치름으로써 원만하고 활력 있는 성생활을 했으며 자식도 낳았다. 그랬었기에 자신의 한평생을 지우학에서 종심까지 성적인 흐름으로 정리하는 말을 할 수 있었던 것이다. 공자와 공명은 심리적인 측면에서 본다면 둘이 아니고 하나인 셈이다.

적벽대전은 공자의 적벽대전이자 우리 모두의 적벽대전이다. 적벽대전은 지금으로부터 1800년 전에 끝난 전쟁이 아니다. 하루도 빠짐없이 지속되어온 전쟁이다. 중국에서만 일어난 전쟁도 아니다. 전 세계 모든 나라에서 동시다발적으로 벌어지는 전쟁이다. 이 전쟁은 남녀 한 명씩만 참여하는 단출한 전쟁이다. 적벽대전은 매우 치열하고 격렬하게 치르지만 패배자가 없고 승자만 있는 특이한 전쟁이다. 전쟁이 끝나면 그것에 대해 생각하기도 싫지만 이 전쟁은 벌써 다음을 고대하게 하는 행복한 전쟁이다.

개인들의 인생사에서 공명과 적벽대전이 없다면 사는 게 왠지 쓸쓸하고 재미없어 보인다. 공자께서도 철학적이고 군자로서의 삶만 영위한 것이 아니다. 그도 공명과 하나 되어 긴 인생길을 헤쳐 나왔듯이 보통 사람들도 공명을 책사로 두고 생활해 나간다면 인생길이 한층 수월할 것이다. 공자께서 《논어》〈옹야(雍也)〉편에서 다음과 같은 말을 했다. "무언가를 안다는 것은 그것을 좋아하는 것만 못하고, 좋아하는 것은 즐기는 것만 못하다." 공자께서는 자타가 공인하듯 언행일치의 인간이었다. 공자께서는 사춘기에는 지우학했고 결혼해서는 삼고초려해서 공명을 둠으로써 성에 대해서 알았다. 그리고 그것을 좋아했고, 그것을 즐긴 사람이었다. 물론 공자께서만 그런 것이 아니라 대부분의 사람들이 그렇게 사는 가운데 인생이 흘러간다.

이런 것을 꼭 누군가 말과 글로 표현하거나 스마트폰 메신저로 보내야 알아듣기보다 스스로 자각하고 묵묵히 실천해 나가는 것이 진정한 성인군자가 아닐까?

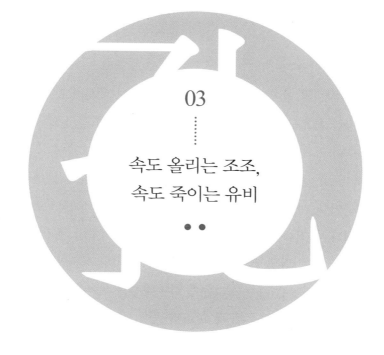

03

속도 올리는 조조,
속도 죽이는 유비

삼국지 라이벌 조조와 유비

드라마나 영화를 보면 항상 주인공과 악역을 맡은 사람이 서로 라이벌 관계로 존재한다. 악역을 맡은 사람은 주인공이 잘되는 꼴을 보질 못한다. 다 된 밥에 재를 뿌리는 등 주인공이 하는 일마다 방해와 온갖 심술을 부리고 죽이려는 시도까지 한다. 악역을 맡은 사람이 좀 더 강하고 치밀하게 악행을 지속적으로 해야 드라마나 영화가 오히려 재미있어진다. 삼국지의 대표적인 라이벌은 유비와 간웅 조조이다. 유비는 성품이 좋기 때문에 대중들이 좋아한다. 그러나 조조는 1,800여 년 전 남의 나라 장수이며 우리나라 침공 사실도 전혀 없는데 주는 것 없이 미운 인물이다. 아마도 고려 시대에 우리나라를 침공한 몽고군 장수, 임진왜란 때 우리나라를 침공한 왜군의 장수보다 더 미워할 것이다.

　우리가 조조를 미워하는 것은 그의 간사하고 염치없고 뻔뻔한 행실 때문이다. 예를 들어 그가 도망자 신세가 되어 전국적으로 쫓기는 신세가 된 적이 있었다. 하루는 그가 자기 아버지의 친구인 여백사(呂伯奢)라는 사람의 집에서 머물게 되었다. 이때 그는 집 뒤쪽으로부터 흘러나오는 칼 가는 소리를 듣고는 자신을 해치려는 것으로 오판하고 여백사의 여덟 식구를 모조리 죽여 버렸다. 그러나 나중에 부엌에서 도살하려고 결박시켜둔 돼지 한 마리를 발견하고는 비로소 자신을 대접하기 위해 준비하던 사람들을 죽였다는 사실을 알게 된다. 급히 집을 나와 달아나던 조조는 때마침 술을 구해 돌아오는 여백사를 만나게 된다. 일이 있어 급히 떠난다고 속인 조조는 여백사가 등을 돌리자마자 여백사마저 칼로 찔러 죽여 버렸다. 이것을 보고 곁에 있던 사람이 "알면서도 고의로 사람을 죽이는 것은 엄청난 불의요!" 라고 비난했다. 이에 조조는 "차라리 내가 천하 사람들을 버릴지언정 천하 사람들이 나를 버리게 하지는 않으리라!" 라고 말했다고 한다.

　조조는 이처럼 배은망덕하고 이기적이고 뻔뻔한 인간이다. 우리가 제대로 알지도 못하고 우리나라를 침공한 사실도 없는 조조를 미워하는 것은 그의 이런 행동 때문이라 할 수 있다. 검은 먹이나 숯을 가까이하면 검게 된다는 근묵자흑(近墨者黑)이라는 말이 있다. 조조를 가까이하면 우리들도 조조와 같은 행동에 물들 수 있기 때문에 그를 비난하고 미워함으로써 멀리하고 견제하려는 심리가 작용하는 것이다.

스포츠카 같은 남성과 화물트럭 같은 여성

남녀 간에 성관계를 갖는 것이 뭐 그리 대단한 기술을 요한다고 삼고(三顧)까지 해야 하는지 의아심을 품을 수가 있다. 가장 큰 이유는 남녀가 생리 구조상 성적인 흥분과 오르가슴에 도달하는 속도가 완전히 다르기 때문이다. 남성은 스포츠카처럼 급가속하여 언제라도 극치감을 느낄 수 있는 상태로 속도가 곧바로 올라간다. 반면에 여성은 한겨울에 시동이 잘 걸리지 않는 화물트럭 같아 예열을 해야 하는 등 성적인 흥분이 더디게 진행된다. 여성들은 나이, 외모, 재산, 학력을 불문하고, 심지어 상대 남성을 사랑하든 안하든 관계없이 성적으로 달아오르는데 시간이 많이 걸린다.

그래서 스포츠카 같은 남성이 혼자 기분 내키는 대로 전속력으로 관계를 진행하면 결과가 엉망진창이 된다. 커다란 덩치를 지닌 화물트럭 같은 여성은 이제 좀 예열되어 속도를 내는가 싶었는데 남성

혼자만 벌써 결승점에 도달하기 때문이다. 여성의 입장에서는 이런 남성들이 야속하고 자기 잇속만 챙기므로 간사스런 조조처럼 느껴진다.

성관계 시 스포츠카처럼 굉음을 내면서 순간적으로 가속하여 전속력으로 달리고 싶은 것이 남성들의 마음이자 성적인 충동이다. 이를 통해 성적인 욕구를 해소하고 일종의 자유스러움과 해방감을 느낄 수 있다. 그러나 여성을 배려하는 남성이라면 자신의 차가 빛의 속도로 달릴 수 있는 스포츠카라 할지라도 속도를 죽여야 한다. 그래야 화물트럭과 같은 여성의 속도에 맞출 수 있기 때문이다. 상대방을 약 올리는 것도 아니고 혼자서만 내달리려면 아예 자위행위를 하는 편이 더 나을지도 모른다. 스포츠카 같은 내 속도를 줄이지 않고 화물트럭 같은 여성을 향해 속도를 빨리 올리라고 보채는 것은 어불성설(語不成說)이다.

간웅 조조, 혼자만 달려 나가는 이기적이고 염치없는 인물

성생활에 있어서 남성은 물론 여성도 주는 것 없이 얄미운 대상이 남성들의 조루 증세다. 조조의 이름 뜻에는 공교롭게도 이러한 그의 성(性) 철학이 담겨있다.

曹 = 무리, 짝, 동반자, 관청, 마을
操 = 잡다, 부리다, 조종하다, 급박하다

조조는 삼국지연의 속에서 의리라고는 전혀 없는 이기적이고 부정적 행실을 하는 인간이다. 짝이나 동반자를 부려먹거나 조롱(操弄)이나 하는 인간으로 해석하는 것이 그 이름에 가장 잘 어울린다. 자기 짝이나 동반자는 아내, 애인 등 상대방 여성이다. 조조는 성생활에 있어서 남성으로써 주도권을 잡고 이끌어가다 사정 욕구에 쫓겨 급박해지면 자기 볼일만 보고 제멋대로 끝내는 조루 장군이다.

조조의 자는 맹덕(孟德)이다. 간사하고 염치없는 맹랑(孟浪)한 덕을 지닌 사람이 조조이다. 심청이 계모 뺑덕어멈의 뺑덕과 조조의 자인 '맹덕'은 거의 비슷한 부정적인 뜻이다. 간사한 덕이거나, 덕이 달아난 사람이라는 의미다. 조루 장군 조조에게 잘 어울리는 덕이다.

남녀의 성행위 진행속도는 스포츠카와 화물트럭의 속도 차이처럼 원래부터가 부조화 상태에 있다. 이를 조화롭게 맞춰나가기 위해서는 스포츠카 속도를 화물트럭 속도에 맞추거나 반대로 화물트럭 속도를 스포츠카 속도로 급 가속하여 끌어 올려야 한다. 그러나 후자는 불가능하므로 스포츠카를 타고 있는 남성들이 여성의 속도에 맞춰나가는 것이 바로 여성을 배려하는 신사적인 관계라 할 것이다.

유비, 자신의 욕구와 속도를 죽일 줄 아는 사람

유비는 한(漢) 왕실의 정통성을 이어받아 조조나 손권에 비해 대중들에게 인기가 있었다. '漢'자는 양자강의 지류인 한수(漢水)와 한(漢)나라를 뜻하지만 '사나이'라는 특별한 뜻이 있다. 괴한(怪漢), 거한(巨漢), 호한(好漢), 냉혈한(冷血漢), 호색한(好色漢) 등에서 사나이나 놈이라는 의미로 쓰인다. 유비가 이런 한나라를 강조하는 것은 자신의 행동이 정말로 사나이다운 행실이라는 것이다.

그는 인간관계에 있어서 답답할 정도로 자기보다는 상대방을 배려하고 양보하는 군자의 행실을 보였다. 이처럼 후한 평가를 받는 그의 삶의 자세는 조조와 어떻게 다른지 그의 이름을 고찰해 볼 필요가 있다.

유(劉)= 죽이다, 베풀다, 이겨내다, 승리하다, 예쁘다, 아름다운 모양
비(備)= 갖추다, 준비하다, 예방하다, 채우다

유비(劉備)를 직역하면, 죽이거나 이겨내서 갖추거나 예방한다는 뜻이다. 스포츠카 같은 자신의 성적인 욕구나 진행속도를 죽여서 여성과 속도를 맞춰 나갈 준비를 갖춘 사람이라는 의미이다. 성적인 상황에 꼭 들어맞게 어떻게 이런 뜻으로 이름을 지었는지 신기

할 따름이다. 여성들보다 앞서서 혼자만 내달리겠다는 조조와는 정반대되는 자세이다. 그래서 사람들이 유비의 행실에 대해 일종의 답답함을 느끼면서도 덕이 있는 사람으로 평가하며 좋아한다. 보는 사람들만 답답한 것이 아니라 유비 본인도 답답함을 느낀다. 언제라도 급가속하여 쌩쌩 달려 나갈 수 있는 스포츠카를 지니고 있는데 달리지 못하는 것 자체가 얼마나 답답하고 괴롭겠는가? 그것을 꾹꾹 눌러 참으며 느린 여성과 보조를 맞춰 나가니 한(漢) 왕실의 적통 소리를 듣고 인기를 누렸던 것이다. 유비 같은 남성들이야말로 여성들에게 덕을 베푸는 사나이이므로 덕한(德漢)이라고 불러도 전혀 손색이 없다.

유비는 남녀 간에는 본질적으로 성적인 진행속도의 차이가 있음을 알고 있는 사람이다. 그래서 부부관계에 들어가기 전에 미리 자신의 속도를 죽여서 여성과 진행속도를 맞춰나가려는 마음 준비를 단단히 갖춘다. 조조가 가속페달을 밟는 유형이라면 유비는 브레이크를 자주 밟는 유형이다. 그렇게 하지 않으면 부부간의 성생활이 덜거덕거리고 마찰이 생겨나기 때문이다. 속도가 맞지 않아 한쪽만 일방적으로 기분 내고 마치면 남아 있는 사람은 아니함만도 못한 상태, 성적인 욕구불만 상태가 된다. 부부간의 성적인 문제해결을 위해서는 유비처럼 속도 조절하는 자세가 매우 중요하다.

속도 조절을 최우선시하는 유비의 행실은 '현덕(玄德)'이라는 그의 자에 잘 나타나 있다. 현덕은 오묘하고 심오한 덕이라는 의미이다. 또한 '현(玄)' 자는 동양의 사신도(四神圖) 개념에서 북쪽의 동물인 거북을 상징하는 현무(玄武)와 관련이 있다. 거북은 느릿느릿 걸어가는 동물의 대명사이다. 스포츠카 같은 자신의 빠른 섹스 진행 속도를 죽여서 거북이처럼 느리게 진행해 나간다는 의미이다. 유비는 여성과 성생활을 즐겁게 잘해나가려는 보통의 남성들을 상징하고 대변한다. 배우자나 연인과 성생활을 즐겁게 잘해나가기 위해서는 답답해도 자신의 스포츠카 같은 속도를 죽이는 것이 남성들의 성적 테크닉의 기본이 된다.

삼국지 최고 맞수인 유비와 조조는 그들의 자(字)에서도 정반대의 의미를 지니고 있다. 자신의 속도를 죽이는 유비의 현덕(玄德)은 여성에게 예를 다하고 성적인 의리를 지키는 오묘한 덕이요, 밤 자리의 덕으로 존경받는다. 이에 비해 자기 혼자만 내달리는 간웅 조조의 맹덕(孟德)은 엉터리 뺑덕이다. 성행위시 자기 볼일만 보고 끝내서 여성들에게 생각하던 바와 달리 허망함만 안겨주는 맹랑(孟浪)한 덕이다.

'孟' 자는 '처음'이라는 뜻이 있으므로 맹덕(孟德)은 성생활 초기에 나타나는 덕이나 행위를 의미하기도 한다. 이에 비해 '玄'은 깊거나 심오하다는 의미가 있다. 그래서 현덕(玄德)은 성생활이 깊어지거나 심오해지고 자신을 통제 할 수 있게 됨에 따라 나타나는 덕임을 알 수 있다. 우리가 간웅 조조를 미워하지만 성생활 초창기에는 누구나 조조와 같은 맹덕 함을 일시적으로 지닌다. 반면에 성생활의 경험이 증가하고 깊어지면 현덕 유비와 같은 덕을 여성에게 베풀게 된다. 조조는 마냥 미워만 하고 유비는 마냥 존경하고 흠모할 만한 일이 못 된다. 시기만 다르지 모두가 남성 자신에게 나타나는 모습이기 때문이다.

독서를 안 하고, 무릎 아래까지 내려가는 긴 팔을 지녔던 유비

삼국지연의는 대중들의 상식과 달리 덕과 의리가 있는 선비 같은 유비를 '원래 책 읽기를 좋아하지 않는 사람'이라고 단적으로 묘사하고 있다. 유비는 촉한(蜀漢)정통론의 주인공이며 촉나라의 황제까지 역임했다. 유교적인 덕치를 실현해 나가기 위해서는 무엇보다 성현들의 말씀이 담긴 사서삼경 등 책을 많이 접해 왕으로서의 자질과 도량을 쌓아나가야 한다. 그럼에도 불구하고 유비가 책 읽기를 좋아하지 않았다고 구체적으로 표현한 것은 다소 의아스런 측면이 있다. 귀는 하도 커서 어깨까지 닿았고 팔은 무릎 아래까지 내려간다. 이런 그의 모습을 조금 과장해 표현하면 책은 읽을 줄 모르고 나무에나 잘 매달리는 원숭이같이 흉한 모습이다.

책 읽기를 좋아한다는 것은 이론적이며 지적인 사람이다. 유비가 책 읽기를 좋아하지 않았다는 것은 성생활에 있어서 생각하고 따지는 지적인 측면은 별로 필요가 없다는 의미이다. 섹스는 머리와 생각으로 하는 것이 아니라 서로에 대한 배려와 사랑의 마음을 갖고 가슴과 감정으로 하는 행위다. 또한 성생활은 책이나 학문적 이론보다는 실전 경험이 중요함을 역설한다. 섹스를 책에서 본 이론대로 한다고 해서 제대로 되는 것이 아니다.

두 손이 무릎 밑까지 내려 올 정도로 매우 길다. 마치 원숭이 팔처럼 긴 모습으로써 보통 사람들은 무릎 위 30cm 위까지밖에 안 내려온다. 삼국지연의에서 굳이 정사와는 달리 현덕한 군주 유비의 모습을 유인원처럼 표현한 것에는 특별한 이유가 있다. 팔이 길면 보통 손을 잘 쓰고, 원숭이처럼 나무에 잘 올라가 오랫동안 머무르며 떨어지지 않을 수 있다. 성행위 시 손을 잘 써 성감대 구석구석마다 애무를 잘하고, 여성의 몸에 올라가서 오랫동안 잘 버텨낼 수 있는 모습을 상징한다. 성행위를 시작하자마자 스포츠카처럼 급가속하여 결승점에 혼자만 도착함으로써 오래 버티지 못하고 금방 내려오는 조조와 품격이 다른 모습이다.

"사람 중에는 여포(呂布), 말 중에는 적토마가 최고"라는 소릴 듣는 사람이 맹장 여포이다. 그가 조조에게 잡혀서 죽을 때 자기편을 들어주지 않는 유비에게 "귀 큰 놈"이라고 욕을 했을 정도로 유비의 귀가 커서 어깨에 닿았다고 한다. 유비의 귀가 그토록 괴이할 정도로 크고 발달했다는 것은 외부의 아주 작은 소리도 귀 기울여 듣는 자세를 상징한다. 남녀의 성적인 진행속도의 부조화 상태를 극복하기 위해서는 여성의 아주 작은 반응이나 요구까지 귀 기울여 듣고 반영해야 한다. 자신의 욕구를 먼저 내세우기보다 여성의 반응이나 요구에 귀 기울이고 배려하는 유비의 자세를 잘 표현하고 있다.

삼국지는 유비가 책 읽기를 싫어하고 귀가 크고 원숭이처럼 긴 팔을 지녔다고 묘사함으로써 대중들이 유비에 대해 지닌 고결한 이미지에 허를 찌른다. 우리는 유비의 괴상한 용모와 품행을 통해 부부 관계 시 이론보다는 실전과 경험이 중요하고, 작은 것도 귀 기울여 듣는 자세, 긴 팔처럼 애무하고 오래 버티는 자세의 중요성을 깨닫게 된다. 성행위는 고상하게 치르는 것이 아니라 본능적으로 힘차게 치르는 것이기 때문이리라.

04
⋮
관우와 장비,
서는 힘과 지속하는 힘

• •

관우, 부부관계 시 날개 역할을 하는 발기력

관우는 대춧빛 같은 붉은 얼굴에 키가 컸고 아름답고 긴 수염을 지
니고 있어서 미염공(美髥公)이라고도 불렸다. 한때 조조 밑에 있다가
벗어나면서 다섯 개의 관문을 통과하며 여섯 명의 장수를 벤 오관참
육장(五關斬六將)의 주인공이다. 화살을 맞고 명의 화타가 치료를 하
게 되어 칼로 뼈를 긁어내며 치료할 때 관우는 태연하게 바둑을 두
었다고 한다.

관우(關羽)라는 이름은 '관계하는 데 있어서 날개'라는 뜻이다. 남
녀가 관계하는 데 있어서 거대한 남근의 소유자라도 힘찬 발기력이

없으면 바람 빠진 풍선처럼 무용지물이 된다. 돈이나 지식, 명예와 권력이 있고, 멋진 외모에 마음씨가 아주 착하거나 여성에 대한 배려심이 아무리 좋아도 발기가 안 되면 관계를 할 수 없다. 남녀관계에 있어서 날개 역할을 하는 것은 힘찬 발기력이고 관우의 이름은 그것을 강조하고 있다.

우리나라 삼천리 방방곡곡에 있는 수많은 남근석은 공자께서 70세에 도달했다는 종심소욕불유구 상태는 단 한 개도 없으며 하나같이 힘차게 발기한 상태이다. 이것은 남근 자체의 중요성을 표현한 것이 아니라 남근의 발기력을 신성시하며 표현한 것이다. 발기하지 못하는 남근은 어떤 경우에든 사내구실을 할 수 없기 때문이다. 이러한 환경에서 자연스럽게 관계하는 데 있어서 날개 역할을 하는 것이 발기력이라는 관우의 이름이 생겨 난 것이다.

그의 자가 운장(雲長)이다. 남녀 간의 육체적 정사를 의미하는 운우지정(雲雨之情)의 장(長), 또는 최고 어른이라는 의미다. 발기력이 성생활에서 그런 역할을 한다는 의미다. 관우의 원래 자는 장생(長生)이다. 죽는 그날까지 발기력이 길게 오래도록 살아있기를 바라는 사람들의 소망이 담긴 말이다.

대춧빛 얼굴과 긴 수염, 붉게 발기한 남근과 아름다운 음모

삼국지연의는 관우의 대춧빛 같은 붉은 얼굴을 강조한다. 현실에 있어서 붉은 얼굴은 매력적이지도 않고 무서워 보이며 피부병의 일종이다. 관우의 대춧빛처럼 붉은 얼굴은 남근이 힘껏 발기한 삽입 직전의 빛깔이다. 성적인 발기는 평소보다 5배나 폭증한 혈액을 남근에 가두는 역할을 하기 때문에 저절로 검붉은 대춧빛을 띠게 된다고 한다.

그는 길고 아름다운 수염을 지닌 미염공(美髥公)이라 불린다. 일상 대화 속에서 다루기에 거부감을 느낄 수 있는 남근 주변에 난 음모를 아름답게 표현한 것이다. 그의 대춧빛 얼굴이 발기한 남근을 상징하므로 그의 수염은 아름답고 섹시한 음모를 상징함이 당연하다. 여성들 중에 무모증(無毛症) 여성들이 전체의 약 5% 내외 정도로 알려져 있지만 대부분의 성인 남성들은 아름다운 음모인 미염(美髥)이나 있다. 여성들은 무모증인 경우에도 생식 활동에 지장이 없으나 무모증 남성들은 성호르몬에 이상이 있는 경우가 대부분으로 알려져 있다. 관우의 얼굴빛처럼 붉게 발기한 남근과 미염은 사춘기 이후 남성들이 갖는 성적인 징표이다. 임신 능력이 있음을 외부에 알리며 성숙한 남성미의 상징이 된다.

장비(張飛), 제비처럼 오랫동안 체공하는 발기 지속력

장비는 둥근 눈에 삐쭉삐쭉 나 있는 수염, 우람한 체격에 성격은 단순, 무식, 과격하고 술을 좋아하는 것으로 묘사된다. 관우(關羽)와 장비(張飛)가 의형제 지간이지만 이름에 있어서도 '날개(羽)'와 '날다(飛)'는 비슷한 뜻을 지니고 있다. 장비(張飛)의 이름 뜻은 '나는 것에 베풀거나 성하게 난다'는 의미다. 난다는 것은 떨어지려는 중력에 저항하는 것이다. 발기한 남근이 이완되어 떨어지려는 것에 저항하여 발기력을 지속 유지하는 것을 의미한다. 성행위에 들어가면 먼저 관우에 의해 남근이 단단하게 발기하여 날개를 활짝 편다. 다음은 장비에 의해 오랫동안 날며 충분한 발기력을 유지함으로써 여성과의 보조도 맞추고 즐거움도 배가시킬 수 있다.

장비는 적장과 싸울 때 항상 적장을 향해 "내가 연인(燕人) 장비다."라고 자신의 고향을 밝히며 엄포를 놓았다.

燕 = 제비, 잔치, 향연, 주연, 잔치하다, 즐겁게 하다, 편안하다

찰나의 순간에 목숨이 오가는 전쟁터에서 독수리, 호랑이, 독사 등 맹수나 맹독성 동물로 상대에게 공포심을 유발하는 것이 승리에 더 효과적이다. 그럼에도 불구하고 장비는 하필 자신이 연약한 제비임

을 강조한다. 이런 소리를 듣는 적들은 물론, 독자들도 공포심은커녕 "도대체 뭐 하는 거지" 하고 의구심을 갖게 된다. 하찮은 동네 조폭들도 자기 몸에 있는 문신을 보여주면 상대방이 공포심을 느낀다는 사실을 알고 이를 악용해 서민들을 갈취하는 것이 보통이다. 장비가 싸움터에서 제비를 강조하는 것은 조폭이 자기 몸에 귀여운 토끼나 강아지를 그려놓고 사람들을 협박하는 것이나 다름없다.

장비가 이런 모습으로 사람들에게 웃음을 주는 개그맨도 아니고, 평범한 동네 아저씨도 아니다. 삼국지에서 내로라하는 장수들 중에서도 주연급 장수인 그가 쓸데없이 제비를 강조했을 리가 없다. 그래서 제비에는 보통 사람들의 허를 찌르는 깜짝 놀랄만한 비밀과 반전이 숨겨져 있다. 대중의 사랑을 받고 있는 유비가 책을 전혀 안 읽고, 귀가 크고, 손은 무릎까지 내려와 유인원 같은 외모를 풍겼던 것과 같은 이치이다.

제비는 예전에는 전국 방방곡곡에서 쉽게 볼 수 있던 철새로써 민가에 집을 짓는 특이한 속성 때문에 인간과 친근하게 지내왔다. 흥부전의 소재로도 등장하고, "한 마리의 제비가 왔다고 봄이 온 것이 아니다"라는 속담을 비롯해, 대중가요 노래가사에도 단골로 등장하는 새다. 제비는 빠르기도 하지만 가장 큰 행동적 속성은 둥지 재료를 얻기 위해 땅에 내려앉는 것 외에는 거의 땅에 내리지 않고 체공한다. 그래서 체공력이나 지속력을 상징하기에 적합한 새가 제비이다. 빨랫줄이나 전선 등에 앉아 있다가 날개를 퍼덕이며 일단 날아오른 후에는 기류를 타고 마치 제트기처럼 난다. 수면 위를 날 때도 속력을 줄이지 않고 그대로 날아 '물 찬 제비 같다'는 말도 나왔다. 날아다니는 곤충을 잡아먹고 땅 위에 있는 먹이도 날면서 잡아먹는다. 높이 날다가 땅 위로 스치듯이 날기도 하며 급강하와 급상승을 반복하며 원을 그리듯 재주를 부리며 날지만 땅에는 내려앉지 않는다.

제비가 지면으로 내려와 앉는다는 것은 발기력이 이완되어 죽는 것을 의미한다. 체공 시간이 긴 제비의 속성은 길게 난다는 장비(張飛)라는 이름 뜻과 같으며, 남근의 발기 지속성을 상징한다. 제비는 지면으로 내려오는 것이 상징하는 사정할 것 같으면 급상승해 사정으로부터 멀어지는 재주를 부린다. 발기 지속성을 길게 유지할수록 남녀가 섹스를 길게 끌며 즐길 수 있다. 그래서 그의 호가 길게 끌면 끌수록 '증가하는 덕'이라는 뜻의 익덕(益德)이다.

사람들이 단순무식하고 인상파인 장비에 열광한다. 전희를 거쳐서 일단 삽입단계에 돌입하면 남성들의 사정 욕구는 점점 더 강력해지는 반면에 어느 곳 하나 의지할 부분이 없게 된다. 장비처럼 단순무식하게 오만가지 인상을 쓰면서 버티는 수밖에 없게 된다. 그렇게 해서라도 남근이 여근 속에서 최소한도로 버텨줘야 원만한 섹스가 이뤄지기 때문이다. 그래서 섹스의 마지막 단계에서는 뭇 남성들이 인상을 쓰며 '형님' 이라 부르며 장비를 찾고 제비가 되고 싶어 한다.
단순 무식한 장비가 폭넓게 사랑받아온 이유다.

05

섹스 심벌과
스타벅스 커피 로고

100만 대 5만, 100만 대 300명, 133척 대 12척

적벽대전 시에 조조군의 병력은 100만 대군이었고 이에 맞서 싸운
촉·오 연합군은 5만의 병력이었다. 고대 페르시아 전쟁 중에 벌어
진 테르모필레 전투에서 페르시아는 100만 대군, 이에 맞선 그리스
군은 300명이었다. 이를 소재로 근래에 영화 〈300〉이 만들어지기
도 했다. 임진왜란 시 명량해전에서 왜군의 배는 133척 이순신이 이
끄는 배는 12척이었다고 한다.

여기서 100만 병력 등 숫자가 월등히 많은 측은 부부관계 시에 사
정하려는 압력 등을 의미한다. 5만, 300명, 12척은 그 엄청난 사정

욕구에 끊임없이 시달리며 열세 상태에 놓인 남성들의 심리적인 상황을 잘 표현하고 있다. 이와 같은 압도적인 힘과 위세 아래 굴하지 않고 여성과 보조를 맞춰 나가려는 남성들은 살신성인의 자세로 충성을 다하는 것이다. 100만 대군이라는 사정하려는 강력한 태풍 앞에 놓인 등불과 같은 것이 남성들의 신세이므로 어찌 보면 불쌍해지기까지 한다.

람이교어동남혜(攬二喬於東南兮), 낙조석지여공(樂朝夕之與共)

사정하려는 욕구의 위세가 100만 대군같이 강하면 도중에 성행위를 그르칠까 봐 겁이 나서 부부관계이자 적벽대전 치르는 것을 아예 회피하려고 한다. 이때 성생활에 밝은 남자 공명이 나서서 이런 남자들을 시 한 구절로 용기백배하게 만들어 적벽대전에 나서게 했다.

조조가 동작대라는 누각을 거창한 규모로 건축하고 이를 칭송하는 시를 아들인 조식(曹植)에게 짓게 했다. 그 시가 바로 〈동작대부(銅雀臺賦)〉라는 20행으로 된 시인데 그 시구의 한 구절을 '람이교어동남혜(攬二喬於東南兮), 낙조석지여공(樂朝夕之與共)'이라는 구절로 바꿔서 들려줬다고 한다. 이 시구를 듣고 적벽대전에서 발을 빼려던 오나라 장수들이 격동을 해서 다시 전의를 불태우며 전쟁에 임하게 됐다.

앞 구절인 '람이교어동남혜(攬二喬於東南兮)' 의 주요 한자어 의미부터 살펴볼 필요가 있다.

攬 = 붙잡다, 잡아당기다. 손에 쥐다
二喬 = 두 개의 위로 솟은 가지
東南 = 동남쪽, 아래쪽

우리나라의 전라도나 경상도가 아래 지방이듯이 중국에서는 오나라가 있던 동남쪽이 아래쪽에 위치하고 있다. 이교(二喬)는 실제에 있어서는 오나라 손책의 아내인 대교(大喬)와 주유라는 장수의 아내인 소교(小喬)를 각각 지칭한다. 그러나 이교(二喬)에서 '喬' 자는 '높다, 뛰어나다, 끝에 갈고리를 덧붙인 창, 위로 굽은 가지' 라는 뜻이 있다. 여성은 성적인 흥분이 고조되면 남성의 삽입을 돕기 위해 다리를 높게 들어 올린다. 이때 두 다리는 마치 위로 굽은 가지 같은 형태를 나타낸다. 끝에 갈고리를 덧붙인 창은 여성이 두 다리로 남성의 몸을 감싸고 발뒤꿈치 부분으로 남성의 몸을 갈고리처럼 당기는 모습을 의미한다. 공자께서 '于' 자에 성적인 의미를 탁란시킴으로써 신의 한 수를 두었듯이 공명은 '喬' 자에 성적인 의미를 탁란 시켜 신의 한 수를 둔 셈이다.

높다는 의미를 지닌 '喬' 자에 '위로 굽은 가지', '끝에 갈고리를 덧붙인 창'이라는 의미도 있다는 것이 한자의 신비스런 측면이다. 삼국지연의를 장구한 세월 동안 구전시킨 중국의 대중들이 한자의 이런 신비스런 측면을 이용해 '람이교어동남혜(攬二喬於東南兮)' 같은 구절을 만든 것이다. 반대로 원래 '喬' 자에는 이런 의미가 없었을 수가 있다. '람이교어동남혜(攬二喬於東南兮)'에 성적인 의미를 부여하기 위해 '喬' 자에 '위로 굽은 가지', '끝에 갈고리를 덧붙인 창'이라는 새로운 의미가 첨가되었을 수도 있다. 예를 들어 '공(孔)'은 처음에는 구멍이라는 뜻으로 사용되다가 공자(孔子) 출생 이후에는 공자를 약칭하는 뜻도 지니게 된 것이다. 이처럼 각 한자어가 지닌 뜻들은 처음부터 다양한 의미로 쓰인 것이 아니다. 문헌이나 역사 속에서 상황에 맞게 다양한 의미가 계속 추가되어 오늘에 이른 것이다.

대교는 긴 다리, 소교는 작은 다리라는 의미다. 대교는 남성의 성기 삽입 운동을 돕기 위해 여성이 다리를 쭉 편 채로 길게 들어 올린 상태이다. 소교는 무릎을 반쯤 구부린 채로 들어 올린 상태에서 성행위를 하는 모습이다. 남녀가 성행위 시 성적흥분상태나 상황에 따라 대교나 소교 상태로 다리 모양을 하거나 둘을 모두 병행하며 진행하기도 한다. 따라서 람이교어동남혜(攬二喬於東南兮)는 '아래쪽에서 두 다리를 들어 올려 붙잡고'라는 매우 적나라한 성행위 장면을 표현하고 있다. 성행위의 속성상 이런 전형적인 자세는 불가피하다.

뒤 구절인 낙조석지여공(樂朝夕之與共)은 아침저녁 할 것 없이 밤낮으로 같이 즐기겠다는 의미이다. 여성의 두 다리를 들어 올리고 황홀한 기분으로 섹스를 하며 즐기는 모습으로 대부분의 가정에서 이뤄지는 일상다반사적인 일이다. 이렇게 부부간에 사랑하고 즐기는 가운데 자녀도 태어나고 세월도 가는 것이 인생이다. 이와 같은 적나라한 자세를 취한 여성을 보며 섹스를 하고 아침저녁으로 즐긴다는데 성적으로 격동되지 않을 남성들은 아마 세상에 없을 것이다. 만약, 이 자세를 보고도 무덤덤하다면 발기부전이거나 성에 전혀 관심이 없는 남성이다. 조조의 백만 대군 같은 조루증세가 비록 두렵지만 이 장면을 떠올리니 마음이 격동되고 전의를 불태워 적벽대전을 승리로 이끌게 된다. '람이교어동남혜, 낙조석지여공'은 오늘날에도 성행위를 강렬하게 부추기는 자극제, 인문학적인 최음제가 되고 있음에 틀림이 없다.

판소리 적벽가의 군사설움 타령 중 첫날밤 이야기

우리나라 판소리 적벽가의 〈군사설움 타령〉중에 '람이교어동남혜 낙조석지여공' 같은 자세를 세밀하게 묘사한 장면이 나온다. 군사설움 타령은 적벽대전이라는 큰 전쟁을 앞두고 이름 없는 군사들이 죽음의 공포를 느끼며 자신들의 설움을 토로하는 내용이다. 군사들이 차례로 나서서 부모 생각, 자식 생각, 아내 생각, 첫날밤 생각 등을 말한다. 삼국지연의에는 없고 판소리 적벽가에만 나오는 우리 민족 고유의 창작내용이다.

그중에 어려서 부모를 잃고 고생하며 자란 한 군사가 우여곡절 끝에 늦게나마 혼례를 올리고 자신이 '첫날밤'을 치르는 장면을 묘사한 이야기가 나온다.

(앞부분 생략) ~ 내 나이 이만하니 신부 다룰 줄을 모르는 게 아니다. 피차 늙어가니 술잔 기울일 필요 없이 어서 벗고 누워 자세. 신부 대답 아니 하고 가만히 앉았기에 뒤로 안고 얼른 벗겨 잔뜩 안고 드러누워, 고생하던 이야기며 살림살이할 걱정을 한참 수작한 연후에 두 무릎 정히 꿇고 신부 두 다리 곱게 들고 주장군(朱將軍)을 잘 바수어 옥문관(玉門關)에 당도하니, 사면은 다 막히고 한가운데 수렁이라, 들어갈까 물러날까 한참 진퇴하는데 ~(중략)

첫날밤을 맞이하여 남자가 두 무릎 정히 꿇고 신부의 두 다리를 곱게 들고 성행위를 한창 하고 있었다. 군대 징집관이 호루라기 같은 것을 삑삑 불면서 들이닥쳐 강제 징집되어 군대로 붙잡혀 왔다. 첫날밤을 다 치르지 못하고 붙잡혀 왔으니 얼마나 설움이 많겠는가? 그래서 이 군사가 "벗었던 옷 미처 다 못 입어서 손에 들고 (군대 징집관을) 따라와 이때까지 못 갔더니, 내 설움은 고사하고 주장군이 더

서러워 이때까지 눈물방울 댕강댕강 떨어치니, 이왕 시작한 일이나 필역(畢役)하고 왔더라면 조금이나 덜 서럽겠네." 라고 한탄하며 맺는다.

여기서 신부 두 다리를 곱게 드는 장면은 '람이교어동남혜'와 같은 뜻이 된다. 주장군(朱將軍)은 직역하면 붉은 장군이라는 뜻이다. 남성들의 발기력을 상징하는 관우가 대춧빛 얼굴이라 했듯이 주장군은 진홍색으로 발기한 남근을 상징하고 있다. 옥문관(玉門關)은 여근을 옥처럼 아름다운 문이라고 미화한 것이다. 이 군사는 첫날밤을 치르면서 남녀가 합일하여 마지막 클라이막스에 도달하려는 순간에 군대 징집관에 의해 강제로 성행위를 중단하고 붙잡혀 왔다. '필역(畢役)'은 성행위를 다 마치는 것을 의미하는데 그것을 다 마치지 못하고 와서 원통하다는 의미이다.

신혼 시절에는 밥상을 물리기도 전에 부부가 성적인 감흥만 통하면 적벽대전을 치른다고 한다. '람이교어동남혜, 낙조석지여공' 하며 한참 좋은 때를 보내기에 신혼 시절은 깨가 쏟아진다고 한다. 중년 부부들도 신혼 때만큼은 못하지만 이런 모습으로 적벽대전을 치루기에 인생이 지루하지 않고 생활의 활력을 계속 충전해 나간다.

섹스 심벌을 내세우며 광고에 열중하고 있는 스타벅스 커피

'람이교어동남혜 낙조석지여공' 하는 자세는 대표적인 섹스 심벌이다. 이것과 적벽가 군사설움 타령의 첫날밤 이야기는 중국과 우리나라의 이야기이다. 중국과 우리나라는 이 외설적인 장면을 조심스럽게 다루고 있어 오히려 점잖은 편에 속한다. 현대 미국인들은 이 섹스 심벌을 신화와 소설 밖으로 끄집어내어 일상 속에서 아침부터 저녁까지 주야장창 음미하고 있을 정도이다. 좀 더 정확하게 이야기하면 미국인뿐만이 아니라 거의 전 세계 인들이 그 대열에 합류하고 있다.

왜냐하면 여성의 두 다리를 들어 올려 붙잡는 이 엄청나게 야한 자세를 미국의 세계적인 다국적기업이 자신들의 로고로 사용하고 있기 때문이다. 그것도 우리나라 여성들이 좋아한다는 커피회사 스타벅스가 그렇다. 이 회사 로고는 한 여인이 벌거벗은 채로 두 다리를 들어 올려 붙잡고 있는 자세가 그려져 있다. 스타벅스 간판은 물론, 커피잔, 텀블러, 종이 잔 등 모든 것에 이 로고가 들어가 있다. 가히 섹스 심벌을 자기 회사의 홍보를 위해 사용하고 있는 것이라 할 수 있다. 이 로고는 원래 그리스신화에 나오는 세이렌(Siren)을 형상화한 것이다. 세이렌은 반은 여자이고 반은 새인 바다의 마녀이다. 바닷가 외딴 섬에 살면서 매혹적인 노래를 불러 근처를 지나는 배들을 좌초시켰다고 한다.

스타벅스가 섹스 심벌과 같은 세이렌을 자신들의 로고로 도입한 것에는 이처럼 사람들을 홀려서 스타벅스에 자주 발걸음을 하게 만들겠다는 뜻이 담겼다고 한다. 그러나 오늘날 우리가 보고 있는 스타벅스 로고는 당초의 로고가 아니다. 1971년 창업 당시에는 로고의 색상이 갈색이었으며 젖가슴을 드러낸 나체의 여인이 두 다리를 들어 올려 양손으로 붙잡고 있는 모습이었다.

그러나 마치 '람이교어동남혜' 같은 이 야한 자세 때문에 음란성 시비가 지속적으로 제기되었다. 그러자 스타벅스는 16년 후인 1987년에 로고의 색상을 녹색으로 바꾸고 드러났던 젖가슴을 긴 머릿결을 이용해 가린 상태로 전환했다. 그래도 두 다리를 들어 올려 붙잡고 있는 모습이 너무 야하다는 비난이 가라앉지 않았다. 그 결과 5년 후인 1992년에는 배꼽 아래 음부를 아예 없애고 들어 올린 다리 끝만 두 손으로 살짝 붙잡고 있는 모습으로 바꿨다. 2011년에는 로고에 있었던 스타벅스 커피라는 영어 단어도 빼내 이 로고를 지금까지 사용하고 있다. 스타벅스 로고는 음란성 시비 문제로 그 변천사가 매우 유명한 편이다. 그래서 인터넷에 '스타벅스 로고의 변천사'를 치면 전 과정을 쉽고 생생하게 볼 수 있다.

스타벅스는 이 섹스심벌 로고를 통해 소비자들에게 다음과 같은 광고 메시지를 던지고 있음을 알 수 있다. 자기 회사 커피를 마시면

'람이교어동남혜, 낙조석지여공'이 의미하는바 같이 지상 최고의 황홀한 기분이 된다. 시간과 돈 아끼지 말고 스타벅스 커피를 마시라는 것이다.

우리는 공자의 말씀인 '종심(從心)'을 통해 정신적인 고상함과 우아함을 먹고 있다고 생각해왔었다. 그러나 그 종심의 실체는 그 속에 탁란되어 있던 뻐꾸기 알이요, 성적인 내용이었다. 마찬가지로 미국인들을 포함해 전 세계인들이 스타벅스 커피를 통해 맑은 정신, 고상함과 우아함을 마시고 있다고 생각해 왔다. 그러나 스타벅스를 대표하는 로고 세이렌은 섹스 심벌이요, 성적인 탐닉을 상징한다. 물론, 스타벅스 커피 로고에 깔린 이미지가 그렇다는 것이지 실제로 스타벅스 커피를 마신다고 해서 성적인 탐닉을 하는 것은 아니다. 그래도 우리는 스타벅스 로고가 들어 있는 커피잔, 텀블러, 종이컵에 입을 대고 마심으로써 나도 모르게 무의식적으로 성적인 탐닉에 키스하고 있는 것은 아닐까?

06

화공, 동남풍, 칠성단,
화용도

화공, 적벽을 불태우는 공략법

공명과 오나라 장수 주유가 병력의 열세 가운데도 조조의 백만 대
군에 맞서 싸우기로 일단은 의기투합했다. 그러나 워낙 병력이 열세
인지라 조조의 백만 대군을 효과적으로 물리치기 위해서는 특별한
계책이 필요했다. 두 사람이 계책의 통일을 이루는 장면을 삼국지는
아주 드라마틱하게 묘사하고 있다. 먼저 주유가 자신이 생각한 계책
을 말하려고 하자 공명이 이를 제지하고 각자 품고 있는 계책을 손
바닥에 써서 동시에 보이자고 제안한다. 주유가 먼저 돌아앉아 손바
닥에 쓰고 공명에게 붓을 넘겨준다. 공명이 또한 돌아앉아 쓴 뒤에

두 사람이 얼굴을 마주하고 손을 동시에 펴 보인다. 공명과 주유 두 사람 모두의 손바닥에는 불을 의미하는 '火' 자가 적혀있었다. 두 사람은 함께 크게 웃으며 조조의 백만 대군을 불로써 공격하는 화공(火攻)법으로 물리치기로 결정했다.

화공(火攻)은 불로써 적을 공격하는 방법이다. 적벽을 화공으로 공략하기 위해서는 따뜻한 동남풍이 불어야 한다. 문제는 적벽대전이 벌어지던 시기가 동지(冬至)를 낀 한겨울이었다. 그래서 동남풍은커녕 차가운 북서풍만 불어서 최상의 계책인 화공을 쓰지 못할 형국이었다. 바로 이 부분에서 삼국지에서 제일가는 책사 공명의 진가가 발휘된다. 공명이 칠성단을 쌓고 그곳에 올라가 기도하여 한겨울에 동남풍을 불게 했다. 그 결과 적벽을 불바다로 만들어 대승을 거두는 것이 바로 적벽대전이다.

한겨울같이 차가운 여성의 몸과 동남풍

적벽대전을 치를 때 기본적인 날씨가 한겨울이다. 한겨울은 차갑고 냉랭하다. 성행위 초기에는 여성들의 몸과 마음이 한겨울처럼 차갑고 냉랭하다는 의미이다. 스포츠카처럼 급가속이 가능하고 금방 최고속력에 도달하는 남성은 섹스 초입부터 펄펄 끓는 한여름 같은 상태에서 시작한다. 이에 반해 화물트럭 같은 여성은 쉽게 달아오르지 못해 냉랭한 겨울과 같은 상태에서 적벽대전을 맞이한다.

성행위 시 남성들이 급하게 달리려는 마음만 죽였다고 해서 여성들이 저절로 달아오르지는 않는다. 화공으로 적벽대전을 승리로 이끌기 위해서는 동남풍이 부는 것이 절대적이다. 동남풍은 덥고 후끈한 바람이다. 이 바람이 분다는 것은 여성의 몸이 후끈 달아올랐음을 의미한다. 이 시점을 경계로 남성들은 마음 놓고 적벽에 화공을 퍼부어도 된다. 한겨울같이 차가운 여성의 몸과 마음에 뜨거운 동남풍을 일으키는 것이 바로 공명과 남성들의 할 일이다. 그래야 남녀 간의 성적인 진행속도가 얼추 맞춰지기 때문이다.

칠성단(七星壇), 밤하늘의 별처럼 돋보이는 주요 성감대 7개소

공명이 동남풍이 불게 하려고 남병산(南屛山)이라는 곳에 올라가 칠성단을 쌓고 기도한다. 남병산(南屛山)은 남쪽에 있는 병풍(屛風)같은 산이라는 의미이다. 중국에서도 남쪽은 아래 지방을 의미한다. 인간의 신체 중 아래쪽은 하체의 영역이다. 남병산은 하체에 있는 병풍같이 아름다운 산이라는 의미가 된다. 공명이 바로 그곳에 올라가 치성을 드렸던 것이다. 병풍같이 아름다운 여성의 몸에 올라가 정성껏 애무하며 동남풍이 불듯이 여성의 몸이 달아오르기를 기다린 것이다.

공명이 애무하며 정성을 다한 곳이 바로 칠성단(七星壇)이다. 7개의 별로 구성된 단이라는 의미다. 사물을 분간하기 어려운 어두운 밤하늘에서 별은 반짝거리며 매우 돋보인다. 여성의 몸에도 밤하늘의 별처럼 돋보이는 주요한 성감대가 있다. 입술, 귓불, 목덜미, 유방, 다리, 엉덩이, 음부 등이라 할 것이다. 여기서 7이라는 숫자는 일곱이라는 제한된 숫자가 아니라 다양함을 의미한다. 칠성단은 여성의 신체에서 밤하늘의 별처럼 빛나고 있는 7개 정도의 다양한 성감대를 의미한다.

여성의 몸에 동남풍이 불게 하려면 칠성단에 자리 잡고 애무하며 공략해야 한다. 역으로 칠성단 이외의 둔감한 부위에 자리 잡고 그곳을 애무해서는 여성의 몸에 동남풍을 불게 할 수 없다. 예를 들어서 전 세계적으로 알려진 주요 성감대를 놔두고 자신만이 발견한 주요한 성감대가 있다고 그곳에 매달리는 사람이 있을 수 있다. 뒤통수, 팔꿈치, 손톱같이 둔한 부위를 성감대라고 자리 잡고 애무하게 되면 동남풍은 영원히 불지 않는다. 상대 여성은 짜증만 내고 적벽대전에서 대패하게 된다.

또한 일곱 개의 별은 북두칠성을 의미하기도 한다. 인류가 나침판을 발견하지 못한 그 옛날 캄캄한 밤에 항해하며 목적지를 향해 갈 때 북두칠성 같은 별들이 길잡이가 되고 이정표가 됐다. 이 주요 7개소의 성감대는 여성의 몸을 달구며 적벽대전을 진행해 나가는 주요

이정표가 된다.

공명이 칠성단에서 단을 쌓고 치성을 드리는 것이 주요 성감대를 정성껏 애무하는 것이라는 결정적인 증거가 있다. 칠성단을 쌓은 시기가 동짓날 이삼일 전이다. 그런데 흙이 얼어붙는 한겨울에 붉은 진흙으로 단을 쌓았다고 한다. 겨울에는 땅이 얼어 진흙으로 단을 쌓기가 어렵다. 그러나 군대에서는 죽을지도 모르지만 '돌격 앞으로'라는 명령이 떨어지면 돌격해야 하듯이 무엇인가를 하라고 명령을 내리면 해야 한다. 그래서 뜨거운 물을 부어가며 흙을 녹여서 단을 쌓았다고 설정해 볼 수는 있다. 그래도 진흙이 잘 이겨지지 않으므로 쉽지는 않다. 붉은 진흙은 상징성을 지닌다. 진흙으로 단을 쌓으려면 손으로 잘 주무르고 만지작거려야 결합이 잘 된다. 잘 쓰다듬어야 매끄러운 면도 나온다. 이러한 행위는 성행위 시 주요한 성감대를 애무하는 동작들과 매우 유사하다. 사람들은 진흙을 만지는 행위가 에로틱한 애무 행위를 상징함을 알고 영화나 드라마에서 자주 사용한다.

1990년에 히트를 쳤던 〈사랑과 영혼(Ghost)〉이라는 영화가 있다. '언체인 멜로디'라는 감미로운 주제가가 흐르는 가운데 남녀 주인공 데미무어와 페트릭 스웨이지가 점토를 주무르며 애무하는 장면을 연출했다. 그 이후로 코미디프로나 드라마에서 수많은 사람들이 이 장면을 에로틱한 애무 장면으로 패러디를 계속하고 있을 정도이다.

안마사들은 근육이 뭉친 곳, 신경이나 혈관이 모여 있는 곳 등 신체의 주요부위를 지압하고 주무르고 마찰해서 피로감을 씻어주고 몸을 개운한 상태로 만들어 준다. 남성들은 성행위 시 칠성단과 같은 여성의 주요 성감대를 진흙을 만지듯 주무르고 쓰다듬듯이 애무해서 동남풍을 불러일으킨다. 같은 몸을 갖고 안마사가 안마를 하면 피로가 풀리고, 배우자나 연인이 애무를 하면 동남풍이 부니 인체의 신비가 오묘한 측면이 있다.

여체에 동남풍이 불 때까지 불허되는 네 가지 자세

적벽대전을 치를 때 스포츠카 같은 욕구를 지니고 있는 남성들은 될 수 있으면 동남풍이 빨리 불기를 원한다. 그러나 문제는 동남풍이 남성들의 생각만큼 빨리 불지 않는 데 있다. 남성 본인은 열심히 전희에 충실했다고 생각하는데 여성의 반응이 늦게 되면 섹스가 일종의 소강상태에 접어들고 지루해지기도 한다. 일각이 여삼추 같고 영국과 프랑스가 치른 백년전쟁처럼 길게 느껴진다.

섹스가 이처럼 소강상태에 빠지게 되면 남성들은 조바심이 나게 된다. 그래서 당초에 동남풍이 불 때까지 애무에 충실하겠다던 마음을 바꿔서 남근 삽입기로 넘어가는 불상사가 발생하기도 한다. 여성의 몸에 동남풍이 불지 않은 상태에서 남근 삽입기로 진행하면 그 남성은 백전백패를 한다. 적벽대전에서 화공이 먹혀들어가기 위해서는 동남풍이 불어야만 한다는 전제조건이 있기 때문이다. 따라서 애무기의 최대의 적은 소강상태인 셈이다.

여성의 몸에 후끈한 동남풍 대신 아직도 냉랭한 찬 기운이 감돌고 있는데 화공을 하면 적벽이 불타오르지 않는다. 항우장사 같은 사람이 화공을 할지라도 전혀 불타오르지 않는다. 성냥처럼 남성 자신만 불태우고 적벽의 냉기로 인해 이내 꺼지기 때문이다. 이런 불상사를 막기 위해 공명이 칠성단을 지키는 장졸에게 네 가지 절대 해서는 안 될 엄한 영을 내린다. 애무를 해서 동남풍이 불 때까지 남성들이 반드시 지켜야 할 몸가짐이나 태도를 의미한다.

불허천이방위(不許擅離方位), 결코 자세를 바꾸지 말라

직역하면 '멋대로 방향과 자리를 바꾸는 것을 불허한다.'는 명령이다. 여성이 성적으로 달아오를 때까지 칠성단이 상징하는 주요 성감대를 애무하는 것에서 노선을 바꾸거나 게을리해서는 안 됨을 의미한다. 남성의 입장에서 지극정성으로 애무를 해도 생각과 달리 여성이 느리게 반응하는 경우가 많다. 이렇게 되면 성행위가 소강상태에 빠지고 지루해지는 경향이 있다. 이러한 소강상태를 참지 못하고 삽입 성교로 방향 전환하게 되면 조기 사정이라는 불상사가 일어나기 쉽다. 동남풍이 불듯 여성이 성적으로 달아올라 새 울음소리 같은 것이 나고 몸이 들썩거릴 때까지 초지일관 변치 말고 정성스럽게 애무에만 충실하라는 의미다.

불허실구난언(不許失口亂言), 재촉의 말 등을 하지 말라

입을 잘못 열어 어지러운 말, 반란(反亂)적인 말을 하는 것을 불허한다는 명령이다. 남성들이 어느 정도 애무를 하다 보면 여성의 성적인 진행 정도가 궁금해진다. 스포츠카 같은 남성들은 여성의 성적인 흥분 속도에 비례하여 언제든지 급가속하여 삽입으로 직행할 수 있기 때문이다. 힘차게 달리고 싶은 자신의 충동을 마냥 참아내는 것에도 한계가 있다.

그래서 여성에게 "됐어?"라고 물어본다. 충분히 달아올랐냐고 물어보는 것이다. 이 말속에는 여성을 향해 "뭐해, 빨리 달아오르지 않고" 하면서 재촉하는 의미가 내포되어 있다. 그렇게 자주 물어보면 여성의 입장에서는 '이 남자가 사정 욕구가 급해져서 제어하기 힘들어졌구나.' 생각이 들어 짜증이 난다. 또는 남성 혼자서 '이 정도면 됐겠지.' 하고 스스로 판단을 한다. "야구는 끝날 때까지 끝난 게 아니다."는 말이 있다. 적벽대전을 치를 때도 마찬가지이다. 남성들이 자기 생각에는 전희를 충분히 했다고 해도 여성의 몸에 동남풍이 확실히 불 때까지 전희가 끝난 것이 아니다. 이처럼 자기도 모르게 내뱉는 실언(失言)이나 생각 등에 흔들려서는 안 된다. 애무는 남성이 알아서 진행해 나가야지 일일이 물어보면 분위기 깨고 남성 자신도 더 초조해진다. 그래서 공명이 이런 행동을 엄하게 금했던 것이다.

불허교두접이(不許咬頭接耳), 남근을 여근 근처에 대지 말라

불허교두접이(不許咬頭接耳)를 직역하면 '음란한 머리를 귀에다 접촉하는 것을 불허한다.'는 의미다. 음란한 머리는 남근의 머리 부분인 귀두다. 정확한 타이밍이 되지도 않았는데 정숙하지 못하고 사정하고 싶어 안절부절 못하는 귀두는 음란하다고 칭해도 손색이 없다. 귀(耳)는 앞에서도 파악했듯이 여근을 상징한다. 따라서 정숙치 못한 음란한 남근을 결코 여근에 접촉시키지 말라는 의미이다. 접촉하는 순간 모든 것이 끝나기 때문에 칠성단 같은 주요 성감대를 애무하는 것에만 충실하라는 엄명이다.

남성들은 애무가 길어져 지루해지면 변화를 주거나 남근의 능력을 시험하고 싶은 생각이 든다. 그래서 잠시만이라도 교두접이(咬頭接耳)를 하고 싶어진다. 그러나 남근은 여근 가까이만 가면 마치 옻을 타는 사람처럼 크게 부풀어 오르고 사정하려는 욕구가 조조의 백만 대군처럼 순식간에 증폭되어 밀려온다. 알코올 중독자가 딱 한

잔만 마시겠다는 것, 도박중독자가 딱 한 번만 하고 그만두겠다는 것은 모두가 거짓말이고 실패로 끝난다. 교두접이 한 후에 이를 참고 버텨보려는 것도 애당초 불가능하고 위험하다는 평가이다. 처음부터 아예 교두접이를 할 생각을 하지 말라는 명령이다.

불허실경타괴(不許失驚打怪), 여성의 작은 흥분에 크게 놀라지 말라

잘못된 놀라움으로 괴이한 삽입을 하는 것을 불허한다. 칠성단에서 주요 성감대를 애무하다 보면 여성들이 반응을 보이며 약간의 가는 신음소리를 내고 몸을 작게 들썩일 수도 있다. 그러나 이 정도를 가지고는 여성이 충분히 달궈졌다고 볼 수가 없다. 여성의 몸이 봉황이나 용처럼 들썩거리고 뒤틀리는 상태가 되고 새 울음소리도 크게 들려야 본격적인 동남풍이 부는 상태라고 판단 할 수 있다. 여성의 성적인 반응을 잘못 해석해서 지금까지 해오던 애무를 중단하고 남근삽입으로 변경을 하면 적벽대전을 그르치게 된다.

여기서 주목해 볼 한자어가 '타(打)' 자이다. 중국어로 39가지의 다양한 뜻이 있는 한자어다. 치다, 때리다가 가장 기본적인 뜻이지만 그 밖에 구멍을 파다, 방사하다, 쏘다, 넣다, 주입하다, 주사하다는 뜻도 있다. 모두 성기삽입 동작과 관련된 단어다. '타괴(打怪)'는 괴이하게 삽입을 한다는 의미가 된다. 불허실경타괴(不許失驚打怪)는 잘못

된 놀람으로 괴이하게 삽입을 해서는 안 됨을 의미한다. 동남풍이 불지 않았는데 삽입기로 전환하면 적벽대전에서 백전백패한다. 이 것과 관련해서 우리나라의 판소리 적벽가를 살펴보면 앞의 세 가지 명령은 동일하고, 이 부분은 불허대경소괴(不許大驚小怪)로 표기되어 있다. 그 뜻은 여성들의 작은 성적인 변화인 소괴(小怪)에 크게 놀라 지 말라는 뜻이다. 결과적으로는 비슷한 의미다.

이처럼 남성들은 네 가지 금지사항을 지키며 칠성단이 상징하는 주요성감대의 애무를 정성으로 진행해 나간다. 그 결과 한겨울 같았 던 여성의 몸과 마음에 신비스럽게도 뜨거운 동남풍이 불기 시작한 다. 화공의 적기를 놓치지 않고 적벽으로 들어가 공격을 퍼부음으로 써 적벽대전에서 웅장한 승리를 거둔다. 문제는 남성들의 온갖 애무 에도 불구하고 여성들의 반응이 더디면 섹스가 소강상태에 빠지고 지루해지는 상황이다. 그러면 동남풍이 불 때까지 칠성단에 머물려 던 초심이 변할 수 있다. 실제로 매일 밤 가정에서는 공명이 칠성단 에서 내린 네 가지 엄명을 사수하는 계층과 이를 어기는 계층으로 나뉘어 섹스가 진행된다. 지키면 좋겠지만 어겨도 현실에서는 삼국 지와 달리 큰 벌이 뒤따르지는 않는다. 다만 조조의 세력이 강하면 네 가지 엄한 금기도 무용지물이 되고, 유비와 공명의 세력이 강하 면 금기가 잘 지켜져 적벽대전에서 대승을 거두게 될 뿐이다.

공명이 칠성단에서 내린 네 가지 엄명은 중국의 대중들이 오랜 세월에 걸쳐서 자신들의 성생활을 반복적으로 임상시험하고 도출해낸 결과이다. 이 네 가지 불허 지침은 오랜 임상시험 기간을 거쳤기 때문에 안전성과 약효가 입증된 뛰어난 성생활 처방약이라 할 수 있다. 동물 같은 섹스방식에서 남녀가 함께 즐거움을 공유하는 성생활 문화로 전환되기까지는 유구한 세월이 소요됐던 것이다.

황개가 화공을 하며 적벽을 종횡무진 누비다

남녀가 성행위를 치를 때는 크게 두 개의 시기로 나눌 수 있다. 먼저 남성이 여성의 주요 성감대를 애무해서 충분히 달아오르게 하는 애무기로써 전희라고도 한다. 이 시기에 해당하는 것이 공명이 진흙으로 쌓은 칠성단에서 치성을 드리는 시기이다. 다음 시기는 동남풍이 불게 되면 그것을 신호로 남성이 여성의 몸으로 들어가서 피스톤 운동을 하는 남근 삽입기이다. 구멍에 밝다는 공명의 적벽대전에서의 역할은 칠성단에서 기도하고 빔으로써 동남풍을 불게 하는 데까지이다. 여성이 성적으로 뜨겁게 흥분을 한 상황에서 공명이 남근 자체가 되어 삽입 운동을 주도한 것은 아니다. 공명은 성행위를 크게 나눠 볼 때 애무기까지 역할을 하고 남근 삽입기 자체는 관여를 하지 않았다.

드디어 남성들이 학수고대했던 동남풍이 여체에 불기 시작한다.

동남풍이 부는 것을 기점으로 적벽대전이 애무기에서 남근 삽입기로 전환된다. 이제는 칠성단이 상징하는 주요성감대의 애무는 잊고 화공에 집중해야 한다. 화공은 칠성단에 가하는 것이 아니라 적벽에 가하는 것이기 때문이다. 따라서 남근 삽입기를 주도하는 장수는 공명이 아니라 전혀 새로운 인물이다. 오나라의 황개(黃蓋)라는 장수로서 적벽으로 쳐들어갈 때 선봉이 되어 돌진했다.

돌격대장 황개(黃蓋)의 한자 뜻은 누런 덮개라는 의미다. 고대 사회에서 왕이 행차할 때 햇볕을 가리는 누런 일산(日傘)을 황개라고 부르기도 한다. 이처럼 황개는 누런 우산이나 초가지붕에 씌우는 이엉덮개 등 어떤 물건의 삼각형 모양의 끝부분을 상징한다. 이것은 남성성기의 귀두(龜頭)부분을 상징한다. 라틴어와 영어에서는 귀두를 'glans'로 표기하는데 라틴어 원래의 뜻은 '도토리'이다. 음경의 포피 속에서 반질반질한 귀두가 머리를 내밀고 있는 모습과 비슷한 데서 유래됐다. 거북이 머리를 뜻하는 한자어 귀두(龜頭)나 영어의 도토리와 마찬가지로 황개는 남근의 머리 생김새와 색깔을 묘사하고 있다.

애무기가 끝나면 남성들은 황개 귀두를 앞세우고 삽입 운동기로 들어간다. 조조 진영의 배들을 마른 풀과 싸리, 유황, 기름 등으로 불을 질러 일순간에 적벽을 불바다로 만든다. 여성이 뜨겁게 달아올랐기 때문에 황개 귀두가 여성의 적벽 속으로 들어가 종횡무진으로 누비며 불을 질러댄다. 적벽이 불타오르고 유황불이 연쇄적으로 폭발하듯 오르가슴이 연쇄적으로 터진다.

황개가 장강의 적벽에서 벌이는 치열한 전투는 수전이다. 수전은 육전인 애무기와는 질적으로 다른 남근 삽입기를 의미한다. 사정 욕구가 기하급수적으로 물밀 듯이 몰려온다. 강물 위에서 배가 출렁거리듯 남근 삽입기에는 정말 섹스의 중심을 잡기 힘들다. 어디 하나 붙잡을 데가 없고 의존할 데도 없다. 이런 남근 삽입기에도 최대한 사정을 버티며 섹스를 진행해야 한다. 그래야 상대 여성과 즐거움을 함께 나누는 소기의 목적을 달성 할 수 있기 때문이다.

그러나 삼국유사에서 선덕여왕이 말했듯이 남근입어여근, 필즉사의(男根入於女根, 必卽死矣)한다. 남근은 여근 속으로 들어가면 반드시 곧 죽는다는 뜻이다. 천하를 호령하며 힘차게 발기했던 남근이 결국 죽는 곳은 여근 속이다. 아무리 안 죽으려고 안간힘을 쓰며 발버둥을 쳐도 남근은 죽기 마련이다.

이 부분이 바로 이순신 장군의 '필사즉생 필생즉사(必死則生, 必生則死)'라는 말이 적용되는 부분이기도 하다. 여근 속에서 때가 되면 죽으려는 사람은 곧 다시 살아나고, 여근 속에서 끝까지 살려고 발버둥 치는 사람은 곧 허탈하게 죽는다는 의미이다. 남근은 죽었다가 곧 살아나지만 아무리 안 죽으려고 끝까지 발버둥 쳐도 곧 죽는 속성을 강조하고 있다.

적벽이 여기저기서 펑펑 터지며 불탄 후 섹스가 끝이 난다. 그래서 선봉이었던 귀두 황개가 적군이 쏜 화살을 맞고 강물로 떨어진다. 이때 황개의 모습을 보면 어깨에 화살을 맞아 몸이 축 늘어지고 물에 젖어 몰골이 말이 아니다. 황개가 어깨에 화살을 맞는 것은 사정이 일어나 위풍당당하던 남근이 급속하게 이완되며 축 늘어지는 모습이다. 물에 빠진 황개 같은 몰골의 남근이 섹스가 끝났음을 알린다.

화용도, 그러나 남성들에게는 때론 조조도 필요하다

조조가 적벽대전에서 역사에 길이 남을 만한 대패를 하고 얼마 남지 않은 패잔병을 이끌고 도주를 한다. 백만 대군을 전부 잃고 시신도 수습하지 못했으니 실제 상황이었다면 조조는 부모형제를 잃은 백성들에 의해 능지처참 되었을 것이다. 뒷골목의 동네 양아치들도 이 정도면 자신의 명예를 지키기 위해 아마 자결을 하고도 남았을 상황이다. 그런 그가 적벽대전에서 대패하고도 용하게 도망쳐 살아남았다. 그가 죽으면 절대 안 되는 이유가 남성들의 성생활에 존재하고 있기 때문이다.

화용도(華容道)는 조조의 예상 도주로였다. 공명은 화용도를 지킬 장수로 처음에는 관우를 쓰지 않았다. 조조 밑에서 극진한 대우를 받은 관우가 조조를 살려 줄 것이 예견됐기 때문이다. 화가 난 관우가 어떠한 처벌도 받겠다는 군령장을 쓰자 공명이 마지못해 들어주는 척 관우를 화용도로 배치했다. 조조 군사가 화용도로 가는 길은 패잔병들이 맞이하는 가시밭길이다. 병사들은 배가 고파 지치고 말들은 기진했다. 적벽대전에서 패배로 불에 머리와 이마를 그슬린 자는 지팡이를 짚고, 화살과 창에 부상당한 자는 끌려가다시피 했다. 추운 겨울에 알몸으로 말에 안장도 없이 진흙탕 길을 걸어 나갔다. 다리가 없으면 나무를 찍어다 다리를 놓아가면서 그 험로를 지나가야 했다.

조조 같은 조루 장군들이 자기 볼일만 보고 끝냈을 때 받는 수모가 바로 이와 같이 험난한 가시밭길 같다. 그러나 그 가시밭길을 지나면 살 수가 있다. 관우가 조루장군 조조에게 아량을 베풀기 때문이다. 남성들은 때와 장소, 상대에 따라서는 조조와 같은 조루 장군이 될 수밖에 없음을 용인하는 대국적인 마음 자세다.

가령 아침과 같은 짧거나 좋지 않은 시간대에 성행위를 갖거나 비좁은 방 안에서 자녀들과 같이 동거하며 관계를 가질 때 조루 장군을 용인할 수밖에 없다. 구체적인 예를 들어보면, 2001년에 상영된 러시아 저격수 실화를 바탕으로 한 영화 〈에너미 엣더 게이트〉가 있었다. 남녀 주인공이 살벌한 전쟁터 군대 막사 안에서 성행위를 한다. 이때 남녀의 좌우로는 많은 병사들이 누워서 잠을 자고 있는 그런 열악한 상황에서 두 남녀가 성행위를 가진다. 바로 이럴 때는 칠성단에 올라서 동남풍을 비는 공명식의 웅장한 적벽대전은 불가능하다. 될 수 있으면 빨리 진행하고 끝내야 주변 사람들에게 들키지 않고 안전한 섹스를 할 수 있다. 남자 망신시키는 조조식의 섹스도 살려 두면 부득이한 상황에서는 유용함을 알 수 있다.

그래서 남성의 자존심을 구기고 여자 앞에서 고개를 들지 못하게 하는 조루 장군 조조를 관우가 살려 보내줬던 것이다. 여성과 성행위를 가질 때 상대와 시간, 장소를 불문하고 무조건 길게 하고 상대 여성에게 성적인 극치감을 안겨주는 것만이 능사가 아니다. 상황에 따라서는 조루 장군에게도 빗장을 풀어줘야 한다. 사람들이 조루 장군 조조를 살려준 관우를 진정한 충장(忠將)으로 모시고 좋아한다. 그것이 실생활에서 일어나는 보통 사람들의 성생활의 모습이며 전체적으로 볼 때 조조 같은 성생활 방식도 간혹 필요하기 때문이다.

華 = 빛나다, 화려하다, 번성하다, 중국

容 = 얼굴, 용모, 몸가짐, 용량, 받아들이다, 용서하다

道 = 길, 도리, 이치

화용도(華容道)를 직역하면, '빛나게 용서하는 길'이라는 의미다. '華'는 빛나고 번성하는 대국으로써의 중국이라는 의미가 있다. 해

외에 나가 있는 중국 사람들을 화교(華僑)라고 부른다. 화용도는 대국
(大國)적인 차원에서 빛나게 조루 장군을 용서하는(容) 도량(道)을 의미
한다.

여성과 성적 클라이맥스의 합일을 방해하는 조기 사정은 남성들
에게는 성생활의 장애물이자 최대 약점이다. 그럼에도 불구하고 때
와 장소에 따라서는 그 필요성이 인정된다. 주거 사정 등 녹록지 않
은 성생활 환경 때문에 부부관계를 장기적으로 갖지 않으면 자녀도
가질 수 없고 부부간의 애정도 식는다. 따라서 웅장한 적벽대전은
아니지만 조조식의 부부관계라도 지속적으로 가져야 한다. 어떤 남
성이라도 자신의 조기 사정 행위를 완전히 없앨 수 없고, 없애서도
안 된다. 바람직한 성생활을 위해서 조기 사정을 통제 및 관리는 해
나가야 하되 완전히 제거해야 할 대상이 아님을 삼국지연의가 강조
하고 있다. 성생활 시 남성 체면에 먹칠을 하는 최대의 적은 조기 사
정 장군 조조이다. 그 적을 죽이지 않고 살려주는 대범함이 바로 화
용도이다.

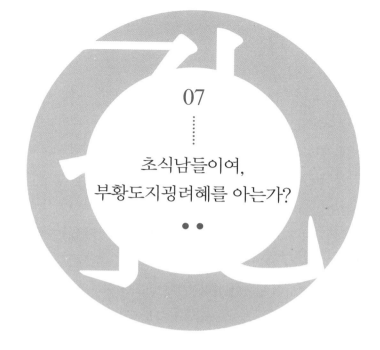

초식남들이여,
부황도지굉려혜를 아는가?

초식남들이여, 부황도지굉려혜(俯皇都之宏麗兮)를 아는가?

공명이 오나라 장수들을 〈동작대부〉에 나오는 '람이교어동남혜 낙
조석지여공' 이라는 구절로 격동시켜 적벽대전에 대한 전의를 불태
우게 했다. 옛날에는 공명이 이 구절만으로도 성생활을 기피하려는
오나라 장수들을 격동시키고도 남았다. 그러나 오늘날은 섹스리스
부부나 초식남녀가 기하급수적으로 증가하고 있다. 특히 초식남녀
들은 이성과의 성행위를 안 하는 건지 못하는 건지 색깔이 분명하지
않다.

기혼자들은 적벽대전을 치를 만큼 치렀고, 미혼 초식남들은 인터

넷 온라인, 스마트폰 상에서 섹스 관련 야한 동영상도 많이 본 사람들이다. 그래서 천하의 공명도 이 구절 하나만으로 초식남녀 같은 현대인을 격동시키기에는 부족할 수가 있다. 그런 사람들을 위해서 역시 〈동작대부〉에 나오는 '부황도지굉려혜(俯皇都之宏麗兮) 감운하지 부동(瞰雲霞之浮動)'이라는 구절도 들려줄 필요가 있다. 이 시구를 듣고도 격동되지 않고 적벽대전을 치를 마음이 생기지 않는다면 산속에 들어가서 도를 닦는 편이 훨씬 나을 것이다. 그만큼 강렬한 성행위 동작과 남성들의 황홀한 심리상태를 잘 묘사하고 있기 때문이다.

부황도지굉려혜(俯皇都之宏麗兮)에서 황도(皇都)는 임금이나 황제가 들어가 살고 있는 도시라는 의미이다. 여성의 신체 중에서 임금이 들어가 살 만하고 성행위의 최고 중심지가 되는 곳이 여근이라는 의미이다. '굉(宏)' 자는 '크다, 넓다, 광대하다'는 뜻으로써 굉장(宏壯)하다는 감탄적 의미가 섞인 말이다. '려(麗)'는 '곱다, 아름답다는 뜻이다. 남성이 여근을 보는 순간 굉장히 아름다움을 느끼는 모습이다.

첫 글자인 '부(俯)' 자의 의미는 '구부리다, 고개를 숙이다'는 뜻이다. 임금이 사는 황도가 실제 도시라면 그곳을 바라보는 데 있어서 구태여 머리나 허리를 구부리고 본다고 묘사할 필요는 전혀 없다. 높은 누각은 물론 도심 근교 산 정상에 올라 간 사람들이 산 아래 펼쳐진 시내 전경을 목이나 허리를 구부리고 바라보지는 않는다. 눈만 약간 내려서 보면 잘 보인다. 그러나 고개나 허리를 구부리지 않으면 정말로 잘 안 보이는 곳이 있다. 성행위 시 황도가 상징하는 여근의 위치가 남성의 머리보다 훨씬 아래쪽에 위치하고 있어 고개를 숙이거나 구부리지 않으면 잘 보이지 않는다. '부(俯)'는 남성 상위 자세에서 성관계를 할 때 고개나 허리를 구부려 황도인 여근을 바라보는 모습이다. 남성들은 성행위 때 굉장히 귀하고 아름다운 황도이자 여근을 고개를 숙여 들여다본다.

감운하지부동(瞰雲霞之浮動)

남성들이 여근을 바라볼 때의 느낌은 일반적으로 두 눈이 휘둥그레질 정도의 황홀감이다. 앞 구절에서 살펴봤듯이 여근이 '굉려(宏麗)'하기 때문에 일종의 성 본능적인 황홀경을 느끼게 된다. 운하(雲霞)는 '구름과 안개' 또는 '구름과 노을'이라는 뜻이다. 사람들은 단풍으로 곱게 물든 설악산이나 금강산같은 곳을 방문할 때 평소에는 보기 어려운 구름과 안개가 멋지게 깔린 장관을 만나기도 한다. 간혹 석양이 질 무렵 구름과 노을이 아름답게 물든 광경을 보기도 한다. 이런 운하(雲霞)같은 자연의 장관을 보면 한동안 넋을 놓고 굉장한 아름다움을 느끼기 마련이다. 그것은 남성들이 여성의 생식기를 바라볼 때 구름과 안개가 흐르는 듯한 몽롱한 가운데 느끼는 황홀경과 같다. 그곳의 풍경은 노을처럼 붉고 원색적이며 강렬한 아름다움이 느껴진다.

부동(浮動)은 물이나 공기 중에 떠서 고정되지 않고 움직이는 상태를 의미한다. 성적인 흥분과 황홀함으로 몸과 마음이 공중에 붕 뜬 상태처럼 느껴지는 모습이다. '감(瞰)' 자는 '보다, 내려다보다, 물고기의 눈이 감겨지지 않는 일' 등의 뜻이 있다. 붕어 등 물고기의 눈은 대개 동그랗고 튀어나왔으며, 몽롱하고 힘이 없다. 눈동자를 거의 움직이지 않아 어항 속 물고기를 손으로 때리는 시늉을 해도 눈을 깜빡거리지 않는다. 잘 때도 눈을 뜨고 잔다. 굉장히 아름다운 황도(皇都)가 상징하는 황홀한 여근을 들여다본 남성들은 갑자기 숨이 막힌다. 눈이 별안간 물고기 눈처럼 동그랗게 되고 튀어나올 것 같다. 눈이 몽롱하고 휘둥그레진 상태에서 물고기처럼 눈동자가 정지되기도 한다. 남성들은 여근을 보게 되면 본능적으로 굉장히 아름다움을 느끼기 때문에 이런 현상이 일어난다.

일상과 성생활은 크게 다르지 않다

성생활을 할 때 남성들은 '람이교어동남혜' 하는 자세를 취한다. 그것은 마치 자동차나 자전거를 운전할 때 반드시 핸들이나 손잡이를 붙잡은 상태에서 운전하는 것과 같다. 반대로 운전대나 손잡이를 붙잡지 않고는 자동차나 자전거를 운전하기 어렵듯이 '람이교어동남혜' 같은 자세를 취하지 않고는 성생활에 지장이 생긴다. 또한 식탁이나 밥상에 놓인 음식을 먹기 위해서는 숟가락이나 젓가락을 들고 맛있는 음식을 시각적으로 즐기며 고개를 적당히 숙여서 먹어야 한다. 허리를 숙여서 굉장히 아름다운 여근을 들여다보는 '부황도지 굉려혜'도 마찬가지이다. 이런 자세들은 성생활에 들어간 사람들이라면 누구나 자연스럽게 취하는 보편적이고 일상적인 자세이다.

그럼에도 불구하고 우리는 평상시에는 이런 말을 듣거나 대화에서 사용하지 않기 때문에 이런 말을 들으면 성적으로 자극되고 격동되는 경향이 있다. 그것을 이용하여 공명이 적벽대전을 치르지 않으려는 오나라 장수들을 격동시켰을 뿐이다. 그러나 모든 것은 익숙해지고 습관화되기 마련이다. 성생활도 오랜 세월 거듭 치르게 되면 익숙해져서 감흥이 떨어진다. 따라서 성생활 권태기에 빠졌을 때, 성에 대한 흥미가 줄어들었을 때 이런 시구를 조용히 음미하며 스스로에게 들려줄 필요가 있다. 그러면 배우자를 다시 보고 스스로를 격동시켜서 활기차고 건강한 성생활을 회복해 나가는 데 도움이 될 것이다. 침체 된 성생활에 활력을 불어넣기 위해서 지어진 시가 바로 동작 대부이기 때문이다.

08
⋮
오관참육장,
천년 걸려 완성된
남근단련 비법
• •

자신의 조기 사정이라는 역적과 동거하는 관우

관우가 도저히 상종도 하기 싫은 역적 조조를 죽이지는 못할망정
그의 수하로 들어가 일정 기간 부하 노릇을 한 적이 있었다. 이런 상
태는 국내외에서 제작 상영되었던 영화 〈적과의 동침〉에 해당한다
할 것이다. 삼국지 최고의 충장(忠壯)이자 의리의 남자 관우가 인생을
살다 보면 뜻하지 않는 일이 발생해 조조의 수하로 들어갈 수는 있
다. 그러나 그의 대쪽 같고 불같은 성격상 기회를 봐서 조조를 죽이
고 도망쳐 나왔을 것이다. 그러나 관우는 그곳에서 오히려 3일에 한
번은 작은 잔치, 5일에 한 번은 큰 잔치와 적토마까지 선물 받았으

며, 조조를 위해 전쟁에 나가 공을 세우기까지 했다.

여성과 클라이맥스에 함께 도달하지 못하는 조기 사정 증세를 지닌 남성들은 그런 자신이 창피하고 인정하기 어렵다. 될 수 있으면 자신의 그런 증세와 직면하지 않기 위해 성관계도 회피하려고 한다. 그러나 이렇게 도망치기만 하면 그런 증세를 영영 극복할 수 없고 여성과 함께하는 밤이 두렵게 된다.

"호랑이를 잡으려면 호랑이 굴로 들어가라."는 속담이 있다. 자신이 지닌 성적인 문제점을 해결하려면 역시 조루 장군 조조 밑으로 들어가야 한다. 그곳에서 관우가 역적 조조의 힘과 존재를 인정했듯이 자신에게도 그런 증세가 나타날 수 있다는 현실을 인정해야 한다. 자신의 부끄러운 조기 사정 증세와 동거하며 가까이서 살펴나감으로써 그것을 이해하고 대처 방법을 찾아낼 수 있다. 이것이야말로 적과 동침하는 이유라 할 것이며 진짜 사나이다운 행보이다. 적과 동침은 하되 적에 물들거나 동화되는 것이 아니라 조기 사정증세 탈출이라는 보다 큰 대의를 위해 온갖 수모를 참고 견뎌내는 모습이다. 그 결과 차츰 조조에게서 벗어나는 모습이 바로 오관참육장(五關斬六將)의 진정한 의미라 할 수 있다.

관우의 오관참육장과 유비가 삼고초려해서 공명을 얻는 것은 여성과 성생활을 해나가는 데 둘 다 도움이 되지만 분명한 차이가 있다. 먼저, 관우의 오관참육장은 자신의 조기 사정 증세 자체에 중점을 두고 관찰하며 극복하는 과정으로 남성 자신에 대한 관찰이다. 유비가 삼고초려해서 공명을 얻는 것은 여성의 신체적 특성과 주요 성감대 등 상대 여성에 대한 관찰을 의미한다. '지피지기백전백승(知彼知己百戰百勝)'이라는 말처럼 적을 알고 나를 알아 백전백승해 나가는 자세라 할 것이다. 이러한 차이를 염두에 두고 오관참육장의 의미를 살펴볼 필요가 있다.

공수(孔秀), 성생활 왕초보 시기에 나타나는 조루 증세

관우가 한동안 조조 밑에 있으면서 크고 작은 전공을 세운 후 유비가 있는 곳을 알게 되어 그곳으로 가며 조조의 부하들이 지키는 다섯 관문을 통과한다. 첫째 관문인 동령관에서 이곳을 지키던 공수를 베고, 낙양관에서는 낙양 태수 한복과 그의 부하 맹탄을 벤다. 사수관에서는 변희를, 형양관에서는 왕식을, 황하를 건너는 관문에서는 진기를 베고 유비가 있는 곳으로 가게 된다. 이 고사는 오늘날에는 겹겹이 쌓인 난관을 돌파하며 뜻을 이뤄가는 고사성어로 자주 언급되고 있다.

관우가 다섯 개의 관문을 돌파하며 벤 첫 번째 장수가 공수(孔秀)라는 사람이다. 언뜻 보면 구멍에 밝다는 공명(孔明)과 이름이 비슷하나 의미는 정반대로 조기 사정을 일으키는 성적 장애물이다.

'秀'는 벼를 뜻하는 '禾'와 '곧, 이에'를 뜻하는 '乃'의 합성어다. '禾'자는 벼가 익어 고개를 숙인 모습을 그린 한자라고 한다. 따라서 '秀'자는 남근이 벼처럼 이내 고개를 숙인다는 뜻을 내포하고 있다. 오늘날 발기부전 등으로 고개 숙인 남자를 표현할 때 벼가 고개 숙인 모습을 자주 사용하곤 한다. 공수(孔秀)는 '구멍(孔)만 봐도 벼처럼 곧 고개를 숙인다(秀)'는 극심하고 무기력한 조루 증세다.

관우가 벤 첫 번째 조루 증세는 여성의 몸이나 생식기 근처에 가기만 해도 곧 사정이 일어나 남근이 금방 고개 숙이는 심각한 상태다. 이런 상태는 갓 결혼했거나 연예기에 여성에 대한 성 경험이 매우 부족한 성생활의 초창기에 나타난다. 이때는 여성의 오르가슴 따위는 전혀 안중에 없이 성생활을 치른다. 남성은 여성의 나체를 보고 만지며 스스로 극심하게 흥분된 상태에서 여성의 몸 안으로 직행하는 성향을 보인다. 첫 성 경험부터 여성의 오르가슴을 배려하는 남성은 세상에 단 한 명도 없다. 이때의 남성들은 자신의 성적인 욕구와 갈망을 배설하려는 자신의 본능적인 욕구에 충실할 뿐이다. 좀 심하게 표현하면 동물들의 교미 상태와 별반 다름이 없는 시기가 바로 이 시기에 해당한다.

"밀밭만 지나가도 취한다."는 속담처럼 이 시기에는 남성들이 성적으로 너무 예민해 섹스에 대한 통제가 거의 이뤄지지 못한다. 노련한 카사노바 같은 남성들조차도 성생활 초기에는 예외 없이 공수(孔秀)처럼 성생활을 시작한다. 개구리 올챙이 시절이 있었던 것처럼 무언가를 시작할 때는 매우 초라하고 유치하고 기이한 형태에서 출발을 한다. 그래서 운전이나 성생활, 군대 생활 등에 있어서 초보 시절에는 쩔쩔매기 마련이다. 관우가 공수를 베어냈다는 것은 이런 극심한 조루 증세가 완화되었다는 의미이다.

이 시기가 성생활의 왕초보 시절이라는 것은 첫 번째 관문의 이름인 동령관(東嶺關)에 잘 나타나 있다. '東'은 해가 뜨는 방향으로써 하루나 어떤 일이 시작되는 시점을 의미한다. 동령관은 무엇인가를 시작하는 시점에서 넘어야 할 큰 고개라는 의미다. 성생활을 막 시작하는 왕초보 시절에 넘어야 할 관문이라는 의미가 된다.

초보 운전자나 운전에 공포증을 가진 사람들은 운전도 하기 전에 이마에 식은땀이 나고, 심장은 쿵쾅거리며 뛴다. 그래서 아예 운전석에 오르지 못하거나 핸들을 붙잡지 못하는 사람도 있다. 간혹 접촉 사고도 낸다. 이런 초보자들도 자꾸 운전대에 올라 핸들을 잡고 액셀, 브레이크, 기어를 조작하다 보면 어느새 불안감을 극복하고 자연스럽게 운전하는 모습을 주변에서 보게 된다. 이것이 운전에 숙달되고 생활화되어 가는 과정이다.

조기 사정 증세도 마찬가지다. 여성과 성관계를 갖기 위해서는 사정을 어느 정도는 조절할 수 있어야 하는데 초창기에는 이것이 제대로 안 된다. 그래서 섹스를 시작하고 나서 얼마 안 되거나 여성의 몸 가까이만 가도 사정이 일어나기도 한다. 여성과 성관계를 갖는 것 자체가 두렵고 불안해지는 이유이다. 그렇다고 해서 성관계를 꺼리면 영원히 조루 증세를 극복할 수 없다. 관우가 경멸하던 조조 밑으로 들어가 주기적으로 잔치를 벌였듯이 보통 남성들도 비록 자신의 조기 사정 증세가 두렵지만 자주 성생활을 가져야 한다. 이렇게 되면 초보 운전자의 경우처럼 두려움을 극복하고 능숙한 솜씨로 성생활을 운전해 나갈 수 있게 된다. 아무리 뛰어난 개구리라 해도 올챙이 시절을 거치지 않고 직접 성체로 성장한 개구리는 없지 않은가?

한복(韓福), 초보시기에 일어나는 조기 사정 증세

두 번째 관문인 낙양관(洛陽關)은 왕초보에서 '왕' 자를 뗀 상태로써 성생활에 약간은 경험이 있는 초보 시절에 일어나는 조기 사정 증세를 의미한다. 이 관문을 돌파하며 벤 장수는 한복(韓福)과 맹탄(孟坦) 두 장수이다.

한복(韓福)에서 한(韓)은 우물 난간이라는 뜻이고, 복(福)은 음복(飲福)하다는 뜻이다. 우물 난간서 음복하다는 뜻으로 "우물가에서 숭늉을 찾다."는 속담과 비슷하다. 숭늉은 우물가에서 물을 가져와 쌀을 씻고 불을 때서 밥을 다 지은 후에 다시 물을 부어야 마실 수 있다.

이런 노고가 수반되는 전반적인 과정을 무시하고 마음만 조급해 우물가에서 숭늉을 찾는 것이다. 음복 역시 제사를 지낸 후 제사를 지낸 음식이나 술을 후손들이 먹는 행위이다. 제사를 지내기 위해서는 우물가에서 물을 떠다가 음식을 씻거나 국을 만들고 전을 부치며 각종 요리를 한다. 한밤중이 되기를 기다려 법도에 맞게 제사상을 차리면 몇 번씩 절을 한 후에 음복을 하게 된다. 이처럼 음복하기 전까지 해야 할 일과 치러야 할 의식 등이 많고 시간도 걸린다.

남녀 간의 성생활은 서로의 의사를 확인 후 술이나 음식을 곁들이며 분위기도 잡게 된다. 침대에 들어 몸을 합치고 키스하고 서로의 성감대를 애무하면서 여성이 충분히 달아오르기를 기다린다. 여성이 몸짓이나 교성 소리로 동남풍이 부는 신호를 보낼 때 적벽으로 진입하여 화공으로 마무리 짓는 단계로 진행된다. 그러나 조조의 부하 한복 같은 사람은 이와 같은 일련의 성행위 과정을 우물가에 가서 음복하듯 간편하고 아주 쉽게 생각한다. 성생활의 즐거움을 여성과 함께 나누기 위한 노력과 정성을 생략하는 사람이다. 노련한 남성이라면 신경 써야 할 애무와 전희에 대해 대수롭지 않게 생각한다. 성생활 초보 시절에 나타나는 경향이다.

그의 이런 자세는 부하 장수 맹탄에게도 똑같이 나타난다. 맹탄(孟坦)을 직역하면 '조리에 맞지 않게 평탄하거나 편하다'는 의미다. 평탄하거나 편하다는 말 자체는 좋은 뜻인데, 앞부분에 부정적인 의미가 있다. 사리에 맞춰 볼 때 평탄하거나 편해서는 안 되는데도 불구하고 평탄하거나 편함을 추구하는 사람이라는 의미다. 맹탄 같은 사람도 정성과 노력이 수반되는 애무와 전희의 과정을 무시하고 '맹탄(孟坦)'스럽게 행동해서 섹스를 그르친다. 섹스를 자기 위주로 편하고 쉽게 생각해 형식적인 애무 후 자기 볼일만 보고 잠자리에 곯아떨어지는 성생활 초기의 모습이다.

첫 번째 관문인 왕초보 시절 발생한 조루 증세와 두 번째 관문인 초보 시절에 발생하는 조기 사정 증세는 큰 차이가 있다. 공수(孔秀)가 발생시킨 조루 증세는 여성과의 성 경험이 거의 없었던 왕초보 남성들에게서 나타난다. 귀두의 예민성, 심리적인 초긴장 등으로 초창기에 보이는 어쩔 수 없는 기질적 조기 사정 증세이다.

이에 비해 초보 시절에는 여성과 성적인 접촉이 잇닿는 시기이기는 하다. 그래서 두 번째 관문인 낙양관(洛陽關)에는 '잇닿다'는 의미의 '洛' 자가 들어 있다. 초보이기는 하지만 성관계를 잇달아 갖다 보니 귀두의 예민성도 다소 둔감해지고 심리상태도 어느 정도 안정이 됐다. 섹스를 시작하자마자 사정하는 극심한 조루 증세는 없어진 것이다. 그러나 이 시기에는 남성들이 화물트럭 같은 여성들을 배려하는 데까지 미처 신경이 닿지 못한다. 여성을 거의 배려하지 않고 자기 위주로 쉽고 편하게 섹스를 진행함으로써 상대적인 조기 사정 증세가 나타난다. 한복과 맹탄을 죽이고 두 번째 관문을 돌파하는 것은 여성을 배려할 줄 모르는 자기 위주의 성생활 태도를 극복하는 모습이다.

변희(卞喜), 애무 단계에서 일어나는 성급함

세 번째 관문인 사수관에서는 변희(卞喜)라는 장수를 벤다. 사수관 (汜水關)은 기수관(沂水關)이라고도 한다.

汜 = 지류, 웅덩이, 물가
沂 = 물, 지경(地境), 가장자리, 변두리

사수관(汜水關)에서 '사(汜)'는 지류(支流) 또는 웅덩이라는 뜻이다. 기수관(沂水關)이라고 할 때 '기(沂)'는 가장자리, 변두리라는 뜻이다. 사수관이나 기수관은 섹스의 본류나 핵심단계에 도달하지 못한 지류나 변두리 상태에서 일어나는 조기 사정 증세이다. 남근이 아직 여근 속으로 입궁을 하지 못한 상태인 애무기에 일어나는 증세라는 의미가 된다.

세 번째 관문을 지키고 있던 장수가 변희(卞喜)로서 이름 뜻은 '성급한(卞) 기쁨(喜)'이라는 의미다. 왕초보와 초보 시절을 지내고 나면 남성들은 나름대로 애무의 중요성을 알게 된다. 그래서 성행위에 들어가 처음에는 의기충천하여 애무와 전희를 열심히 한다. 그러나 생각보다 소강상태가 길어지면 아직 여성이 충분히 달아오르지 않았음에도 별안간 이 정도면 됐다는 생각이 들기 시작한다. 남성들은 속성상 스포츠카를 몰고 있기 때문에 목적지에 빨리 도달하여 사정에 따른 쾌감과 해방감을 맛보고 싶어 한다. 이렇게 되면 여성이 원하는 만큼의 애무를 하지 못하고 변희처럼 성급하게 적벽으로 돌진하여 혼자서만 기쁨을 맛보려는 자세가 나타난다.

관우를 막으려 했던 다섯 관문의 적장들 중 유독 변희(卞喜)가 지닌 무기가 특이하다. 그의 주 무기는 유성추(流星鎚)라고 불리며 줄의 양 끝에 울퉁불퉁한 금속으로 된 추가 달려 있는 독특한 형태이다. 고전 무협지에나 나올 법한 무기이다. 무기의 이름이 유성(流星)이므로 이 무기는 유성(流星)의 속성을 지니고 있다. 밤하늘의 별이나 달은 지구의 자전 속도에 따라 아주 서서히 움직인다. 이에 비해 유성은 조용하던 밤하늘에 어디선가 갑자기 나타나 눈 깜짝할 사이에 하늘을 가로질러 날아가 이내 소멸하고 마는 속성이 있다. 유성이 빠르게 움직이다 소멸하는 것을 보고 사람들은 짜릿한 쾌감을 느낀다. 그래서 매년 7, 8월 중에 한 시간에 100개 정도의 유성이 관측되는 페르세우스자리 유성 쇼를 보려고 수많은 사람들이 밤잠을 설치기도 한다. 유성은 세 번째 관문의 조기 사정 증세를 가장 선명하게 표현하는 속성이다.

변희 같은 남성들은 초보 단계는 지난 지라 잠자리에서 처음에는 애무도 열심히 하며 나무랄 데 없이 잘 진행해 나간다. 이때까지는 밤하늘의 별이나 달처럼 서서히 움직이는 모습에 해당한다. 그러나 섹스를 잘 진행해 나가다가 유성처럼 별안간 급한 사정 욕구가 생겨난다. '어' 하며 손 써볼 틈도 없이 눈 깜박할 사이에 사정이 일어나 혼자만 이득을 취하고 섹스가 끝나 버린다. 유성처럼 갑작스런 사정이 일어나는 배후에는 급하게 짜릿한 오르가슴을 맛보려는 변희 같은 남성들의 욕구가 잠재되어 있다.

포동(蒲東)땅 보정(普淨), 최후에 가서 남근을 폭발시켜라

이 관문을 통과하는 데 있어서 관우에게 결정적인 도움을 준 사람은 보정(普淨)이라는 승려이다. 이름 뜻은 '널리(普) 맑게 하다(淨)'는 의미이다. 가장 바람직한 섹스는 남녀가 극치감에 동시에 도달하는 것이다. 그렇게 되기 위해서는 도중에 사정 욕구가 유성처럼 별안간 나타나 마음을 흐리게 해서는 안 된다. 섹스는 남녀가 같이 진행해 나가는 공동 작업이자 행위이다. 그런 상황에서 누구는 유성 같은 짜릿한 배설 감을 맛보고 누구는 욕구불만이 되면 곤란하다. 그래서 승려 보정처럼 시종일관 두루 맑은 마음을 유지함으로써 도중에 마음이 흐려지고 바뀌는 것을 막을 수 있다. 다시 말하면 여성의 몸에 동남풍이 확실하게 불 때까지는 유성처럼 짜릿하게 배설하려는 욕구를 억제해야 한다는 의미이다.

승려 보정은 자신과 관우의 고향이 포동(蒲東)땅으로 같음을 강조한다. 포동(蒲東)에 있어서 '蒲'는 부들을 뜻한다. 부들은 연못 가장자리나 습지에서 1.5m 내외로 자라는 여러해살이풀이다. 인터넷 등에서 그 외형을 보면 긴 줄기에 상단 끝부분에는 7~10cm가량 되는 누런 어묵이나 소시지 모양의 열매 이삭이 달려있다. 이 열매 이삭은 단단함을 유지하다가 나중에 솜처럼 확 부풀어 올라 터지면서 바람에 날리며 씨앗을 퍼트린다.

여성과 오르가슴의 합일을 이루기 위해서는 남근이 부들과 같은 형상을 끝까지 유지해야 한다. 도중에 유성처럼 짜릿한 오르가슴을 맛보려는 욕구에 사로잡히면 적벽대전을 그르치게 된다. 부들처럼 단단한 발기력을 최후까지 유지하다가 여성의 몸에 동남풍이 분다고 판단되는 순간 남근을 일거에 확 터트려야 한다는 것이 포동 땅에 담긴 의미다.

요즘은 조폭이나 운동선수뿐만이 아니라 일반인들도 문신을 많이 한다. 문신을 한다는 것은 자신이 추구하는 정신이나 가치를 표현하는 것이다. 용, 호랑이, 사자, 코브라, 전갈, 거미, 장미, 번개, 칼, 꽃 문양 등 다양한 문신을 한다. 남성들이 여성과 함께 유종의 미를 거두는 성생활을 원한다면 부들을 문신으로 그려 넣는 것도 고려해 볼

만하다. 그렇게 되면 유성처럼 난데없이 나타나 질서정연한 섹스를 가로질러 가며 엉망으로 만드는 순간적인 충동에 대해 견제심을 지닐 수 있기 때문이다. 다만 진짜 호랑이, 사자, 전갈 등은 자신의 몸에 호랑이, 사자, 전갈을 그려 넣는 문신을 하지 않는다. 스스로에 대한 확고한 신념과 능력이 있다면 굳이 문신을 할 필요는 없다.

왕식(王植), 왕처럼 거칠 것 없이 단번에 삽입하는 사람

네 번째 관문인 형양관(滎陽關)에서는 왕식(王植)이라는 장수를 벤다. 왕식(王植)은 '왕(王)처럼 심는(植)' 사람이라는 의미이다. 여기서 심는다는 것은 남근을 여근 속에 넣는다는 비유적인 의미이다. 왕식은 남근을 삽입할 때 일을 그르칠까 봐 백성이나 소시민처럼 염려하거나 조심하지 않고 마치 거칠 것 없는 왕처럼 쑥 들어간다. 이렇게 하면 대부분 조기 사정 증세가 일어나 섹스를 그르치게 된다는 의미이다.

관문의 이름인 형양관(滎陽關)의 '滎' 자에는 폭이 매우 좁고 작은 실개천의 이라는 의미가 있다. 여근을 의미하며, 애무기를 끝내고 최초 삽입을 할 때는 여근이 좁고 작은 실개천처럼 느껴지는 모습이다. 남근 삽입기로 전환할 때 단번에 깊이 들어가게 되면 선덕여왕이 말한 대로 남근은 이내 죽기 마련이다. 007 같은 액션 영화를 보면 긴장감을 느끼게 하는 배경음악이 흐르는 가운데 주인공이 적이 있을지 모르는 건물로 진입하는 장면이 나온다. 이때 주인공이 단번에 쑥 들어가기보다 권총을 두 손으로 붙잡고 바짝 긴장한 채 조심조심하며 들어간다. 단번에 쑥 들어갔다가는 매복해 있는 적에게 불의의 반격을 당할 수 있기 때문이다. 살짝 고개를 내밀었다가 적이 충격을 가하면 얼른 몸을 뒤로 물리며 다시 이를 반복하며 조심스럽게 전진한다. 남근 삽입기에는 왕식처럼 단번에 쑥 들어가면 죽기 십상이므로 액션 영화의 주인공처럼 행동해야 한다. 성행위 내내 곳곳에 이런 지뢰밭이 있어서 잘못 건드리면 사정 욕구가 터져서 일을 그르치게 되므로 조심해야 하는 것이 남자들의 운명이다.

호반(胡班), 단번에 쑥 들어가는 행동은 오랑캐적인 만용

네 번째 관문에서 왕식이 관우를 죽이려는 계책을 세운다. 관우를 직접 대적할 수 없음을 알고 처소에 들게 한 후 이곳을 천명의 군사로 에워싸고 있다가 불을 질러 태워 죽이려 한다. 이때 천만다행으로 왕식의 부하 호반(胡班)이 관우가 등불 앞에서 책을 보고 있는 모습에 반해 왕식의 계략을 미리 알려줘서 화를 모면하게 된다.

남근을 여근 속에 단번에 깊숙이 진입시키지 않고 그 입구에서 깔짝거리며 움직이는 것은 남자답지 못하다는 생각이 든다. 상대방 여성도 "이 남자가 뭐 하고 있지"라고 생각할까 봐 신경이 무척 쓰인다. 그런 생각들은 남자들의 허세일 뿐이다. 그럼에도 불구하고 이 생각의 벽을 넘지 못하고 왕식처럼 단번에 깊숙이 들어갔다가 순식간에 침몰하는 남성들이 너무 많다. 애무까지 잘 치르고도 여근 속에서 지켜야 할 원칙을 지키지 못해 상대적인 조기 사정 증세를 맞이하게 되는 경우이다.

관우를 구해준 호반(胡班)은 '오랑캐(胡)와 벌려서거나 이별하다(班)'는 뜻이다. 애무를 마치고 남근 삽입기로 진입을 할 때 왕식처럼 단번에 깊숙이 들어가는 것은 왕과 같은 위용이 아니라 오랑캐 같은 만용에 불과하다. 그런 오랑캐 같은 짓을 하는 왕식과 벌려서거나 이별해야 삽입 상태에서 어느 정도 긴 섹스를 치를 수 있다. 이처럼 자신의 잘못된 생각, 감정, 행동과 벌려서는 행동은 올바른 자아와 그릇된 나를 구별함으로써 견제하고 바로잡게 해주는 순기능이다. 비만인 사람은 많이 먹으려는 욕구나 맛과 벌려서야 하고, 도박에 중독된 사람은 화투나 일확천금의 욕망과 벌려서야 하고, 술에 중독된 사람은 술이나 술집, 술친구와 벌려서야 한다.

관우가 처음에는 왕식의 호의를 받아들였다. 애무를 마치고 삽입 단계로 전환할 때 남성들의 마음속에는 왕처럼 거침없이 단번에 들어가고 싶은 마음이 있음을 의미한다. 그래서 섹스를 그르칠 위기에 빠질 찰나였다. 만약 관우가 호반의 제보를 받아들이지 않았다면 조조의 부하 왕식에게 당해 불에 타 죽었을 것이다. 그러나 호반의 제보를 받아들임으로써 남성들에게 좋아 보이는 왕식 같은 행동이 비신사적이며 야만적인 행동이라고 깨닫게 된다. 단번에 쑥 들어가면 항우장사나 헤라클레스조차도 얼마 버티지 못하고 최후를 맞이하는 것이 생리적인 구조이기 때문이다. 결국 왕식을 죽임으로써 삽입단계에서 조기 사정 증세를 극복하는 모습이다.

활주(滑州)와 황하관(黃河關), 여근 속에서 일어나는 조기 사정 증세

다섯 번째 마지막 관문인 활주(滑州)의 황하관(黃河關) 어귀에서 진기(秦琪)라는 장수를 벤다. 먼저 활주라는 한자어 의미는 다음과 같다.

滑 = 미끄럽다, 반드럽다, 매끈매끈하다, 부드럽다
州 = 고을, 영역, 섬, 모래톱, 삼각주, 국토

'활(滑)'은 미끄럽고 반드럽고 매끈매끈하고 부드러운 상태를 의미한다. 그래서 '활(滑)' 자가 들어간 활주로(滑走路)에는 비행기가 이착륙할 때 덜컹거리거나 큰 충격 없이 매끄럽고 부드럽게 이착륙하라는 사람들의 소망이 담겨있다. '주(州)'는 사타구니 사이에 생식기가 있는 삼각주 영역을 상징한다. 따라서 활주는 미끄럽고 반드럽기도 하고 부드러운 여성의 질 내부의 속성을 표현하고 있다. 마지막 관문은 여성의 질 내부에서 일어나는 마지막 조기 사정 증세의 관문이다.

황하관(黃河關)에서 황하(黃河)는 맑지 못하고 늘 누런 황토 색깔을 띠며 거세게 흐르는 강이다. 황하는 섹스의 최종단계에서 남근이 여근 속으로 들어갔을 때의 심리적, 생리적, 감각적으로 크게 요동치는 불확실한 상황을 의미한다. 남성들이 천하를 얻을 기세를 갖고 자신만만하게 여근 속으로 들어간다. 그 순간 언제 일어날지 모르는 사정 충동으로 마음이 탁해지고 어지러움과 혼돈이 일어나는 곳이다. 이 황하 속으로 일단 들어가면 남성들은 사정하려는 욕구가 출렁이는 가운데 어디 하나 붙잡을 데, 의존할 데가 없다. 오르지 자신의 의지와 인내심으로 이를 악물고 버텨내야 한다. 그런 상황이 마지막 관문이다.

사람들은 애무와 전희의 중요성을 강조한다. 그래서 적벽대전에서 애무의 귀재 공명이 그토록 이름을 떨친 것이다. 그러나 전희에 비해 비록 짧을 수는 있지만 본 게임이라 할 수 있는 남근 삽입기의 상황과 이를 잘 치르는 요령 등에 대해서는 크게 알려진 바가 없다. 대신에 성행위가 다 끝난 후에 하는 후희(後戲)를 강조하기도 한다. 본 게임인 남근 삽입기도 제대로 못 치렀는데 후희만 잘한다고 해서 그것이 여성을 배려하는 섹스는 아니라 할 수 있다. 따라서 성행위를 제대로 구분하려면 애무하는 전희(前戲), 남근을 삽입하는 본희(本戲), 섹스가 끝나고 하는 후희(後戲)로 구분해야 할 것이다.

진기(秦琪), 여근 속에서 허망하게 고꾸라지는 진나라 같은 남근

오관참육장의 맹장 관우는 진기(秦琪)라는 조조의 부하를 베고 배를 타고 황하를 쉽게 건넌다. 남성들이 애무와 전희를 아무리 잘해도 남근삽입기인 본희(本戲)에 들어가 남근이 제대로 버텨내지 못하면 성생활이 풍요롭지 못하고 재미도 반감된다. 게임이나 무협지에서 주인공이 관문을 통과해 나갈 때 가장 센 악당이나 위험이 도사리고 있는 것이 최종관문이다. 따라서 최종관문인 다섯 번째 관문을 관우가 통과하고 극복해 내는 과정을 매우 세심하게 살펴볼 필요가 있다.

진기(秦琪)라는 이름에서 '진(秦)'은 중국 최초로 통일국가를 이룬 진시황의 진(秦)나라를 뜻한다. '琪'는 '옥'이라는 뜻이므로 진기(秦琪)를 직역하면 진나라의 옥이라는 뜻이다. 보통 남성의 성기를 옥경(玉莖), 여성의 성기를 옥문(玉門)이라고 미화해서 부르기도 한다. 따라서 진기(秦琪)라는 사람은 '진나라의 남근'이라는 의미가 된다.

진(秦)나라는 진시황으로 대변되며, 중국 역사상 최초로 통일국가라는 대업을 이뤄냈지만 국가 경영 경험이 매우 부족했다. 불만 세력을 잘 아우르고 달랬어야 하는데 진시황이 절대 권력을 휘둘러 모든 책을 불사르고 유학자들을 땅속에 생매장하는 분서갱유 등의 폭정을 저질렀다. 그 결과 국가로써 존속기간이 15년에 불과할 정도로 매우 단명했다. 단명한 국가로는 기네스북에 오를 정도이며 어떻게 보면 전혀 국가라고 볼 수도 없는 짧은 기간 존립했다. 진나라가 중국 최초의 통일국가라는 타이틀을 갖고 있지만, 그 뒤를 이어서 중국을 재차 통일시킨 유방의 한나라가 진정한 통일국가로 대우받고 있다.

성적인 측면에서 볼 때 진 나라는 여근 속에서 벌어지는 조루증을 상징하기에 딱 안성맞춤이다. 남근이 여근 속으로 들어가기 전에는 마치 백만 대군의 위세와 같아 30분은 기본이고 한두 시간도 거뜬히 해낼 것 같은 기분이 든다. 그러나 막상 여근 속으로 들어가면 30분은 고사하고 30초도 못 버티는 경우가 허다하다. 그래서 진나라의 옥이나 옥경과 같다 하여 진기(秦琪)라 부르는 것이다. 사나이답고 위풍당당하고 거창하게 일어났던 남근이 30초, 또는 3분을 못 버팀으로써 남근 같지 않은 남근 신세가 된다.

반면에 4백여 년간 아주 길게 이어진 한(漢)나라는 사나이다운 성생활을 하고 남근다운 남근이라는 의미다. 여기서 1년을 1초로 환산하면 진나라는 15초 만에 남근이 여근 속에서 무너지거나 침몰하는 경우이다. 한나라는 4백 초이므로 6분 40초를 견뎌낸 것이다. 그래서 유비, 관우, 장비, 제갈량이 한나라의 정통성을 그토록 강조했던 이유가 된다.

한수정후(漢壽亭侯), 사나이의 목숨은 삽입 시 균형 유지에 있다

관우가 마지막 관문에서 진기와 대면할 때 자신이 한수정후(漢壽亭侯)임을 강조하며 내세운다. 삼국시대에는 수많은 장수들의 직함이 있었다. 직함만 보면 그 사람이 어떤 위치에 있고 역할을 하는지 대략은 알 수가 있다. 별부사마(別部司馬)는 말을 관리하는 직함, 호위장군(虎威將軍)은 경호부대의 장군, 대장군(大將軍)은 총사령관 등을 의미한다. 그러나 한수정후라는 이름은 그 직함을 통해서 그 사람이 무엇을 맡고 있는지 전혀 알 수가 없는 괴상한 이름이다.

漢 = 사나이
壽 = 목숨, 수명, 오래 살다
亭 = 정자, 역참, 여인숙, 머물다, 꼭 알맞다, 적당하다, 균형이
    맞다, 치우치지 않다
侯 = 과녁, 제후, 오직, 어찌, 아름답다

한수정후를 직역하면 '사나이의 목숨은 오직 과녁과 균형을 맞추는 데 있다.'는 의미이다. 치우쳐서도 안 되고, 꼭 알맞아야 한다. 과녁은 바로 남근이라는 무기가 들어가는 여근이다. 남근은 여근 속에 꼭 알맞게 들어가야 한다. 여기서 알맞은 깊이란 여성이 원하는 깊이가 결코 아니다. 남성 자신의 사정을 유발시키지 않는 깊이라는 의미이다. 삽입 상황에서는 언제 사정이 일어날지 모르므로 남성들의 코가 석 자인 셈이다. 상대 여성이 어느 정도의 삽입을 원하는지 신경 쓸 겨를이 전혀 없다. 그런 상황에서 왕식(王植)처럼 단번에 왕처럼 거칠 것 없이 깊숙이 들어가면 사정이 일어나 허망하게 무너진다. 덜 들어가면 재미가 없다. 깊이를 조절하며 꼭 알맞게 들어가 균형을 잃어서는 안 된다. 너무 들어가 사정의 방아쇠가 당겨지면 모든 것이 말짱 도루묵이다.

남성들은 결혼 후 성생활을 충분히 가진 시점에서는 애무와 전희도 충분히 거치고, 여성이 달아오르기 전에 급하게 삽입하는 것도 자제하게 된다. 문제는 앞선 과정이 순조롭게 진행되었어도 남근을 삽입하는 순간 바로 나타난다. 여근 속에서 최대한 버티려고 노력해 보지만 얼마 버티지 못하고 사정이 일어난다. 그래서 성에 안 차는 경우가 많다. 이때 바로 한수정후 같은 자세가 반드시 필요한 것이다. 남근의 과녁이 되는 여근 속에서 절대로 치우쳐서는 안 되고 균형을 맞춰야만 한다. 그래야 사나이의 목숨이 살고 섹스가 산다.

한수정후라는 칭호는 관우가 공을 세우자 조조가 조정에 건의하여 내린 직함이다. 조조는 쇠로 만든 한수정후라는 직인까지 관우에게 만들어 줬다. 훗날 관우가 유비 있는 곳을 알게 되어 조조를 떠나면서 벽에 걸어두고 온다. 그것은 조루 장군 조조에게 한수정후의 의미를 두고두고 되새기라는 의미이다. 그래야 섹스의 최종관문인 여근 속에서의 조기 사정 증세를 극복할 수 있기 때문이다.

배 없이는 여근의 거칠고 험한 속내를 건널 수가 없다

관우는 혼자서 조조의 수많은 부하들을 처치하면서 통과하기 불가능에 가까운 관문을 단기천리(單騎千里)의 자세로 돌파해 왔다. 관우를 그렇게 위대하고 용기 있는 장수로 묘사할 바엔 거친 황하 역시 헤엄을 쳐서 단숨에 건너는 것으로 묘사할 수도 있었다. 북한의 김일성도 나뭇잎을 타고 두만강이나 압록강을 건넜다고 우상화를 했다. 관우 정도면 배가 없어도 대신 뗏목을 만들어 건너는 것으로 설정할 수도 있었다. 그러나 꼭 배를 타고 건너려고 했다. 물속으로 일정 부분만 잠기며 가라앉지 않는 배의 속성을 통해 남근의 균형 유지를 강조하려는 계산이 깔려있기 때문이다.

거칠고 험하게 흐르는 황하는 여근 속의 상황이다. 황하를 제대로 건너지 못하고 물속으로 빠져서 가라앉는다는 것은 성행위가 침몰하는 것을 상징한다. 황하 같은 여근의 거친 속내에서 순식간에 침몰하지 않으려면 반드시 배와 같은 안전장치를 타고 건너야 한다. 배가 거친 황하 물결 위에 일정 부분 떠 있듯이 남근도 여근의 거친 속내에서 일정 부분 떠 있어야 사정에 버틸 수 있기 때문이다. 여근의 바닥까지 남근이 알몸 상태로 너무 깊숙이 들어가면 침몰하기 때문이다. 여근 속에서 배와 같은 상태를 유지하는 것을 방해하는 것이 바로 진기(秦琪)라는 장수이다. 배를 못 타게 하는 진기를 제거해야 황하를 안전하게 건너며 실속 있는 섹스로 마무리 할 수 있다.

남근의 흘수(吃水) 선을 지켜야 섹스가 안전하고 즐겁다

여근 내의 거친 섹스 환경과 상황을 견뎌내기 위해서는 반드시 배가 필요하다. 배는 물속에 항상 일정 부분만 잠기며 전체가 푹 잠기면 침몰하는 참사가 발생한다. 해양용어로 배가 물속에 잠기는 깊이를 흘수(吃水)라고 한다. 수백 명의 아까운 인명을 앗아간 세월호 참사도 이 흘수를 제대로 지키지 않은 것이 원인 중의 하나이다. 여기서 '흘(吃)' 자의 의미가 상당히 특이함을 알 수 있다.

吃 = 말을 더듬다, 먹다, 마시다, 참고 이겨 내다. 견디다. …에게 …당하다

'흘수(吃水)를 직역하면, '말을 더듬게 하는 물의 깊이' 정도의 뜻이다. 겉으로 봐서는 배가 물속에 잠기는 상황과 전혀 어울리지 않는 엉뚱한 의미이다. 그러나 자세히 살펴보면 인간사의 오묘한 이치가 담긴 말이 흘수이다. 배가 물속에 잠겨서 침몰하게 되는 위급한 상황이 되면 사람들이 긴장을 하여 상황 판단도 제대로 못 하게 되고 "구, 구명조끼 어디 있어"등 말을 더듬게 된다. 대부분의 사람들이 말을 더듬는 것은 매우 긴장하거나 잘못을 했을 때로 조기 사정 증세를 지닌 사람들에게도 해당된다. 흘수를 지키지 않으면 "어,어"하다가 사정이 일어나고 원하는 만큼의 섹스를 하지 못하게 된다. '吃'은 참고 이겨내거나 견디고 지탱하다는 뜻도 있다. 사정의 압력과 위험을 견뎌내는 깊이가 흘수라는 의미다. 흘수선을 지키지 않고 더 깊이 들어가면 사정의 압력을 참고 이겨내기 힘들다.

삽입단계에서 남근도 배처럼 여근 속에 잠기는 부분인 흘수가 있음을 삼국지연의가 알린다. 배의 크기나 재질에 따라서 같은 짐을 실어도 흘수의 깊이가 달라진다. 남자들에게 일률적으로 어느 정도 깊이라고 딱 정해서 말할 수는 없지만 개인마다 사정을 일으키는 흘수가 분명 존재한다. 이 흘수의 존재는 여성의 질 속에 존재한다는 최고의 성감대로써 G-스팟과는 완전히 다르다. G-스팟은 존재 여부가 확정적이지 않지만 사정을 일으키는 한계선인 남근의 흘수는 분명히 존재하기 때문이다.

어떤 사람은 귀두 부근이 흘수의 한계점이라 그곳을 넘겨 여근 속에 잠기게 되면 사정이 쉽게 일어난다. 다른 사람은 귀두를 지나 음경의 중간까지 여근 속에 잠겨도 사정에 어느 정도 버틸 수 있다. 이런 식으로 모든 남성들은 자신의 성기의 예민성, 버티는 인내력 등에 따라 귀두에서 음경 뿌리 사이에 어느 부분이 흘수의 한계점이 된다. 이처럼 흘수란 한 남성이 통제할 수 있는 사정압력의 한계선이며 임계점이므로 그 선을 조금만 넘으면 사정이 급격하게 진행되는 지점이다.

일부 남성들은 흘수를 지키려는 마음 없이 애꿎은 자신의 남근 성능 탓만 하는 어리석음을 보이기도 한다. 아무리 좋은 배도 잠수함이 아닌 이상 흘수를 지키지 않거나 물속으로 다 잠기면 급격하게 침몰한다. 여근 내에서 자기 남근의 흘수가 3cm인 사람은 그 깊이를 유지하는 상태에서 삽입 섹스를 해야 한다. 그 밖에 5cm, 7cm 등 자신의 흘수를 알고 그것을 지키면서 섹스를 해야 최종 삽입단계에서 안전이 확보될 수 있다.

남성이라면 누구나가 다 처음부터 여근 속으로 깊숙이 들어가는 삽입 섹스를 원한다. 그러나 남근의 구조가 흘수를 지키지 않으면 안 되는 구조로 되어 있기에 갑자기 침몰하는 불상사를 예방하기 위해 흘수를 지키는 것이다. 흘수를 지키면서 어느 정도 적벽을 불태운 후에 최종단계에 가서 흘수를 넘어 들어감으로써 남근이 장렬하게 최후를 맞이하는 것이 고수들의 성생활 비법이다.

여성과 성관계를 가질 때 처음에는 이 흘수의 존재와 한계점을 구별하는 것이 쉽지 않다. 성관계를 주기적으로 가지면서 성적 경험이 많아지다 보면 자신의 흘수의 존재를 인식하게 된다. 그렇게 되면 남근을 완전 삽입한 채로 섹스를 진행하지 않는다. 황하를 배를 타고 건너는 관우처럼 자신이 버텨낼 수 있는 깊이만큼 삽입을 조절하며 섹스를 진행하게 된다. 문제는 매번 기분에는 흘수를 지키지 않아도 될 것 같아 그렇게 했다가 허망하게 끝나고 나서도 이를 반복하는 사람들이다. 단단히 마음먹지 않으면 흘수의 존재를 알아도 실전에서는 지키는 것이 어렵기 때문이다.

오관참육장, 천년에 걸려서 완성된 남근 단련비법

관우가 조조의 수하로 들어갔다가 탈출하면서 벌이는 이야기인 오관참육장은 삼국지연의의 중요한 일부분이다. 오관참육장은 천년 이상 수많은 사람들에 의해 입에서 입으로 구전되면서 이야기가 형성되었다. 중국의 불특정 대중들이 자신들의 성생활 경험을 오관참육장에 이입시켜 여근 안에서 버틸 수 있게 남근을 단련하는 비법을 완성시켰다. 여근 안에서 조기 사정을 극복할 수 있는 남근 단련 비법이 완성되기까지 천년의 세월이 걸렸다고 볼 수가 있다.

모든 남성들이 첫 성 경험에서는 동령관의 공수처럼 자신의 욕구를 채우기에 바쁘다. 그러나 주기적으로 성생활을 치르면서 낙양관, 사수관, 형양관, 황화관의 다섯 관문을 차례대로 모두 통과하면서 자신의 사정을 어느 정도 조절할 수 있게 된다. 관우가 마지막 관문에서 자신이 한수정후라고 내세운 것은 자신이 카사노바 같은 성적인 노련함을 기술적으로 지니게 됐음을 공포하는 모습이다. 성생활 시 남성들이 한수정후 관우처럼 어느 정도 사정을 조절할 수 있다는 것은 부부관계에 유익하며 실용적인 기술이다. 그러나 이런 실용적인 섹스 기술을 친구나 부모, 선생님 등 그 누구도 가르쳐주지 않는다. 관우와 오관참육장 이야기가 바로 대중들을 상대로 지금까지 아무도 가르쳐주지 않았던 구체적인 섹스기술을 가르쳐 주고 있는 것이다. 물론 이 기술을 필요로 하고 배우려는 자세를 갖추고 있는 사람에 한해서다.

오관참육장 이야기는 여러 사람이 모였을 때 심심풀이로 하는 단순한 성적 농담과 같은 이야기가 아니다. 매일 밤 수천만 명의 남성들이 성생활에 들어가면 반드시 처하게 되는 조기 사정이라는 곤란한 상황, 약점에 대한 문제 해결 방법이다. 오관참육장은 성적인 농담을 좋아하는 머리 좋은 누군가가 혼자서 뚝딱하고 만들어낸 이야기가 아니다. 성생활 시 같은 상황에 처하게 되는 수많은 중국 남성들이 천여 년간 자신들의 남근에 대해 임상실험을 반복하고 그 결과를 정리해서 불특정 다수의 이름으로 공표한 논문과 같다.

그렇다면 오관참육장이라는 비법이 왜 이제야 그 진가를 드러냈는가 하는 점이다. 남성들이 오관참육장을 모른다고 해서 성생활을 못 하는 것도 아니고 여성과 클라이맥스를 못 맞추는 것은 아니다. 수많은 사람들이 성생활을 제대로 잘하고 있다. 다만 개중에는 그렇지 못한 사람도 있다. 따라서 여성과 성생활을 잘하고 있는 사람과 그렇지 못한 사람의 원인이나 차이를 분석·비교해볼 필요가 있다. 그들의 차이를 설명할 수 있는 것이 바로 오관참육장 이론이다. 따라서 오관참육장은 새로운 성생활 비법은 아니다. 성생활이 잘되고 있는 사람들이 왜 잘하고 있는지에 대한 이론적 설명이랄 수 있다. 오관참육장을 통해 조기 사정 증세가 일어나는 원리에 대해 알고 거기다가 개인들의 성적인 부족함을 개선할 수 있으면 금상첨화라 할 수 있다.

09

도원결의, 성생활의
삼위일체

도원결의, 복숭아 같은 엉덩이 위에서 맺은 삼위일체 결의

도원결의는 원래 삼국지연의 시작 부분에 나오는 이야기이다. 그러나 삼고초려, 공명, 화공과 칠성단, 동남풍, 오관돌파 등에 대해 제대로 이해하지 못하면 진정한 의미를 알기 어려우므로 나중에 살펴보는 것이다.

후한(後漢) 말에 환관의 횡포, 황건적의 난으로 나라가 뒤숭숭해졌다. 이에 유비, 관우, 장비 세 사람이 복숭아꽃이 만발한 동산에 모여 나라를 구하자는 결의를 한 것을 도원결의(桃園結義)라 부른다. 결의문의 내용은 다음과 같다.

"유비, 관우, 장비가 비록 성은 다르나 의형제가 되었으니, 마음과 힘을 합해 곤란한 사람들을 도와 위로는 나라에 보답하고 아래로는 백성을 편안케 하고, 같은 해 같은 달 같은 날에 태어나지 못했어도 같은 해 같은 달 같은 날에 죽기를 원하니, 하늘과 땅의 신령께서는 굽어살펴 의리를 저버리고 은혜를 잊는 자가 있다면 하늘과 사람이 함께 죽이게 하소서."

도원(桃園)은 복숭아 동산, 또는 정원이라는 의미다. 복숭아꽃은 핑크색이고 복숭아는 뽀얀 살색으로 중간 부분이 갈라져 생김새가 사람의 엉덩이와 거의 비슷하다. 경건해야 할 제사 분위기를 엉덩이 모양의 복숭아가 망칠 수가 있어서 제사상에 올리지 않는 금기 과일이다. 핑크빛은 남녀 생식기 부근의 색으로 예나 지금이나 성적인 분위기를 상징하는 색이다.

도원결의는 결국 핑크빛 엉덩이 위에서 한 결의라는 의미다. 유비, 관우, 장비가 비록 태어난 장소와 시간은 달라도 죽을 때는 함께 죽게 해달라며 사나이들만의 굳센 의리를 불태웠던 도원결의가 성적인 다짐이었다. 이 정도의 다짐을 해야만 여성과 속도 차이에서 오는 속도의 균형을 맞출 수가 있고 오관참육장 등을 통해 문제점을 해결 할 수 있기 때문이다.

세 사람이 다짐을 한다는 것은 바른 성행위를 위해 지켜나가야 할 세 가지 중요한 자세가 단단하게 결합하여 뜻을 이루겠다는 모습이다. 먼저, 유비는 자신의 욕구나 급한 마음을 죽여서 성행위 진행속도를 여성과 맞추겠다는 자세이다. 맏형인 유비 같은 자세가 갖춰져 있더라도 발기가 되지 않으면 성행위를 이룰 수 없고 모든 것이 허사가 된다. 유비적인 자세에다 관우의 힘찬 발기력을 갖춰야 한다. 성적인 경험을 쌓음으로써 여성보다 상대적으로 조기에 사정하려는 욕구들을 오관참육장하는 자세도 필요하다. 그러나 이 두 사람만으로도 성행위를 원만하게 치를 수 없다. 제비같이 땅에 내려오지 않고 오랫동안 체공하는 장비의 발기 지속력이 절대적으로 필요하다. 발기력이 꺼지지 않고 오랫동안 버텨줘야 여성과 클라이맥스 합일 상태에 도달 할 수 있기 때문이다.

도원결의의 내용 중에 유비, 관우, 장비가 비록 같은 날이나 달과 해에 태어나지 못했어도 죽을 때는 동시에 죽게 해달라고 빈다. 이 장면은 남자들의 세계에서는 의리의 피를 끓게 하는 대명사로 통한다. 여성과 보조를 맞춰나가려는 유비적인 자세, 관우의 발기력, 장비의 발기 지속력 중 어느 하나만 빠져도 여성과 원만한 성생활이 어렵다. 삼형제 중의 하나가 죽고 둘이 남고, 둘이 죽고 하나만 남으면 힘을 못 쓴다는 의미다. 그래서 유비, 관우, 장비의 세 가지 성적인 자세는 셋이 모두 있을 때만 삼위일체의 위력을 발휘하며 완벽한 구실을 한다. 도원결의는 성생활에 있어서 유비, 관우, 장비의 삼위일체 자세를 강조하고 있다.

10

동작대부, 아름다운 성(性)을
노래한 시

동작대부, 성생활의 터전과 아름다움을 노래하다

'동작대부' 라는 시의 소재가 되는 동작대(銅雀臺)는 조조가 원소(袁
紹) 일가와 싸움을 끝내고 강변에 건축한 아름다운 누각이며 일종의
별장이다. 오늘날 국가적으로 크고 아름다운 건물을 짓게 되면 기념
식과 기념공연은 물론 헌시까지 바치곤 한다. 동작대라는 건물도 그
당시에는 매우 아름답고 웅장한 건물이었다. 다 짓고 준공식을 하는
자리에서 자신의 아들 조식으로 하여금 이 동작대를 찬양하는 동작
대부(銅雀台賦)를 짓게 했다고 한다.

적벽대전은 인간의 성생활을 웅장한 전쟁소설로 표현한 반면에 동작대부는 아름다운 시로써 표현했다. 동작대부는 20행의 비교적 긴 시이다. 겉으로는 조조의 치적을 노래하고 있지만 내적으로는 동작대(銅雀臺)가 상징하는 성생활의 아름다움, 유익함, 웅장함 등을 노래한 성생활 연가(戀歌)이다. 각행을 통해서 여체와 성생활의 아름다움을 노래하고 성생활이 주는 유익함과 영원하기를 바라는 사람들의 소망이 담겨있다. 손권의 오나라가 남하하는 조조의 백만 대군이 두려워 싸우려하지 않자 공명이 이 시의 일부 구절을 바꿔서 오나라 장수들을 격동시켜 싸우게 한 일화로 유명하다.

동작대부(銅雀臺賦)

종명후이희유혜, 등층대이오정(從明后以嬉游兮, 登層臺以娛情)

견태부지광개혜, 관성덕지소영(見太府之廣開兮, 觀聖德之所營)

건고문지차아혜, 부쌍궐호태청(建高門之嵯峨兮, 浮雙闕乎太淸)

입중천지화관혜, 연비각호서성(立中天之華觀兮, 連飛閣乎西城)

임장수지장류혜, 망원과지자영(臨漳水之長流兮, 望園果之滋榮)

입쌍대어좌우혜, 유옥룡여금봉(立雙臺於左右兮, 有玉龍與金鳳)

람이교어동남혜, 낙조석지여공(攬二喬於東南兮, 樂朝夕之與共)

부황도지굉려혜, 감운하지부동(俯皇都之宏麗兮, 瞰雲霞之浮動)

흔군재지래췌혜, 협비웅지길몽(欣群才之來萃兮, 協飛熊之吉夢)

앙춘풍지화목혜, 청백조지비명(仰春風之和穆兮, 聽百鳥之悲鳴)

천운원기기립혜, 가원득호쌍령(天雲垣其旣立兮, 家願得乎雙逞)

양인화어우내혜, 진숙공어상경(揚仁化於宇內兮, 盡肅恭於上京)

유환문지위성혜, 기족방호성명(惟桓文之爲盛兮, 豈足方乎聖明)

휴의미의 ! 혜택원양 (休矣美矣 ! 惠澤遠揚)

익좌아황가혜, 영피사방 (翼佐我皇家兮, 寧彼四方)

동천지지규량혜, 제일월지휘광(同天地之規量兮, 齊日月之輝光)

영귀존이무극혜, 등년수어동황(永貴尊而無極兮, 等年壽于東皇)

어룡기이오유혜, 회란가이주장(御龍旂以遨遊兮, 迴鸞駕而周章)

은화급호사해혜, 가물부이민강(恩化及乎四海兮, 嘉物阜而民康)

원사대지영고혜, 낙종고이미앙(願斯臺之永固兮, 樂終古而未央)

동작대부에도 뻐꾸기의 탁란이 있다

동작대부의 핵심 시어는 제목인 동작대(銅雀臺)이다. 동(銅)이 의미하는 구리는 붉고 매끈하다. 작(雀)은 검붉거나 다갈색을 뜻한다. 우리나라 유명 걸 그룹 중에 블랙핑크(BLACKPINK)라는 이름이 있다. 동작대의 색깔이 블랙핑크와 비슷하다고 생각하면 이해가 쉽다. 대(臺)는 물건을 올려놓거나 올라가는 곳이다. 동작대는 구리처럼 붉고 매끈하기도 하고 거무죽죽한 다갈색을 띠며 물건을 올려놓거나 올라가는 곳이다. 특히 '작자(雀子)'는 중국에서 음경을 뜻하므로 작(雀)은 성적인 의미가 있다. 인체 중에서 여체와 여성의 생식기 부근이 동작대와 같은 색깔과 속성을 지니고 있다. 대(臺)는 침대(寢臺)처럼 사람이 올라가는 곳이다. 남성이 여성의 몸 위로 올라가는 것을 암시한다. 동작대부는 남성이 구리처럼 매끄러운 여체와 다갈색의 여근 위로 올라가 즐기며 성생활의 아름다움을 노래한 시이다.

그러나 유생들이 들끓는 고대 사회에서 이처럼 여성 성기와 성생활의 아름다움을 공개적으로 표현하는 것은 불가능했다. 아이들을 포함한 대중들에게 노골적이고 음란한 내용을 알리게 되어 도덕적으로 절대 용납되지 않았다. 만약 그랬다면 이 시는 조식의 입에서 우물거리다 사라지고 말았을 것이다. 동작대부는 이를 피해가기 위해 겉으로는 조조의 국가경영과 통치력을 찬사함으로써 성생활을 표현하는 속 내용은 철저하게 감춰놓았다. 누가 감히 그 당시 정치적 실세인 조조의 업적을 찬양하는 시에 대해 왈가왈부하겠는가? 그래서 그 오랜 세월 동안 윤리적 검열을 통과하여 오늘날까지 시의 생명력과 속뜻을 오롯이 보전해 온 것이 바로 동작대부이다.

사람들은 동작대부에 대해 조조의 치적을 노래한 것인 줄 알고 열심히 외며 보존시켜왔지만 실제로는 성생활의 아름다움을 노래했던 것이다. 사람들은 윤리적이기 때문에 동작대부나 적벽대전이 성적인 이야기라는 것을 당초 알았다면 그렇게까지 보존시키며 키우지는 않았을 것이다. 겉으로는 영웅이나 위인의 치적, 애국심 등의 색깔로 치장하고 있기에 아무런 저항감 없이 믿고 받아들이며 정신적인 탁란을 했던 것이다.

그래서 우리는 영국과 프랑스 간에 벌어졌던 백년전쟁에서 16세의 시골뜨기 소녀 잔다르크에게 프랑스 왕이 군대 지휘권을 맡겼다는 것을 의심하지 않는다. 의심했다가는 신앙심과 애국심이 없는 인간이라고 비난받기 때문이다. 고대 그리스와 페르시아 간에 벌어진 테르모필레 전투에서 300명의 그리스 군이 100만 명의 페르시아 군과 싸웠다는 사실도 믿는다. 이를 부정했다가는 그들의 무한한 용맹성과 애국심을 부정하는 것이기 때문이다. 마를 캐는 백제의 서동이 서동요라는 세레나데를 불러 신라 공주 선화와 결혼했다는 사실도 믿는다. 그것을 부정하면 사랑의 순수성도 모르는 인간으로 오해받기 때문이다. 성냥팔이 소녀가 추운 겨울에 언 몸을 녹이기 위해 밤새도록 성냥만 켜다가 죽었다는 사실도 믿는다. 그것을 이상하다고 생각하면 인간의 불쌍한 현실도 모르는 인간이라고 비난받기 때문이다. 이처럼 인간 세상에서 떠받드는 가치인 애국심, 정의, 사랑, 정조, 용기, 연민의 정 등으로 위장된 이야기 속에는 성적인 내용을 탁란하기 쉽다. 그런 가치관들 속에 성적인 내용을 숨겨두면 비난의 화살을 피해 잘 보존할 수 있기 때문이다.

뻐꾸기와 뱁새 간에 상식에 어긋나는 탁란이 일어나는 것에 대해 사람들은 어떻게 저럴 수 있나하고 매우 신기함을 느낀다. 그러나 인간 또한 성적인 주제를 세상 곳곳에 탁란하다 시피 하여 키우고 보존해 왔다. 공자와 말씀과 동작대부를 비롯하여, 적벽대전, 임진 왜란, 백년전쟁 등 각국의 유명 전쟁, 영웅담 속에 성적인 주제가 탁 란 된 채 보존되고 있다. 인간이 벌이는 정신적이고 문화적인 탁란 현상 또한 뻐꾸기의 탁란을 훨씬 뛰어넘는 신기한 자연현상이라 할 수 있다. 그 이유는 집짓기와 육아를 싫어하는 게으른 뻐꾸기도 살 아남아야 하듯이 인간에게는 종족유지와 문명생활의 근간이 되는 성적인 본능도 살아남고 유지돼야하기 때문이다.

섹스리스부부, 초식남녀 등에게 꼭 들려줘야 할 시

동작대부가 20행이라는 긴 시의 형태로써 찬양과 칭송을 아끼지 않는 성생활은 청춘남녀들의 하룻밤 불장난이 아니다. 결혼생활을 장구하게 이어나가는 동안에 마치 원자로 같이 무궁무진한 에너지 를 안정감 있게 공급하는 성생활을 대상으로 하기 때문이다. 섹스는 삶의 재미와 쾌락을 주며, 일상에서 오는 스트레스도 해소한다. 후 손도 생산하며 생활의 원동력과 활력을 지속적으로 공급해 준다. 마 치 원자력이 주는 이점과도 같은 것이라 할 수 있다.

이처럼 성생활의 아름답고 긍정적인 측면을 노래하고 있는 것이 바로 동작대부의 진정한 가치이다. 공명이 들려주는 동작대부 노래를 듣고 주유가 격동함으로써 조조의 백만 대군과 싸우겠다고 돌아섰다. 성생활을 포기하려던 사람이 여체와 성생활의 아름다움을 진정으로 느끼게 됨으로써 성생활에 적극 임하게 되는 모습이다.

그렇다면 현대의 섹스리스부부, 초식남녀들에게는 누가 동작대부를 들려주어 그들이 자발적으로 성생활에 적극 나서게 할 것인가? 공명과 같은 사람이 있다면 좋겠지만 그 대신 성생활의 아름다움과 유익함을 찬양하는 동작대부라는 시가 있다는 사실만이라도 알려줘야 한다. 성생활은 포기하기에는 너무나 아까운 웅장하고 거대한 활력 에너지의 보고이다. 동작대부를 통해 인간의 성과 성생활에 대한 긍정적이고 아름다운 모습을 체감하며 이를 생활 속에서 실천해 나갈 필요가 있다. 동작대부는 전체가 20행으로 매우 길어서 주요 내용 위주로 살펴보면 다음과 같다.

종명후이희유혜(從明后而嬉游兮)

동작대부의 첫 구절이다. 이 구절에서 쓰인 '明'은 밝거나 희다는 의미다. 섹스를 하기 위해 옷을 벗음으로써 여성의 흰 속살이 나체 상태로 밝고 흰하게 드러난 모습이다. 후(后)는 주로 왕비나 왕후를 지칭하는 한자이며 여성에 대한 극존칭으로써 배우자를 마나님이나 여왕으로 높이고 있다. 현대인들이 스마트폰에 배우자의 전화번호를 왕비나 우리 여왕님으로 표시해 저장해 놓는 경우와 마찬가지의 표현방식이다.

명후(明后)가 겉으로는 조조를 지칭하지만, 그 이면은 옷을 벗어 흰 속살이 환하게 드러난 아름답고 귀한 배우자를 상징적으로 표현한다. 시의 시작부터 나체의 배우자를 직설적으로 표현하면 이 시가 윤리적 검열을 넘어 유통될 수 없기 때문이다. 명후가 실제로 백성들을 다스리는데 밝은 성덕한 임금이라면 뒷부분과 상충된다. 희유(嬉游)는 즐기며 논다는 뜻이다. 성덕한 임금이라면 즐기며 놀기보다 백성들을 염려하고 국정을 살피느라 밤을 지새운다. 오늘날 국회의원이나 대통령 출마 후보자들이 큰 일꾼을 자칭하며 자신들에게 한 표를 부탁하듯이 임금도 따지고 보면 백성들을 보살피는 큰 일꾼이다. 그래서 첫 행부터 왕이 즐기며 놀면 태평성대는 고사하고 백성들이 고통을 받고 나라가 어지러워진다.

이 구절의 내용은 알몸이 환하게 드러난 여체를 따라 즐겁게 놀아보자는 의미다. 이제 막 성행위에 들어간 상황에서 여성이 옷을 흰하게 활짝 벗었을 때 숨 막힐 것 같이 느껴지는 남성들의 성적인 감흥과 멋을 표현하고 있다. 이처럼 혹자는 본격적인 섹스보다 섹스 초입에 들어서서 여인이 막 옷을 벗을 때 느껴지는 아름다운 감흥을 더 좋아하기도 한다. 김광균 같은 시인은 〈설야〉라는 시에서 다소곳

하며 사각사각 부드럽게 내리는 아름다운 눈을 '머언 곳 여인이 옷 벗는 소리'로 비유했다. 그만큼 여인이 옷 벗는 모습은 아름다운 것이다. 남성들의 억압됐던 성적 욕망의 해방구가 사각사각 열리는 순간이기 때문이다.

등층대이오정(登層臺以娛情)

층(層)은 겹이라는 뜻이다. 겹은 물체의 면과 면이 포개진 상태를 뜻한다. 남성이 여성의 몸에 올라가서 몸이 서로 겹치거나 포개지며 성적인 접촉이 일어나는 모습이다. 대(臺)는 남성이 올라가는 여체이다. 이 구절은 두 몸을 하나로 포개며 여체에 오르니 즐거움과 정이 느껴진다는 의미다.

견태부지광개혜(見太府之廣開兮)

광개(廣開)는 '넓게 열렸다'는 뜻이다. 속옷까지 활짝 열어젖힌 여성의 나체 상태를 의미한다. 부(府)는 창고, 가슴, 창자라는 뜻이 있어 사람의 몸통 전체를 의미한다. 따라서 태부(太府)는 매우 귀하고 큰 몸이라는 의미로써 풍만한 여체라는 뜻이다. 이 구절은 섹스를 시작하고 나서 활짝 드러난 풍만한 여체를 바라보는 상황이다.

관성덕지소영(觀聖德之所營)

성(聖)은 한 방면에서 더할 나위 없이 뛰어나거나 완벽하다는 의미다. 성덕(聖德)은 더할 나위 없거나 완전무결한 육덕(肉德)이다. S라인의 풍만하고 섹시한 몸을 의미한다. 영(營)은 잘 가꿔왔다는 뜻이다. 이 행은, 활짝 드러난 풍만한 여체를 접하니 몸매를 더할 나위 없이 섹시하게 잘 가꿔왔음이 보인다는 뜻이다.

첫 행은 부부관계를 갖기 위해 여성이 옷을 활짝 벗을 때 짜릿하게 느껴지는 감흥이다. 이 행에서는 옷을 다 벗어서 활짝 드러난 여성의 풍만한 몸매를 보니 섹시하고 완벽하게 잘 가꿔온 것이 보인다는 의미다. 절세미인과 관계할 때만 이런 성적 감흥이 일어나는 것이 아니다. 보통의 남성들도 부부생활을 할 때 차근하게 들여다보면 이런 성적감흥이 일어나며 이를 놓치지 않고 표현한 것이다.

람이교어동남혜 낙조석지여공(攬二喬於東南兮, 樂朝夕之與共)

앞에서 살펴본 내용으로 중간 부분에 나오는 내용이다. '두 다리를 아래로부터 들어 올려 붙잡고 아침저녁으로 같이 즐겨 보세' 라는 적나라한 의미이다. 공자께서 말씀하셨듯이 70세가 되면 비록 남근이 발기가 되지 않을지언정 이런 시구를 듣거나 떠올리게 되면 하고자 하는 욕망이 생기는 것이 남성들이다.

부황도지굉려혜(俯皇都之宏麗兮) 감운하지부동(瞰雲霞之浮動)

역시 앞에서 살펴본 내용이다. 두 다리를 들어 올려 잡는 '람이교 어동남혜' 한 자세를 취하게 되면 그다음 동작은 고개를 숙여서 굉장히 아름다운 여근을 바라보는 동작이 될 것이다. 여근이 남성의 머리보다 아래쪽에 있기 때문에 자연스럽게 고개를 숙여야 하기 때문이다. 그런 굉장히 아름다운 광경을 보게 되면 남성들은 몸과 마음이 공중에 붕 뜬 것 같은 황홀경 상태가 된다. 눈은 마치 물고기의 눈처럼 튀어나올 것 같고 휘둥그레져 순간적으로 꼼짝을 하지 않는 모습이다.

앙춘풍지화목혜(仰春風之和穆兮)

춘(春)은 봄이라는 뜻 이외 남녀 간의 '정(情)이나 정욕(情慾)'을 의미하기도 한다. 춘화(春畵)는 남녀 간의 성행위 모습을 그린 그림이며, 춘소(春宵)는 남녀가 기쁨을 나누는 밤이라는 뜻이다. 동장군의 냉기를 녹이는 춘풍은 동남쪽에서 부는 따뜻한 바람으로 적벽대전에 불었던 동남풍과 같다. '앙(仰)'은 우러르다는 뜻으로써 위로 향하여 고개를 쳐드는 상태를 의미한다. 남성들의 정성스런 애무로 여성들이 달아오르게 되면 고개를 뒤로 젖힘으로써 자신의 흥분 상태를 알린다. 적벽대전으로 치자면 화공(火攻)의 시기가 다가왔다는 의미가 된다. 이 구절은 남성과 화합하고 합치게 하는 동남풍이 불어 고개를 뒤로 젖히는 여성의 상태를 묘사한다.

청백조지비명(聽百鳥之悲鳴)

비명(悲鳴)을 직역하면 슬피 우는 새소리라는 뜻이다. 동작대부가 겉으로는 조조의 전체적인 통치행위를 미화하고 홍보하는 내용이기 때문에 전혀 어울리지 않는다. 슬피 우는 새소리를 통해 슬픈 마음을 표현했다면 칭송 분위기를 망쳐서 조조에게 죽임을 당하고도 남았을 것이기 때문이다. 실례로 조조가 적벽대전을 앞둔 전날 밤에 베푼 술자리에서 시흥(詩興)이 올라서 '단가행(短歌行)'이라는 유명한 시를 한 편 짓는다. 그러나 시에 불길한 내용이 있다고 유복(劉馥)이라는 신하가 간하자 그를 대번에 창으로 찔러 죽인 사례도 있었다.

슬픔을 의미하는 비(悲)자는 '마음이(心) 아니다(非)'는 구조다. 평상시의 마음이 아니라는 의미가 있다. 비명(悲鳴)은 성적흥분이 고조되어 한껏 달아오른 여인의 입에서 평상시와는 다르게 흘러나오는 교성 소리이다. 그것은 고통 때문에 흘러나오는 소리 같기도 하고, 한

숨 소리 같기도 하고, 때론 날카로운 새소리나 금속성의 쇳소리로 들리기도 한다. 남녀가 적벽대전을 치를 때 남성이 들어오길 바라는 여성의 욕정이 높아진 것을 알 수 있는 척도는 교성 소리이다. 여성이 교성 소리를 낸다는 것은 한껏 달아올라 참을 수 없으니 남성에게 합일하여 자신의 욕구를 해소해 달라는 의미다.

여성들이 다양한 교성소리를 내는 이유는 자신의 현재의 상태를 알리고 즐거움을 더 돋우고, 중추신경 흥분계를 촉진시키기 위해서라고 한다. 남성들에게 좀 더 힘을 내라고 자극하거나 드디어 삽입할 시기가 되었음을 알리기도 한다. 당신은 나를 만족시키고 있다는 메시지를 보내는 것이다. 교성 소리는 심리적인 의미가 풍부하게 담긴 인간만의 특유한 성행위 습성이다.

백조(百鳥)는 백 마리의 새라는 의미로써 많거나 다양함을 의미한다. 여성들이 절정으로 치달을 때 내는 교성 소리가 아주 다양하여 교성 소리의 백태(百態)라 칭할 수 있다. 인터넷으로 동영상 보기가 발달한 요즘 세상에는 성격이나 국가에 따라 여성들이 내는 다양한 교성 소리를 쉽게 확인 할 수도 있다. 따라서 청백조지비명(聽百鳥之悲鳴)은 '여성들이 내는 다양한 교성 소리를 듣네.' 정도의 뜻이 된다.

그리스로마신화에도 동작대부의 백가지 비명(悲鳴)소리에 버금가는 여성들의 아름답고 뇌쇄적인 교성 소리의 백태(百態)가 있다. 스타벅스 커피의 로고로 사용되는 세이렌(Siren)이 바로 그녀들이다. 세이렌의 어원은 고대 그리스어로 '휘감는 자, 옴짝달싹 못 하게 얽어매는 자, 묶는 자'라는 뜻에서 유래했다. 여성이 절정에 도달했을 때 주기적으로 흘려보내는 교성 소리는 말 그대로 남성들을 휘감고 옴짝달싹 못 하게 한다.

세이렌들도 여러 자매이다. 그 자매들의 이름은 리게이아(금속성의 소리), 파르테노페(처녀의 목소리), 히메로파(다정한 목소리), 텔크시에페이아(황홀한 목소리), 아그라오페메(아름다운 목소리), 페이시노에(심금을 울리는), 모르페(노래)등으로 불린다. 여성들이 절정으로 치닫게 되면 부드러운 목소리로 홀리기도 하고, 비명처럼 남성의 폐부를 찌르는 소리, 엉엉 우는 듯한 심금을 울리는 교성 소리를 발산한다. 또한 리게이아의 금속성의 소리처럼 날카롭고 맑게 '악, 악' 하며 끊어지는 소리, 텔크시에페이아처럼 남성들을 쩔쩔매게 하는 황홀한 소리를 내기도 한다.

여성들이 내는 이러한 교성 소리 백태는 특별한 여성들만 내는 열락의 소리가 아니다. 백발의 할머니들도 한창때에는 세이렌 소리를 내었었다. 세이렌 소리는 뭇 여성들이 내는 너무나 인간적인 소리이며 아울러 본능적이고 보편적인 아름다운 교성 소리라 할 수 있다. 따라서 이 구절은 여성의 몸을 뜨겁게 달아오르게 하는 동남풍이 불어 고개를 뒤로 젖히며 다양한 교성 소리를 내는 상황이다.

유환문지위성혜(惟桓文之爲盛兮)

이 구절에서 '환(桓)' 은 중국 춘추시대 제(齊)나라 환공을 이르는 말이다. 그는 관포지교로 유명한 관중·포숙아 등 뛰어난 신하들의 보필을 받아 제나라 군주로 무려 43년 동안 재위했다. 내치와 외교 양면에서 혁혁한 성공을 거둬 제나라를 제일의 강대국으로 진흥시켰다. '문(文)' 은 진(晉)나라 문공을 지칭한다. 그는 진나라의 왕권 다툼에서 밀려나 이국땅을 19년간 떠돌다가 왕위에 올라 칠전팔기의 정신을 보여줬다. 제 환공에 이은 춘추시대 패왕(霸王)으로써 중국 고대사에서 알아주는 걸출한 영웅이다. 이들은 우리나라로 치자면 신라의 김유신, 고려 왕건, 태조 이성계, 세종대왕 정도에 해당하는 인물들이다. 이 구절의 의미는 '생각건대 세상에서는 제환공과 진문공 같은 위인들의 업적이 화려하고 성대해 보이지만' 이라는 의미이다.

기족방호성명(豈足方乎聖明)

조조의 치적을 칭송하는 내용으로 직역하면 '어찌 밝으신 성덕과 견주리오' 라는 뜻이다. 족(足)은 '발' 이라는 주된 뜻이 있지만 충족하다, 만족하게 여기다 등의 뜻도 있다. 방(方)은 모, 방위, 처방, 방술(方術) 등의 뜻이 있다. 족방(足方)은 '만족시켜주는 방술(方術)' 이라는 뜻이 된다. 배우자를 성적으로 만족시켜주는 방술이라는 의미이다. 이러한 방술은 대부분의 남성들이 주기적으로 성생활을 갖는 과정에서 삼고초려를 하여 자기도 모르게 얻은 공명(孔明)같은 자질이다. 성명(聖明)은 더할 나위 없이 밝다는 뜻이다. 이 구절을 종합하면, 여성을 만족시켜주는 더할 나위 없는 방술과 어찌 견줄 수 있냐는 의미다.

제환공과 진문공의 업적은 누구나 인정하는 위대한 업적이다. 그러나 사적인 영역의 밤 자리에서는 제환공과 진문공의 업적보다 여성을 기쁘게 만족시켜주는 방술이 더 중요하다는 뜻이다. 거꾸로 말하면 외적으로는 제환공과 진문공과 같은 화려한 업적을 쌓더라도 부부생활이 시원치 않으면 가정이 평안하지 못하다는 의미도 내포하고 있다.

원사대지영고혜(愿斯台之永固兮)

여기서 '대(台)'는 동작대(銅雀臺)를 지칭한다. 동작대가 의미하는 성생활이 오래도록 변함없이 견고하게 지속되길 바라는 마음이다. 삼국지연의를 보면 조조가 동작대를 완공한 후 문무백관을 모아 놓고 기념으로 활쏘기대회를 여는 장면이 있다. 이때 동작대에는 천문만호(千門萬戸)가 있다고 묘사되어 있다. 문이나 집은 남근이 들어가는 속성을 지닌 여근을 상징한다. 이것은 성생활이 천번만번처럼 많이, 그리고 오래도록 이뤄지길 소망하는 모습이다.

낙종고이미앙(樂終古而未央)

직역하면, 끝없이 영원히 즐기리라는 뜻이다. 동작대부는 첫 구절에서 '알몸이 드러난 여인을 따라 즐겁게 놀아보자, 높은 여체에 올라 즐기며 정을 나누리.'로 시작되었다. 끝 구절에서는 끝없이 영원히 즐기겠다는 의지가 표현되어 있다. 겉으로는 중간 중간에 조조의 위대한 통치력을 노래하듯 보이지만 실제로는 성적인 내용을 탁란시켜 노래하고 있는 것이다.

집단생활을 하는 포유동물의 세계에서는 대부분 힘 있는 수컷이 암컷을 차지하며 이를 지키기 위해 목숨을 걸고 싸운다. 따라서 성생활을 할 수 있다는 것은 집단 내에서 최고의 권력과 지위를 지니고, 젊다는 것을 상징한다. 문명화된 인간의 성생활은 여기에는 미치지 못하지만 성생활을 할 수 있다는 것은 그만큼 힘이 있거나 젊다는 의미가 된다. '원컨대 이 성생활을 오래도록 견고케 하여, 끝없이 영원히 즐기리라.'라는 시구는 젊음과 건강이 영원히 지속되길 바라는 소망이 담긴 표현이기도 하다.

동작대여, 그리고 청춘아, 영원하라!

인간의 성 본능과 성생활은 동작대부에서 초지일관 아름답게 노래하고 있으며 사람들을 격동시키는 힘을 지닌 인간의 반쪽이다. 모든 것을 생육시키는 힘도 지니고 있다. 성생활이 충족되고 안정되면 깊은 휴식을 취해 마음도 안정되고 그 혜택이 생활 곳곳으로 퍼져나간다. 그래서 인간이라면 누구나 가급적 성생활을 영원히 즐기고 싶어 한다.

오늘날에는 남녀가 느끼는 오르가슴에 대해서도 많은 연구가 이루어져 그 긍정적인 측면이 강조되고 있다. 오르가슴을 느끼면 도파민 성분, 옥시토신, 엔돌핀이 나와 즐겁고 행복하고 스트레스가 해소된다고 한다. 잠이 잘 오는 것은 물론, 면역력도 강화되고 피부도 좋아진다. 영국의 국민건강보험은 대학생들에게 "오르가슴을 느낀 날은 병원에 가지 않아도 된다."며 홍보한다.

운동이나 여행 등 각종 취미생활을 하면 건강에 좋고 활력이 넘친다고 주변에서도 권하고 사회적으로도 권한다. 좋은 것은 권하고 나쁜 것은 경계하는 권선징악이 세상의 인심이다. 성생활이 이처럼 좋은 면이 있으니 동작대부를 통해서 이를 권하는 것이 당연하다. 그러나 운동이나 여행, 취미생활도 너무 과하게 돼서 중독이 되면 오히려 폐해가 생긴다. 마찬가지로 인간은 성적인 쾌락에만 머물며 그곳에 자신의 모든 열정을 쏟아부을 수만은 없다. 이를 반영하듯 아름다운 세이렌들이 사는 섬 주변에는 난파한 배와 해골이 산처럼 쌓여있다고 한다. 매혹적인 세이렌 소리에 너무 홀려서 한눈을 팔다 보면 어느 새 자신의 인생 항로에서 벗어나 난파하거나 피골이 상접해 해골만 남게 된다. 아름다운 성생활일지라도 균형과 절제 속에서 중용(中庸)의 미덕으로 다스려 나가야 함을 깨닫게 해준다.

인간의 이성이 법질서와 밝은 세상을 만들어나가는 머리라면 성 본능은 인간을 지탱하는 뿌리에 해당한다. 인간의 삶과 인류문명 자체가 성 본능으로부터 시작되며 희로애락의 바탕이 된다. 동작대부는 섹스에 환장하거나 색골 같은 사람이 지은 것이 아니다. 사실 이 정도의 내용은 성인들이라면 누구나 경험하고 있는 것이라 크게 색다른 것도 없다. 다만, 인간의 뿌리이자 일상생활 곳곳에 스며들어 있는 성 본능을 건강하게 관리해서 생산적이고 활력 있는 삶을 영위해 나가야 함을 제시하고 있다. 다음은 〈동작대부〉를 조조의 치적을 칭송하는 내용과 성생활을 칭송하는 내용으로 대비하여 전체적으로 분석한 내용이다.

동작대부

(조조의 치적 칭송)	(성생활 칭송)
밝으신 임금을 따라 즐겁게 놀아보세	흰 속살이 드러난 마나님과 즐겁게 놀아보세
높은 층대에 올라 즐기리라.	여체에 오르니 즐겁고 정겨워 지네.
널리 열린 큰 부중을 봄이여	활짝 드러난 풍만한 여체를 보니
이는 성덕으로 경영하신 바네.	몸매를 잘 가꿔온 바가 보여 지네.
산처럼 높은 문을 세움이여	양 다리를 높게 세워 산 같이 만드니
하늘의 한 쌍 궁궐이 떴도다.	하늘에 떠있는 궁궐같이 느껴지네.
중천에 화려한 경개가 서 있음이여	가슴에는 탐스런 유방이 물결치고
나는 듯한 누각이 서쪽 성에 닿았도다.	요염한 허리는 음부와 이어 지네.
장수의 긴 흐름 가에 위치함이여	두 다리는 물 흐르듯 길게 뻗어있고
동산에 잘 익은 과일을 바라 보네.	농염한 엉덩이는 섹시해 보이네.
쌍 대를 좌우에 세우니	양 다리를 좌우로 벌려 세우니
옥룡(玉龍)과 금봉(金鳳)이 있다네.	옥용과 금봉이 그곳에 있다네.
동남쪽에서 이교(二喬)를 잡아와	두 다리를 들어 올려 붙잡고
아침저녁으로 함께 즐기리라.	밤낮없이 함께 즐기리라.
굉장히 아름다운 황도를 굽어보니	고개를 숙여 굉장히 아름다운 여근을 보니
구름과 안개가 서려있도다.	황홀함에 물고기 눈처럼 휘둥그레지네.
재주있는 사람들이 모여드니 기쁘고	즐겁게 흥분시키는 다양한 애무를 하니

나는 곰이 좋은 꿈을 꾸며 화합하네.

화목한 봄바람을 간절히 원하며

백가지 새들의 비명소리 들리네.

하늘의 구름으로 담을 에워쌌음이여

우리 집안 소원을 둘 다 이뤘네.

어진 교화를 천하에 드날리니

모두다 천자님을 삼가 존경하네.

제환공과 진문공의 위업이

성대하다 하지만

어찌 밝으신 성덕과 견주리오.

편안하도다, 아름답도다

멀리까지 은혜를 베풂이여.

나의 황실을 돕고 보좌하니

사방이 다 편안하도다.

천하의 법규를 같이하여

해와 달처럼 찬란하게 빛나네.

영원히 존귀하여 끝이 없으니

모두들 동황에 장수를 누리리라.

천자께서 노니시니

어가를 돌려 두루두루 다니신다네.

여성이 몽롱해지고 흥분해 곰처럼 포효 하네.

합치려는 동남풍이 불어 고개 뒤로 젖히니

온갖 아름답고 날카로운 교성소리 들리네.

하늘의 오색구름으로 둘러 쌓인 가운데

두 내외가 상쾌한 만족감을 얻었네.

남근이 여근 속에서 생명의 감화를 베푸니

여체 위에서 공경하고 섬김을 다했도다.

제환공과 진문공의 위업이

성대하다 하지만

어찌 여성을 만족시켜주는 방술과 견주리오.

편안하도다, 아름답도다

성생활의 혜택이 멀리까지 드날림이여.

나의 마나님을 도와 날게 하니

모든 것이 다 편안하도다.

남녀가 꾀하는 즐거움의 크기가 동일함이여

찬란하게 빛남이 해와 달 같도다.

영원히 존귀하고 다함이 없으니

같이 백년해로하며 생기와 활력이 넘치네.

용이 여체를 오르내리듯 즐겁게 노닐며

여체를 돌려 타면서 두루 교합을 갖는다네.

은혜와 화함이 사해에 두루미치고
좋은 일들은 커지고 백성은 편안해지네.
이 동작대가 영원히 견고하길 바라고
끝없이 영원히 즐기리라.

성생활의 은혜와 화함이 사해에 두루 미치고
좋은 일과 재물은 커지고 마음은 편안해지네.
이 성생활이 영원히 견고하길 바라며
끝없이 영원히 즐기리라.

11

깊은 산속 옹달샘,
누구를 위한 샘인가?

● ●

적벽대전 이야기는 동요 속에도 탁란되어 있다

남성들의 지략과 용기가 거대하게 충돌하는 웅장한 전쟁 이야기인 적벽대전이 사실은 남녀 간의 성생활을 은밀하게 표현하고 있음을 살펴봤다. 우리 사회가 성생활을 드러내놓고 이야기하거나 다루지 못하는 가장 큰 이유는 성 본능이 지닌 폭발적이고 파괴적인 에너지 때문이다. 성 본능은 워낙 폭약적인 성격이 강해서 자아나 이성을 마비시키며 통제 불가능한 상태를 초래하기 쉽다. 그래서 아이들에게 이를 숨기며 은밀하게 다루고 있다 할 것이다.

보통 사람들에게 성생활에 문제점이 없다면 굳이 적벽대전 같은 전쟁 이야기 속에 그런 사실을 은밀하게 담아낼 필요도 없을 것이다. 부부간에 일상적으로 치러지는 성생활에 문제점은 있고 이에 대한 해결방법을 드러내놓고 다룰 수는 없기에 전쟁 소설 속에 탁란시켜 은밀하게 해결책을 모색하고 있는 것이다. 다만 전쟁 소설 속에서만 성생활의 문제점을 다루고 있는 것이 아니다. 각 나라의 설화나 시, 노래 속에서도 이러한 문제점을 다루고 있다는 것은 두말할 필요가 없는 사실이다.

그러므로 시나 노래 속에서도 이런 문제점을 다루고 있음을 확인해 볼 필요가 있다. 그중에서 아이들이 즐겨 부르는 동요 속에도 어른들은 짓궂게 성생활의 문제점과 해결방안을 뻐꾸기처럼 탁란 시켜 보존하고 있다. 어른들은 간혹 노래나 동요 속에서도 성적인 의미를 찾아내기도 한다. 그러나 아이들은 단순하기 때문에 동요 속에 탁란된 성적인 주제에 대해 전혀 생각하지 않는다. 열심히 동요를 부름으로써 뻐꾸기의 알이라 할 수 있는 성적인 내용을 보존해 나가는 데 기여한다. 어렸을 적에 선생님의 풍금이나 피아노 연주에 맞춰서 누구나 불러 본 적이 있는 〈깊은 산속 옹달샘〉도 그런 유형의 동요이다.

깊은 산속 옹달샘

〈깊은 산속 옹달샘〉이라는 동요는 독일 민요에 윤석중 선생이 가사를 붙인 곡이다.

(1절)
깊은 산속 옹달샘 누가 와서 먹나요
맑고 맑은 옹달샘 누가 와서 먹나요
새벽에 토끼가 눈비비고 일어나
세수하러 왔다가 물만 먹고 가지요

(2절)
깊은 산속 옹달샘 누가 와서 먹나요
맑고 맑은 옹달샘 누가 와서 먹나요
달밤에 노루가 숨바꼭질 하다가
목마르면 달려와 얼른 먹고 가지요

노래의 제목이 되고 있는 깊은 산속 옹달샘은 맑고 깨끗해서 한번 마시고 싶다는 우리들의 욕구를 자극한다. 아이들이 낭랑하게 부르는 이 노래 자체는 매우 티 없이 맑은 노래이다. 그러나 '깊은 산속 옹달샘'은 1985년 개봉된 성인영화의 제목이기도 해서 양면성을 지니고 있는 노래이기도 하다.

옹달샘은 작고 오목한 샘이다. 옹달샘은 여근을 상징하는 뜻으로 에로비디오나 영화 등의 제목에서 잘 사용되며 남성들의 성적인 갈증을 축여준다는 의미가 내포되어 있다. 일반적으로 여근의 생김새가 오목한 형태이며 깊은 산속처럼 옷 속에 은밀하게 숨어있어 접근하기 힘든 상태임을 상징한다.

토끼와 노루

이 동요의 핵심 소재는 토끼와 노루이다. 가사를 보면 1절은 토끼가 주인공이고 2절은 노루가 주인공이다. 먼저, 토끼는 교미 시간이 엄청나게 짧다. 수토끼가 암토끼의 등 뒤로 올라가자마자 동시에 끝난다고 해도 과언이 아니다. 그래서 구어체적인 표현에서 후다닥 해치우는 성관계를 토끼를 빗대어 말하기도 한다. 따라서 1절의 노래 내용은 토끼처럼 성관계를 갖는 남성을 표현하고 있다. 이런 토끼는 삼국지로 치자면 맹덕한 인간 조조에 해당한다.

2절의 주인공인 노루는 토끼에 비해 상대적으로 덩치가 약 열 배 이상 큰 동물이다. 토끼처럼 빨리 끝나는 섹스가 아니라 큰 섹스, 적벽대전처럼 웅장한 섹스를 치르는 것을 상징한다. 노루는 겨울에도 음지를 찾아다니며 어둠과 밤을 좋아하는 동물이다. 인간이 성생활을 치르는 주 시간대는 야간이다. 노루는 성생활에 잘 적응하고 있는 사람을 의미한다. 노루는 삼국지에서 '밤의 덕'이라는 별명을 지닌 현덕(玄德) 유비와 같은 역할을 한다.

새벽과 달밤

토끼가 일어난 새벽은 밤과 낮 사이에 있는 짧은 시간대로써 일반적으로 성행위에 부적합한 시간대이다. 새벽은 새벽기도, 명상, 공부 등을 하기에 좋으며 식사와 출근 준비 등으로 바쁘다. 또한 아침부터 성행위를 갖는 것 등이 부담이 되는 시간이기 때문에 성행위를 오래 갖거나 깊게 가질 수가 없다. 따라서 이 시간대는 대부분의 남성들이 적벽대전 같은 깊고 웅장한 섹스보다 토끼 같이 빨리 끝내며 얕은 성관계를 갖는다.

토끼가 눈 비비고 일어난다. 사람들이 잠에서 깨어났을 때 눈이 충혈되어 있는 경우가 많으며 토끼 눈은 원래가 빨갛다. 남성들이 자신의 욕구를 채우는 데에만 혈안(血眼)이 된 모습을 상징한다. 또한 토끼가 눈 비비고 일어났다는 것은 정신이 흐리멍덩한 상태를 의미하기도 한다. 이런 상태로 섹스를 하면 결과가 뻔하다.

노루는 토끼와 달리 달밤에 행동을 한다. 달밤 또는 한밤중에는 새벽녘에 비해 시간적 여유도 많고 무드도 있다. 충분한 애무와 전희를 거쳐 긴 밤을 치르기 때문에 깊은 성관계를 가질 수 있는 것이 보통이다. 인간의 성생활이 짧은 새벽보다는 긴 달밤 같은 시간대에 치르는 것이 더 적합함을 상징한다.

숨바꼭질, 여성들의 숨소리를 거칠게 바꿔놓는 놀이

토끼는 눈 비비고 일어났는데 이에 대립되는 노루의 행위는 숨바꼭질이다. 숨바꼭질은 여성의 성감대인 허벅지, 엉덩이, 유방, 목, 귀, 입술 등에 숨겨져 있던 성적인 흥분에너지를 찾아내 애무와 전희를 하는 모습이다. 그런 성감대를 하나씩 찾아낼 때마다 동남풍이 형성되기 시작하며 여성의 흥분이 고조되어 간다.

숨바꼭질의 어원은 '숨 바꿈질'이다. 숨 바꿈질은 숨을 바꾸게 하는 행위라는 뜻이다. 여성의 칠성단 같은 주요 성감대를 찾아내서 애무하게 되면 뜨거운 동남풍이 불게 된다. 이때 잠잠했던 여성의 숨소리와 행동이 거칠어지는 숨 바꿈 현상이 일어난다. 따라서 숨 바꿈질이란 평상시 꼭꼭 숨어있는 여성의 주요 성감대를 하나하나 찾아내서 숨이 바뀌게 애무를 하는 동작을 의미한다. 이때 술래의 집으로 사용되는 것은 우뚝 선 전봇대나 나무, 커다란 바위 등이 된다. 공명이 칠성단에서 7개의 주요 성감대를 애무하여 동남풍을 불게 할 때 절대 어겨서는 안 되는 네 가지 군령을 제시했다. 그중에 자리를 떠서는 안 된다는 '불허천이방위'가 있었다. 술래의 집인 전봇대나 나무, 커다란 바위는 뿌리가 흔들리지 않는 속성을 지니고 있다. 주요 성감대를 다 찾아내서 동남풍이 불 때까지 애무하는 자세에서 이동하거나 흐트러져서는 안 된다는 무언의 메시지이다.

못 찾겠다 꾀꼬리 오늘도, 언제나 나는야 술래

숨바꼭질과 술래잡기는 같은 의미이다. 조용필이 부른 노래 〈못 찾겠다 꾀꼬리〉라는 노래가 있다. 이 노래에도 성적인 주제가 탁란되어 있음이 곳곳에서 발견된다. 노래 속 주인공은 '나는야 오늘도 술래' 또는 '나는야 언제나 술래'라고 외친다. 실제의 술래잡기 상황이라면 내가 오늘은 술래를 할 수 있지만 언제나 술래를 하는 것은 아니다. 그러나 남성들은 성행위 시 항상 여성의 주요 성감대를 찾아서 애무해야 하므로 오늘도, 그리고 언제나 술래가 된다.

꾀꼬리는 동작대부에서 살펴봤듯이 여성들의 아름다운 교성 소리를 상징하고 있다고 판단된다. 꾀꼬리가 숨어있는 실제의 아이들을 의미하는 것이 자연스러울 수 있다. 그러나 꾀꼬리는 술래잡기에서 언제나 술래를 하는 주인공과 연결되어 있으므로 성적인 의미로 보는 것이 타당하다. 노래 속 주인공이 성감대를 찾아내는 술래 역할을 제대로 못 해서 여성들의 아름다운 꾀꼬리 소리, 교성 소리를 못 듣는 심리적인 상황을 그려내고 있다 할 것이다.

아름답거나 때론 날카로운 소리를 내는 등 꾀꼬리는 옛날부터 32가지의 소리를 낸다고 할 정도로 다양한 울음소리를 낸다. 동작대부에 나온 '청백조지비명(聽百鳥之悲鳴)'이나 그리스 신화 속 세이렌들이 낸 노랫소리처럼 다양한 교성 소리를 상징하기에 적합하다. 특히 이 노래에서 조용필 씨가 '못 찾겠다 꾀꼬리 나는야 언제나 술래'라고 노래한 후 이어서 '어흐 어흐어!'라는 알 수 없는 감탄사를 발한다. 여성들이 발하는 교성 소리를 완곡한 감탄사로 모자이크하여 표현한 것이라 볼 수 있다.

서정적인 노래인 〈못 찾겠다 꾀꼬리〉에 성적인 내용이 정교하게 숨겨져 있었다는 사실을 받아들이고 이해하는데 반발심이 생긴다. 그러나 뱁새가 탁란된 뻐꾸기의 큰 알을 부화시키고, 비록 새끼지만 자신보다 덩치가 몇 배나 큰 뻐꾸기 새끼에게 먹이를 물어다 주는 현상은 이해하기 쉬운가? 심지어 뻐꾸기 새끼가 태어난 후 아직 부화하지 못한 뱁새의 알 또는 부화한 새끼를 둥지 밖으로 밀어내는 참상을 이해할 수 있는가? 뻐꾸기의 탁란은 뱁새 새끼들에게는 생사가 걸린 심각한 문제이다. 대중가요나 동요 속에 성적인 내용이 탁란되어 있다고 사람들의 목숨까지 좌우되진 않는다. 사람들이 윤리적으로 이해하기 어려운 일들이 일어나고, 모든 것을 담아낼 수 있는 큰 그릇이 바로 세상이다.

토끼와 노루가 깊은 산속 옹달샘에 온 목적

토끼가 깊은 산속 옹달샘, 즉 여근을 찾은 목적은 당초에는 세수를 하는 것이다. 사람은 세수를 해야 개운하고 얼굴을 당당하게 들고 다닐 수 있다. 세수를 하지 않으며 뭔가 찝찝하다. 토끼 같은 남성들일지라도 처음에는 다 세수하는 것 같은 섹스를 원한다. 남성에게 있어서 세수 같은 섹스는 성적인 욕구를 충분히 해소함으로써 개운함과 만족감을 느끼는 상태이다. 아울러 상대 여성 앞에 인간으로서 당당하게 얼굴도 들 수 있게 해준다.

그러나 토끼는 세수 같은 개운한 섹스를 하러 왔건만 물만 먹고 간다. 토끼는 당초부터 여성의 숨소리를 거칠게 바꾸는 숨바꼭질을 염두에 두지 않았기 때문이다. 전희와 애무를 할 마음이 없이 오로지 옹달샘으로 직행하려는 이기적인 모습이다. 그래서 자신의 토끼 같은 조기 사정 증세로 인해 몸과 마음이 개운해질 정도의 섹스를 못하고 겨우 혼자 목이나 축일 정도의 섹스를 한다. 물만 먹는다는 것을 좀 더 부정적으로 해석하면 실패를 의미하는 '물먹었다'는 의미이기도 하다. 그리고 세수를 제대로 못 했으니 뒤끝이 남는다. 상대 여성한테도 비난받고 남성 스스로도 비난할 만한 행동이다.

이에 비해 노루는 당초부터 깊은 산속 옹달샘에 가서 세수를 하거나 목을 축이는 것 자체가 목적이 아니었다. 노루는 깊은 산속 옹달샘으로 직행하지 않고 숨바꼭질을 열심히 한다. 숨바꼭질은 여성의 숨소리를 거칠게 하는 동남풍이 불 때까지 주요 성감대를 찾아내서 애무하는 것이다. 노루의 주 무대는 숨바꼭질하는 곳이다. 여근을 상징하는 깊은 산속 옹달샘을 아예 잊을 정도로 애무에 충실해야 여성을 배려하는 섹스가 된다. 그러다 때가 무르익어 목이 마르게 되면 그때서야 얼른 먹고 간다. 열심히 숨바꼭질을 하며 엎치락뒤치락하다 보면 별안간 여성의 몸이 뜨겁게 달아오르고 남성 자신도 성적인 갈증으로 목이 마르게 된다. 동남풍이 불어 화공을 해도 좋을 적정한 합궁 시기가 도래했다는 의미이다. 그래서 노루는 물 먹고 가질 않고 얼른 먹고 간다고 표현하고 있다. 실패를 의미하는 물먹지 않고 합궁 시기를 잘 맞춰서 얼른 욕구를 충족한다는 의미이다. 여성과 합일하여 성적인 클라이맥스를 동시에 이뤄내는 바람직한 성생활 모습이다.

그리고 이 동요는 깊은 산속 옹달샘 물이 아닌 옹달샘 자체를 누가 먹을 수 있냐고 반복해서 묻고 있다. 우리는 우물이나 상수도를 마시는 것이 아니라 우물물이나 상수도물을 마신다. 마찬가지로 깊은 산속 옹달샘 자체를 마실 수는 없다. 옹달샘에서 나오는 샘물이나 약수를 마시는 것이다. 따라서 이 동요는 깊은 산속 옹달샘이 상징하는 여근을 누가 와서 먹거나 맛볼 수 있냐고 묻고 있는 보기보다 매우 노골적인 가사이기도 하다. 토끼는 깊은 산속 옹달샘을 못 먹고 부정적인 의미로써 물만 먹고 갔다. 토끼같이 조기 사정 증세를 지닌 사람들은 진정으로 여근을 취하지 못하고 물만 먹는다고 비판하고 있다. 반대로 노루 같은 사람들은 달밤 같은 분위기를 조성해 가며 숨바꼭질이 상징하는 애무를 열심히 한다. 그 결과 여성이 달아오르게 되자 때를 놓치지 않고 화공을 가해 깊은 산속 옹달샘 자체를 얼른 먹거나 맛보고 있음을 묘사하고 있다.

한 가지 용도로만 쓰이는 사물은 없다

인류의 산업혁명이나 기술혁신 등의 발전 과정은 사물을 하나의 용도로만 보지 않고 다용도로 사용하는 발상의 전환을 통해 이루어져 왔다. 인류가 나무를 땔감 등의 일부 용도로만 고정시켰다면 그것을 이용하여 다리를 놓고 집을 짓지 못했을 것이다. 땅에 대한 개념도 동물들처럼 곡식, 야채, 과일이 저절로 자라는 것으로만 이해했다면 심고 가꾸는 인류 특유의 농경문화는 탄생하지 못했을 것이다.

금도 마찬가지이다. 금은 동서고금을 통해 부귀영화의 상징으로 알려져 왔다. 우리는 금 세공품을 통해 자신의 부와 권력, 우월감 등을 표현한다. 이러한 행위는 정신적인 허영심을 채워주지만 생산적이지는 않다. 그러나 금은 치과에서 썩거나 부러진 이의 보철재료로 없어서는 안 될 유용한 금속이다. 반도체, 컴퓨터, 우주선에도 광범위하게 사용되고, 초고층 건물 유리 표면에 금으로 막을 입혀 냉난방 열효율을 높이기도 한다.

동요는 아이들이 즐겨 부르는 노래이며 정서 함양에 도움이 되는 주된 용도가 있지만 그 속에 부가적인 용도도 있다면 그것을 활용해야 발전이 된다. 예를 들어 당초에는 심장병 치료제로 발명된 비아그라가 남근을 발기시키는 부작용이 발견됨에 따라 현재는 발기부전치료제로 더 각광을 받는 것과 마찬가지이다. 우리는 적벽대전 같은 전쟁 소설이나 동요 속에 성적인 의미를 지닌 속살이 있을 줄을 지금까지는 거의 몰랐었다. 이제야 그런 숨겨진 정보나 의미가 있다는 것을 알게 되었을 뿐이다. 전쟁 소설이나 동요를 우리가 기존에 알고 있던 용도로만 사용할 것이 아니라 성적인 용도로도 사용할 수 있게 된 것이다.

적벽대전을 통해 전투나 전쟁 이야기를 좋아하는 사람들은 지금까지처럼 전쟁 이야기의 묘미를 그 속에서 찾으면 된다. 아이들은 깊은 산속 옹달샘을 즐겁게 부르면 그만이다. 그러나 적벽대전이나 깊은 산속 옹달샘 속에 성적인 의미가 내재되어 있다는 사실을 알게 된 사람들은 그것을 자신의 생활 속에서 활용해 나가면 된다. 사람을 비롯해 모든 사물은 쓰임에 있어서 다양하고 무한한 잠재력을 지니고 있다. 고정관념에서 벗어나 사물의 새로운 용도를 이해하고 수용해서 생활 속에서 적용해 나가야 한다. 그런 사람들이 인생에서 앞서나가고 결국은 승리자가 될 수 있다.

특히, 오늘날 우리 사회는 섹스리스 부부가 증가하고, 그 부모들 밑에서 자란 자녀들도 결혼과 성생활을 기피하는 현상이 두드러지고 있다. 이에 따른 출산율 저하와 인구감소 등 부작용이 속출하고 있는 것도 현실이다. 그래서 우리가 미처 알지 못했고 재미있는 성생활 정보가 담겨있는 적벽대전과 깊은 산속 옹달샘의 새로운 용도는 오히려 적극 권장되어야 할 것이다.

깊은 산속 옹달샘, 누구를 위한 샘인가?

동요 속 깊은 산속 옹달샘의 주인공은 동물인 토끼와 노루이다. 이솝 우화 속에 나오는 주인공들도 대부분 동물 들이다. 그렇다고 우리는 동물들이 실제로 동화 속의 삶을 살고 있다고 생각하진 않는다. 동물들은 다만 인간의 대역 역할을 하고 있을 뿐이다. 마찬가지로 깊은 산속 옹달샘의 토끼와 노루도 실제의 동물이 아니라 사람들의 대역을 하고 있다. 그래서 깊은 산속 옹달샘은 토끼와 노루를 위한 샘이 아니라 인간을 위한 샘이다. 깊은 산속 옹달샘은 사람들이

와서 먹으며, 그 샘을 먹는 방식에 따라 토끼 같은 사람, 노루 같은 사람으로 크게 분류된다. 이 동요를 들으면서 깊은 산속 옹달샘을 먹을 때 과연 나는 토끼처럼 물만 먹는 사람인지, 또는 노루 같은 사람인지 판단해 보는 것도 지루한 일상에 기분 전환이 될 수 있을 것이다.

공자의 말씀, 적벽대전, 동작대부, 깊은 산속 옹달샘 이야기 등을 통해 성(性)을 우리 생활 전면에 내세우거나 억지로 더 향유해야 한다는 것은 아니다. 인간의 성은 은밀하고 개별적으로 행해지는 속성 때문에 다른 사람과 터놓고 이야기하는 등 공유하거나 비교 평가가 어려운 것이 현실이다. 그러나 공자의 말씀이나 적벽대전 등을 통해 남들은 실제로 어떻게 성생활을 하고 있는지 비교해 볼 쉽지 않은 기회를 얻을 수 있다. 이런 기회를 통해서 자신의 성생활을 삶의 일부로써 바르게 영위하고 개선해 나가는 데 도움이 될 수 있을 것이다.

아무리 좋은 책이나 베스트셀러 내용도 읽고 나면 금방 잊히는 것들이 많다. 사람은 망각의 동물이기 때문이다. 그러나 공자의 말씀, 적벽대전, 깊은 산속 옹달샘 등을 통해 얻은 지식이나 책의 내용은 거의 잊혀 지지 않고 오롯이 간직될 것이다. 평소에도 각종 매스컴이나 책, 대화에서 불혹이나 지천명의 나이, 적벽대전, 조조와 유비, 관우, 공명, 동남풍과 칠성단 등이 자주 언급된다. 그럴 때마다 우리는 그러한 단어나 이야기와 확고하게 결부되어 있는 성적인 진실 등을 자연스럽게 환기시킬 수 있기 때문이다. 우리 선조들이 삼국지의 백미가 되는 적벽대전을 우리 판소리로 만든 이유가 되기도 한다. 소리꾼이 혼신의 힘을 다해 3시간 동안 적벽가를 완창하면 그는 그 속에 탁란되어 있던 인간의 성생활을 혼신의 힘을 다해 아름답게 찬양하고 전파하는 것이 된다. 적벽가나 깊은 산속 옹달샘 등은 도덕적 견제를 피해가며 성 본능과 성생활의 아름다움을 공공연한 장소에서 천연덕스러우면서 교양 있게 표현하고 있는 인류 특유의 문화라 할 수 있다.

공자(孔子)와 공명(孔明)의
두 구멍 이야기 03

지천명 이후의
가치관

카웅

지천명이 되었으니 이제 영혼의 집 장만
정도는 하고 살자

01

계륵, 사나이다움 내려놓기

긴 인생 항로에서 도로 표지판 역할을 하는 고사성어들

공자께서 말씀하신 바를 지천명을 전후로 크게 나눠 볼 수가 있다. 지천명 이전의 시기인 지우학, 이립, 불혹의 시기는 한창 젊었을 때에 해당하는 나이다. 그때는 매사에 열정과 의욕이 샘솟고 새로운 일이나 거대한 사업도 두려움 없이 추진해 나간다. 그렇게 하늘을 찌를 것 같던 기세가 지천명 시기를 고비로 서서히 꺾이며 이순과 종심을 지나면서 부쩍 늙어가는 것이 우리의 인생살이다.

이렇게 나이 들어감에 따라 한창때에 지녔던 가치관과는 다른 가치관으로 전환하거나 조정할 필요성이 대두된다. 평생을 젊은 채로 살 수 없기에 나이 들어가는 자기 자신에 대한 새로운 적응이라 할 것이다. 이를 무시하고 젊었을 때 했던 행동이나 가치관에 매달리게 되면 새로운 환경에 부적응하고 무리와 낭패가 뒤따르게 된다. 로마에 가면 로마의 법을 따라야 한다는 격언이 있다. 이를 시간적으로 해석하면 젊었을 때는 젊었을 때의 법과 가치관을 따라야 하고, 지천명 시기 이후에는 그 시기의 법과 가치관을 따라야 한다. 당연한 자연의 순리라 하겠다.

걷거나 차를 타고 목적지를 향해 갈 때 지형에 따라 안개가 자주 끼는 곳, 바람이 많은 지역, 심하게 굽은 도로, 야생동물 출몰지역, 무단 횡단 많은 지역 등 다양한 교통상황이 전개된다. 이럴 때 멀리서도 보이는 큼지막한 도로 표지판이나 자동차 내에 설치된 전자 지도인 내비게이션이 있기 때문에 편리하고 안전하게 목적지에 도달할 수 있다.

살아가면서 일이 잘 풀리는 때도 있지만 실수와 실패도 하고, 사고와 부상을 당하고, 한동안 병에 걸려 꼼짝 못 할 수도 있다. 믿었던 사람으로부터 배신을 당하고, 직장에서 해고되기도 하고, 신용불량자가 되거나 돈에 쪼들리고, 자식 문제로 골치가 아픈 경우도 있다. 인생의 먼 목적지를 향해 나갈 때 사람들은 이처럼 다양한 환경과 상황에 처하게 된다. 이럴 때도 도로 표지판이나 내비게이션 역할을 하는 무엇인가가 우리 주변에 있다면 시행착오를 줄이고 바른 인생을 살아가는 데 커다란 도움이 될 것이다.

우리에게 다가오는 미래는 그때마다 새롭고 낯설게 느껴진다. 다만 우리가 낯설어하는 그런 상황 속을 우리의 수많은 선조들은 이미 반복적으로 경험을 한 바 있다. 그리고 후손들을 위해 그런 상황들에 효과적으로 대처하는 방법을 나름대로 정리하여 이정표나 지도로써 남겨 놓았다. 그것에 해당하는 것들이 바로 속담이나 격언, 고사성어, 신화와 전설 같은 인문학적 문화유산들이다. 우리의 선조들은 고되게 발품을 팔아가며 대동여지도 같은 실제 지형지물에 관한 지도뿐만이 아니라 인생과 심리적 지형지물에 관한 지도도 남겨 놓았던 것이다. 유무형의 지도를 제작해 후손들이 편리하게 살아갈 수 있도록 남겨주신 선조들의 노고에 감사드려야 한다. 소설이나 영화를 보면 보물이 묻힌 곳으로 안내하는 보물 지도를 손에 넣기 위해서 사람들이 경쟁하는 장면이 나온다. 그 보물 지도에 해당하는 것이 고사성어와 같은 것이 아닐까?

선조들이 남긴 인문학적 문화유산 중에서도 고사성어는 몇 글자 안 되는 간략함과 배경이 되는 이야기를 지니고 있어서 재미있고 오래도록 기억에 남는다. 이렇게 우리 기억에 남음으로써 새롭고 낯선 길을 갈 때 눈에 잘 띄는 도로 표지판 역할을 하는 것이 고사성어이다. 특히, 지천명 시기에는 남녀 모두가 인생의 대전환기를 맞이하기 때문에 심리적으로 크게 요동치고 낯선 길에 들어선 것 같은 상황이 전개될 수 있다. 이럴 때일수록 마음의 눈에 잘 띄는 고사성어 같은 인생의 이정표나 안내 지도가 더 절실해진다. 마음의 눈만 크게 뜨고 본다면 고사성어가 하나둘씩 보이기 시작할 것이다. 그렇게 나타나기 시작한 고사성어 들이 우리의 삶을 목적지까지 편안하게 안내해 줄 수 있다.

계륵(鷄肋)

조조가 맞수인 유비와 한중(漢中)이라는 지역을 놓고 싸울 때의 일이다. 조조는 군대를 오랫동안 주둔시키면서 싸움을 벌였지만 쳐들어가도 이기기 어렵고 물러나면 비난받을 진퇴양난 상황에 처해 있었다. 그러던 어느 날 부하 장수가 들어와 야간에 사용될 암호를 물었다. 마침 조조가 닭고기 식사 중이어서 음식에 들어 있던 닭갈비를 보고 암호를 '계륵(鷄肋)'이라고 정해 주었다. 다른 부하들은 그 암호가 무슨 뜻인지 몰랐으나 양수(楊修)라는 사람만이 조조의 속마음을 알아차리고 짐을 꾸려 철군 준비를 하였다. 닭갈비인 계륵은 고기가 별로 없어 먹자니 먹을 게 없고 버리자니 아까운 부위이다. 마찬가지로 조조는 한중 땅을 포기하자니 아까웠지만 그렇다고 무리해서 취해봤자 얻을 게 별로 없다고 판단을 내렸던 것이다. 양수가 이를 알아차렸고 과연 그의 생각대로 조조는 이튿날 철수 명령을 내렸다고 한다.

한중(漢中) 땅에서 퇴각하는 조조, 남자다움에서 물러나다

조조는 한중 땅을 닭의 갈비인 계륵 정도로 여기고 포기하는 결단을 내리고 철수를 감행했다. 한중(漢中)에서 '漢' 은 사나이라는 뜻이 있으므로 한중(漢中)은 사나이의 중심이 되며 사나이다움이라고 해석 할 수 있다. 조조는 사나이다움에서 철수했던 것이다. 그렇다면 조조는 왜 사나이다움, 남자다움에서 철수하게 되었을까? 겉으로만 보자면 사내답다, 남자답다는 말이 듣기에는 좋지만 닭갈비인 계륵처럼 실속이 없었기 때문이었다. 인간사회에서 남자다움이나 여성다움은 남녀가 거의 평생을 추구해 나가는 가치이다. 약삭빠른 조조에게는 왜 계륵이 되었는지 좀 더 살펴볼 필요가 있다.

지천명 시기가 되면 계륵할 일들이 많아진다

심리적으로 큰 변화가 일어나는 지천명의 시기에는 가치관의 전환이 필수적이다. 그중에서도 핵심이 되는 것이 사나이다움에서 물러나는 일이다. 사람들이 젊었을 때 지니는 가치관 중에 가장 두드러지는 것이 바로 한중 땅이 의미하는 남자다움이나 여성다움이다.

예를 들어 남자답기 위해서는 힘, 돈, 정력, 승부욕, 넓은 인간관계 등이 있어야 하고 술도 세야 한다. 그러나 젊은 시절에는 한 남자를 빛나게 했던 이런 사내다운 가치들이 나이 먹어서는 오히려 계륵이 된다. 계륵은 내려놓거나, 물러나거나, 버리는 가치관이다.

남자들 사이에서는 특히 술을 많이 마시거나 센 것을 사나이다움의 징표로 여긴다. 그래서 술 마시고 다음 날 몇 병을 마셨고 몇 차까지 갔다고 무용담을 늘어놓는다. 젊은 시절에는 그런 사람이 부럽고 나도 그래 봤으면 좋겠다는 생각도 들곤 한다. 젊었을 때는 이렇게 술을 마셔도 몸이 받쳐주기 때문에 견딜만하다. 그러나 신체기능이 떨어지는 지천명 이후에는 술 많이 마시고 술이 세 봤자 별 이득이 없다. 오히려 돈만 낭비하고, 위장병, 간 기능 악화, 성인병 유발의 주요 요인이 될 뿐이다. 특히 술은 시간 낭비의 일등 공신이며 이렇게 술 마시고 집에 들어가면 허구한 날 술만 마시고 다닌다고 핀잔을 듣는다.

우리 주변을 보면 남자다운 건장한 몸에 특수부대 출신으로 술이 세서 매일 마시다시피하고 양주도 맥주잔으로 벌컥 마시며 사내다움을 뽐내는 사람들이 있다. 그러나 그 사람들 중 십중팔구는 건강이 악화되어 60이 되기 이전에 벌써 딴 세상으로 간 사람들이 많다. 지천명의 시기가 되면 술 세 봤자 말짱 도루묵이다. 그래도 세간에서는 술이 센 것을 남자다움으로 여기니 아주 버리기에는 아깝다.

그럼에도 불구하고 조조처럼 과감하게 계륵으로 여기고 포기하거나 그 가치를 대폭 줄여나가야 한다. 지천명 이후의 건강한 삶을 위해서는 술이 센 것이 더 이상 사나이다움의 척도가 아니다.

남자들은 정력이 센 것도 사나이다움으로 여긴다. 그래서 하룻밤에 몇 번 관계를 맺고, 애인이 몇 명이라고 은근히 자랑하기도 한다. 그러나 지천명 시기가 되면 자연히 정력이 감소하고 성인병인 심혈관계 질환은 증가하기 마련이다. 약해진 정력을 보충한다고 발기부전치료제까지 복용하면서 젊은 여성이나 다수의 여성들과 관계하다가 오히려 심장마비 등으로 복상사(腹上死)를 당할 위험도 증가한다. 정력이 센 것도 지천명 시기 이후에는 사나이다움이 아니므로 계륵해야 한다.

나이 먹어서도 남자들은 승부욕에 불타서 무리하게 팔씨름하다가 어깨 근육이 찢어지고, 씨름을 하다가 갈비뼈나 다리뼈가 골절되기도 한다. 노익장(老益壯)을 과시한다며 무리하게 풀코스 마라톤을 하고 험한 산행을 하다가 큰일을 당하기도 한다. 그 밖에 헬스클럽에 가서 젊은 시절의 몸을 유지한다고 무리하게 운동하다가 신체 손상을 입어 한동안 병원 신세를 지기도 한다. 지천명의 시기에는 힘자랑, 몸 자랑하는 것도 계륵 해야 한다. 남자다움이나 승부욕 대신에 자신의 몸에 알맞은 운동을 해서 건강을 유지해 나가는 것이 현명한 처신이다.

나이 들어서 최신형 대형 자가용 구입, 해외여행 등에 돈을 펑펑 써대면 노후에 정말로 돈이 필요한 시기에 돈이 없어 고생하게 된다. 여윳돈이 없으면서도 친구나 동창, 지인들을 만나면 자기가 사겠다며 계산대 앞으로 달려 나가는 것도 이제는 다시 한 번 생각해 볼 일이다. 지천명 시기 이후에는 돈 자랑, 자기과시, 과소비, 허영심도 계륵 해야 노년의 삶이 재정적으로 안정될 수 있다.

특히 나이가 지긋해 지면 주변에 있거나 지나가는 이성의 용모를 평가하는 습관도 계륵 해야 한다. '예쁘다', '몸매가 섹시하네', '못생겼다', '어떻게 저렇게 살이 쪘지' 등 상대방을 미모나 성적인 기준으로 평가하는 것을 버려야 한다. 우리는 TV 속에서는 물론 전철이나 버스 안, 길거리, 직장, 등산길, 수영장, 음식점 등 생활 속에서 때와 장소를 가리지 않고 끊임없이 이성을 만난다. 이때 자동적으로 이성의 용모를 평가하는 마음이 작동한다. 이것이 생각보다는 매우 고질적인 습관이며 대부분의 사람들이 걸려있는 악질 전염병의 일종이다. 사춘기 이래로 이성을 만날 때마다 그렇게 평가해왔으니, 3, 40년은 족히 묶은 꼬리 서너 개 달린 여우같은 마음이다.

이성의 용모를 비교 평가하지 않는다고 그때마다 지방자치단체나 국가에서 즉결 심판에 넘겨 벌금이나 과태료를 물리지 않는다. 그리고 도덕적으로도 뭇 사람들의 비난을 받지도 않는다. 이성의 용모를 평가한다는 것은 나 자신의 성적인 욕망이 밑바닥에 깔린 상태에서 일어나는 관심 표명이다. 지천명 시기 이후에는 주변이나 지나가는 이성에 대해 누가 시키지도 않았는데 자기 혼자 강박적으로 용모를 평가하는 것도 계륵 해야 한다. 고상하거나 도덕적으로 훌륭하다는 말을 듣자고 계륵 하는 것이 아니다. 수십 년 동안 자동적으로 해온 욕망의 굴레에서 벗어나 마음의 자유, 편안함, 여유를 찾고자 함이다.

남자다움, 여자다움을 내려놓고 그냥 사람으로 살기

남녀 모두에게는 남성호르몬과 여성호르몬이 둘 다 일정 비율로 분비된다. 남성은 남성호르몬이 더 많이 분비되고 여성에게는 여성호르몬이 더 많이 분비가 되는 차이가 있을 뿐이다. 그러다가 중년 이후에는 남성에게서 남성호르몬 분비가 줄어드는 데 비해 여성호르몬은 일정하게 분비됨으로써 여성화가 된다고 한다. 반대로 중년 여성은 여성호르몬은 줄어드는데 남성호르몬은 일정하게 나와 남성화가 된다고 한다.

자연의 순리가 이처럼 지천명 시기 이후에는 남자답게 또는 여자답게 살라고 하지 않는 것이다. 한중 땅이 의미하는 남자다움과 여성다움을 계륵으로 생각하며 내려놓고 그냥 사람으로 온전하게 살아가라는 것이다. 그것이 바로 하늘의 명을 아는 지천명이기도 하

225

다. 그러나 하도 오랜 세월 동안 남자는 남자답고 여자는 여자다워야 한다는 분위기 속에서 살아왔기에 이를 계륵 하는 것이 쉽지만은 않은 일이다.

02

염가계애야치, 집닭은 싫어하고 들꿩은 좋아하다

집에 있는 닭은 싫어하고 들에 있는 꿩은 좋아한다

중국 남북조 시대에 하법성(何法盛)이라는 사람이 쓴 역사서 〈진중흥서(晉中興書)〉에 가계야치(家鷄野雉)라는 말이 나온다. 집에 있는 닭은 싫어하고 들에 있는 꿩은 좋아한다는 말로써 염가계애야치(厭家鷄愛野雉)라고도 한다.

부부가 지천명의 시기까지 수십 년을 같이 살게 되면 권태기는 물론 폐경기, 갱년기까지 경험한다. 연애 시절이나 신혼 시절에 느꼈던 상대방에 대한 성적인 감흥이 줄어들고 정력도 떨어지게 되면 배우자와 적벽대전을 치르는 것도 뜸해지기 마련이다. 그래서 부부끼리 섹스를 하면 "가족끼리 왜 이래" 또는 "변태 아냐"라는 농담이 나올 정도로 섹스리스 부부가 흔해진다고 한다. 이렇게 되면 집에 있는 닭은 싫어하고 들에 있는 화려해 보이는 꿩에 눈길을 주기 마련이다. 싫어하다는 의미를 지닌 '염(厭)' 자는 '물리다', '가위눌리다'는 뜻도 지니고 있다. 집에서 매일 보는 배우자는 물리고 이제는 특별한 감정이 느껴지지 않는다. 잡은 물고기에는 먹이를 주지 않는 형국이 되어가는 것이다.

반면에 밖에서 새롭게 보거나 가끔 만나는 들꿩은 볼 때마다 새록새록 하고 만나면 원기가 솟는다. 특히, 지천명의 시기가 되면 자연스럽게 정력도 감소되어 집에 있는 닭에게 쏟을 정력이 부족하게 된다. 이런 빈틈을 파고들어 오는 것이 바로 화려해 보이는 들꿩이다. 그래서 지천명시기의 중년 부부들이 동창회, 친목회, 각종 동호회 활동을 왕성하게 하는 성향을 보이기도 한다.

어느 날은 집에 있는 닭이 결혼기념일, 첫 만남의 날, 눈 오는 날 등에 "여보 오늘 당신 좋아하는 안주와 좋은 술 준비했어, 일찍 들어올 거지?"라고 메시지나 톡을 보낸다. 그러면 이걸 받은 당사자는 지천명의 시기라 정력도 달리는 관계로 밤이 무서워 순식간에 가위에 눌리고 꿀 먹은 벙어리가 된다. 비슷한 상황에서 들에 있는 꿩이 "자기야, 오늘 눈이 오네, 시간 나면 우리 거기서 만날까?" 라고 역시 메시지나 톡을 보낸다. 그러면 기다렸다는 듯이 1초도 채 안돼서

"오우 케이"라는 답장 문자와 함께 윙크, 하트, 엄지 척 이모티콘을 줄줄이 보낸다. 이것이 지천명 시기를 맞은 수많은 가정에서 일어나는 염가계애야치 하는 현실이다.

기왕 살 거면 애가계염야치(愛家鷄厭野雉)도 생각해 보자

집에 있던 닭도 처음부터 싫었던 것이 아니고, 물리지도 않았고, 가위눌릴 정도는 아니었다. 남녀가 사랑을 하면 일시적인 특수 시각 상실 현상이 일어난다. 단점은 안보이고 장점만 보이는 현상이다. 그러던 것이 적벽대전도 치르고 살을 비비며 살다 보면 차츰 정상적인 시각으로 돌아오게 된다. 그래서 연애 시절에는 보이지 않았던 단점들이 마구 드러나게 된다.

사랑의 이런 속성을 두고 미국 영화배우 존 베리모어는 "사랑은 아름다운 여자를 만나서부터 그녀가 꼴뚜기처럼 생겼음을 발견하기까지의 즐거운 시간이다."라고 말했다. 여성의 입장에서도 마찬가지이다. 술이나 잔뜩 취해 들어오고 큰소리나 치는 남성들이 아귀탕에 나오는 아귀처럼 생겼음을 발견하기 전까지의 즐거운 시간일 것이다. 어떤 사람은 이런 현상을 두고 배우자가 단점을 감췄기 때문이라며 오로지 배우자의 탓으로 돌린다. 부부간의 갈등과 불행함이 엿보인다.

집에 있는 닭과도 처음 만났을 때는 춘향과 이몽룡, 로미오와 줄리엣의 사랑보다 더 열렬하게 사랑하던 시절이 있었다. 그런 것이 다 그때 분비되었던 사랑 호르몬의 역할이라고 한다. 그리스 신화 속에 나오는 사랑의 신 에로스는 화살촉에 사랑 호르몬을 잔뜩 발라서 그걸 연애하는 두 남녀에게 쏜다. 그 호르몬 약효가 있는 동안에는 단점이 거의 안 보이고 오직 사랑스런 장점만 보이며 사랑에 푹 빠지게 한다.

그래서 양가 부모님이 "하늘이 두 쪽이 나도 너희들의 결혼만은 안 된다."며 회유하고 드라마틱하게 협박해도 물러서지 않는다. 그리고 당사자들은 "우리들의 사랑은 조건 없는 순수한 사랑이다. 사랑이 아니면 죽음을 달라."며 사랑의 순교자를 자청하던 시절이 있었다. 그때는 커피 한잔을 앞에 놓고 한 시간씩 서로 바라만 봐도 애정이 철철 흐르고 마냥 좋았다. 그러나 지천명의 시기에는 1초만 바라보면 "무슨 일 있어?" 또는 "할 말 있어?"라며 사무적으로 묻는 무미건조한 사이가 된 지 오래이다.

연애 시절 그토록 사랑해서 영원히 변치 않을 것 같은 남녀들이 영원은커녕 몇 년도 못 돼서 법원 가서 도장 찍고 남남으로 돌아서기도 한다. 물론, 모든 부부가 연애 시절 그 감정대로 살아갈 수도 없거니와 살면서 드러나는 가치관과 성격의 차이가 현저할 때는 헤어질 수도 있다. 그러나 헤어지지 않고 같이 살면서 "내가 속아서 살았지", "저 원수를 만나서 내 인생이 요 모양 요 꼴이 됐어"라고 말해 봤자 변하는 것은 없다. 그래서 기왕에 같이 쭉 살아갈 거면 염가계애야치(厭家鷄愛野雉)보다 집에 있는 닭은 사랑하고 들꿩은 싫어하는 애가계염야치(愛家鷄厭野雉)로 바꿔볼 필요가 있다. 그래야 집에서 서로 '소 닭 보듯 닭 소 보듯' 하는 데서 오는 스트레스를 받지 않고 친밀한 가정을 꾸려나갈 수 있기 때문이다.

50대가 되니까 애정 대신에 그동안 살아온 정이나 의리 때문에 살고, 배우자가 샤워하는 소리만 들어도 가슴이 철렁 내려앉는다고 한다. 집닭하고는 "가족끼리 왜 이래?" 하면서 적벽대전을 안 치르거나 제대로 치러지지 않는다. 집에 있는 닭하고는 잘 안 되는데 밖에 나가 들꿩을 보면 분위기 좋은 음식점이나 술집, 모텔에 가고 싶어 안달한다. 집닭이 아프면 골치가 아프고 들꿩이 아프면 가슴이 아픈가? 이것은 반칙이다.

부부간에 갈라진 틈새가 아주 넓다고 해도 천 리 길도 한 걸음부터이므로 차근차근 메워나가야 한다. 그 한 걸음을 등산, 여행, 영화나 연극 감상 등의 취미생활을 맞추는 것으로 시작할 수도 있다. 그러나 동서고금을 통해 부부간에 가장 오래되고 크게 돈 안 들고 언제라도 실천에 옮길 수 있는 공동의 취미생활은 같이 적벽대전을 치르는 것이다. 집에 있는 닭하고 오랜 세월 살아와서 물린다면 삼고초려해서 얻은 공명과 오관참육장을 한 관우 등을 대동해서 적벽대전을 한번 웅장하게 치러 볼 필요가 있다. 그렇게 되면 집닭한테도 물리지 않고 새로운 장점이 다시 보이고 화목한 부부관계가 되지 않을까? 지천명의 나이에도 불구하고 부부간에 살갑게 적벽대전을 치렀다고 에로스가 덤으로 사랑의 화살을 다시 한 번 쏴주면 금상첨화가 된다. 그 화살은 빗맞기만 해도 효과 만점이다.

03
......
수불석권, 괄목상대

..

수불석권 괄목상대

삼국지에서 의리의 사나이 관우를 죽게 만든 사람이 오나라 장수 여몽(呂蒙)이다. 수불석권(手不釋卷)과 괄목상대(刮目相對)는 그와 관련된 고사성어이다.

오나라의 초대 황제인 손권(孫權)의 부하 장수 여몽은 전쟁에서 세운 공로로 장군이 되었다. 그는 장군이 되었지만 학식이 부족하여 손권이 그에게 공부를 하라고 권했다. 그러나 그는 훈련하고 전쟁하느라 독서할 겨를이 없다고 핑계를 댔다. 이에 손권이 "후한의 황제 광무

제(光武帝)는 변방일로 바쁜 가운데서도 손에서 책을 놓지 않았으며〈手不釋卷〉, 위나라의 조조(曹操)는 늙어서도 배우기를 좋아하였다"라는 이야기를 들려주었다. 그 이후로 여몽은 싸움터에서도 학문에 정진하며 손에서 책을 놓지 않았다.

그 뒤 옛 친구가 여몽을 찾아가 대화를 나누다가 박식해진 여몽을 보고 놀랐다. 그 친구가 여몽에게 언제 그만큼 많은 공부를 했는지 묻자, 여몽은 "선비가 만나서 헤어졌다가 사흘이 지난 뒤 다시 만날 때는 눈을 비비고 다시 볼 정도로 달라져야만 한다〈刮目相對〉"라고 말했다.

수불석권은 책에서 손을 떼지 않는다는 의미로써 자나 깨나 공부에 열중인 사람을 의미한다. 예전에 산속에 들어가 고시 공부했던 고시생, 대학교에 가기 위해 공부하는 수험생, 취업하기 위해 도서관에서 밤을 새우는 사람들이 수불석권한다. 그러나 요새는 수명이 연장되어 지천명 이후의 시기에도 부단한 노력을 통해 뜻을 이루고, 성장하고, 변화해 나가는 사람들이 많이 있다. 나이 먹었다고 그동안 이뤄놓은 업적에 안주하며 손을 놓고 살아가면 점점 더 불확실해 가는 세상에서 도태되기 쉽다. 지천명 시기 이후에도 뜻을 이루고 성장해 나가기 위해서는 손에 책을 쥐고 살아가는 수불석권을 해야 한다.

요즘은 사람들이 책 대신에 스마트폰을 쥐고 24시간 거의 놓지 않고 살아가는 '수불석폰 시대'라 칭해도 가히 손색이 없을 정도이다. 그리고 스마트폰 속에도 전자책 등이 들어 있어 이를 통해 편리하게 책을 읽을 수 있는 것도 현실이다. 그러나 스마트폰 속에는 책만 있는 것이 아니다. 책 읽는 것보다 사람을 더 자극할 수 있는 온갖 다양하고 자극적인 뉴스와 정보, 쇼핑, 만화와 영화, 연예와 스포츠, SNS 기능 등이 들어 있다. 책을 보겠다고 스마트폰을 켰다가 스포츠나 연예계 관련 톱뉴스에 눈이 가고 이와 연결된 정보를 검색하다가 시간을 허비하기도 한다. 따라서 스마트폰으로 책을 보는 것보다 실물 책을 직접 손으로 잡고 넘겨가며 보는 것이 집중력을 위해서는 더 낫다.

바쁠수록 책을 읽자

지천명의 시기에는 시간이 없고 바쁘다는 핑계, 다 안다는 자만심 때문에 자칫하면 책을 손에서 놓기 쉬운 시기가 될 수 있다. 그럴수록 더욱 수불석권해야 새로운 정보를 얻고 이를 바탕으로 불확실한 미래에 효율적으로 대처하고 성장해 나갈 수 있는 법이다.

인간은 힘과 근육으로만 살아왔다면 멸종 동물 제1순위에 올랐을 것이다. 인간은 불로 상징되는 지식의 힘으로 어둠 속에 있던 사물의 원리를 밝혀내고 그 뜨거운 힘으로 사물에 변형을 가해 편리한 문명의 이기들을 만들어 냈다. 아는 것이 인간에게는 힘이 되지만 지식은 출산의 고통 없이는 얻을 수가 없다. 수불석권하며 지식을 잉태하고 출산해 나가는 것이 인간의 가장 기본적인 조건이다. 지식의 출산은 젊었을 때만 필요한 것이 아니라 지천명 시기 이후에도 지속적으로 이뤄져야 한다. 자식을 낳아서 기를 때는 고생스럽지만 잘 키워놓고 나면 그 자식들이 찾아오고 효도를 해서 노년이 외롭지가 않다. 지식도 계속해서 출산하면 생활 속에서 유용하게 써먹을 수가 있어서 자식들처럼 일종의 효도를 하는 것이다.

수불석권 고사의 주인공인 여몽은 시간이 많은 한량(閑良) 같은 사람이어서 책을 손에서 놓지 않은 것이 아니다. 한순간의 방심으로도 중상을 입거나 목숨을 잃을 수 있는 치열한 전쟁터에서도 책을 놓지 않았다. 우리는 여몽과 같이 실제로 벌어지는 전쟁터 속에 살아가지는 않는다. 그러나 우리가 살아가고 있는 하루하루의 삶도 전쟁터라고 말한다. 경쟁이 매우 치열해서 한순간의 방심으로 재물과 명예, 그동안 쌓아놓은 업적을 모두 잃을 수 있기 때문이다.

이렇게 치열한 삶의 전쟁터에서 바쁘게 살아가느라 책 읽을 시간이 없을 수도 있다. 그러나 바쁠수록 돌아가라는 말이 있다. 책을 읽는 것이 당장은 도움이 안 될 수도 있지만 교양과 견문을 넓혀 주고 미래에 대한 투자가 된다. 그래서 책 읽는 국민이 많은 나라일수록 미래가 밝다고 한다.

공자께서《논어》〈위정(爲政)〉편에서 '학이불사즉망(學而不思則罔), 사이불학즉태(思而不學則殆)'라 말했다. 배우기만 하고 생각을 하지 않으면 얻는 것이 없고, 생각만 하고 배우지 않으면 위태롭다는 의미이다. 하루하루 바쁘게 생활하다 보면 시간만 가고 뭣 하나 제대로 얻거나 확립되는 것이 없다. 바쁜 가운데도 생각을 하고 책을 읽으며 잘 정리해야 뭔가를 확실하게 얻을 수 있는 법이다.

헤어졌다 다시 만났을 때 눈을 비비고 다시 볼 정도로 괄목상대(刮目相對)해지기 위해서는 수불석권하며 부단하게 노력하고 인내해야 한다. 책만이 아니다. 연기자는 손에서 대본을 놓지 말아야 하고, 프로야구 선수는 손에서 야구공과 방망이를, 축구 선수는 발에서 공을 놓지 말아야 한다. 수 많은 사람들이 살아가는 세상이기 때문에 그 정도의 노력과 의지가 없다면 누구든 괄목할 만한 성장을 할 수가 없는 것이 인생이다.

조갑천장(爪甲穿掌)

수불석권과 의미가 비슷한 사자성어 조갑천장(爪甲穿掌)이 있다. 조선 중기인 중종 때 대사헌, 좌승지·병조판서·이조판서 등을 지낸 양연(梁淵)은 유복한 집안에서 태어났다. 공부에 뜻이 없어 놀다가 주변 사람들의 핀잔을 듣고 나이 마흔에 비로소 정신을 차리고 공부를 시작했다. 그는 한 사찰로 들어가서 왼손을 꽉 쥐고서 학문을 이루기 전에는 결코 손을 펴지 않겠노라 다짐했다. 몇 해 뒤 마침내 과거에 급제하여 꽉 쥔 왼손을 펴려 하자 그 사이에 자란 손톱이 손바닥을 파고 들어가 펼 수가 없는 지경이 되었다.

여기서 조갑천장이라는 고사가 생겨났다. 조선 시대 40살이면 오늘날에는 50대나 마찬가지의 연령대이다. 이처럼 늦은 나이에도 무엇인가 뜻을 이뤄 괄목상대해지기 위해서는 조갑천장이나 수불석권을 해야 한다는 뜻이다. 다만, 양연의 손톱이 손바닥을 파고 들어갔다는 것은 실제로는 불가능한 일이다. 손톱과 손바닥이 맞닿은 채 기계장치에 의해 철저하게 고정이 안 되면 손이 풀리기 때문이다. 잘 때도 풀릴 수 있고, 갑자기 넘어질 때도 반사적으로 손을 펴서 바닥을 디딜 수도 있다. 변함없는 의지와 인내심을 강조하기 위해서 만들어진 사자성어이다.

브레멘 음악대

개인과 인류의 미래는 항상 불확실성 속에 있어 왔다. 사업이 번성하다가도 뜻하지 않는 사고나 변수로 하루아침에 망하기도 한다. 이웃 나라와 잘 지내며 평화를 구가하다가도 갑자기 전쟁이 발발해 전국민을 공포의 도가니로 몰아넣기도 한다. 그래서 사람들은 개인,

국가, 인류의 미래를 알고자 철학관, 점집, 무당, 예언가 등을 찾고 있다. 나이 들어서는 환경 변화에 대처능력이 느려지므로 불확실성이 더 증가하는 경향이 있다. 그렇다고 미래의 불확실성에 대처하는 방법으로 점집을 찾는 것은 그리 권장할 만한 일이 못 된다. 대신에 여몽이나 양연처럼 수불석권이나 조갑천장을 해서 괄목상대한 성장을 하거나 뜻을 이뤄야 한다. 그래야 미래가 탄탄하게 보장되고 확실해질 수 있다.

불확실한 미래에 대처하는 이야기로 유명한 것이 독일 그림형제의 동화 〈브레멘 음악대〉이다.

늙어서 쓸모없다며 주인에게 쫓겨 난 당나귀, 개, 고양이, 수탉이 음악대를 결성하고 브레멘으로 가던 중이었다. 도둑들이 차지하고 있던 집으로 가서 네 마리의 동물이 한꺼번에 소리를 질러 그들을 쫓아냈다. 식사 후 동물들은 평소 자신들이 하던 습관대로 당나귀는 마당의 거름더미 위에, 개는 문 뒤에, 고양이는 난로가 옆에, 수탉은 지붕의 기둥 위에 자리를 잡았다.

자신들의 은신처를 빼앗긴 도둑이 다시 집안을 정찰하기 위해 들어왔다. 이때 고양이는 그의 얼굴을 할퀴었고, 개는 그의 다리를 물었고, 당나귀는 그를 뒷발로 찼으며, 수탉은 소리쳐서 문 밖으로 그를 내쫓았다. 도둑은 그의 동료들에게 돌아가 자신이 네 마리의 동물에게 당한 것을 마녀에게 괴롭힘을 당했다고 전했다. 마녀가 긴 손톱으로 자신을 할 퀴었으며, 칼을 든 사내가 자신을 찔렀고, 거인이 둔기로 자신을 내리쳤으며, 지붕 꼭대기에서는 재판관이 "저 악당 놈을 데리고 와!"하며 소리쳤다고 얘기했다. 도둑들은 무서워하며 집을 포기했고 네 마리의 동물들은 그곳에서 재물을 차지하며 여생을 행복하게 보냈다.

도둑들은 남의 돈이나 물건을 몰래 훔쳐 간다. 물건을 훔치다 들키면 강도로 돌변해서 생명까지도 위협한다. 이처럼 도둑들은 사람들의 재물이나 생명, 평온한 생활을 위협하는 존재들이다. 사람들에게는 이에 못지않은 위험한 존재가 있다. 바로 미래의 불확실성이다. 앞날은 어떻게 될지 아무도 모른다. 행운과 불운이 연속해서 오기도 하고 교대로 오기도 한다. 행운이 연속해서 오면 금상첨화가 되고, 불운이 연속해서 오면 설상가상이 된다. 그리고 행운과 불운이 교대로 오면 인간만사새옹지마가 된다.

네 마리의 동물들은 그 동물들만이 지닌 삶의 자세나 가치관을 상징한다. 거친 음식만 먹고도 불평 없이 무거운 짐을 잘 실어 나르며 노역을 하는 당나귀는 인내심을 상징하기에 안성맞춤이다. 세상은 당나귀 같은 인내심을 지닌 많은 사람들이 피라미드의 하층부를 탄탄하게 받치고 있기에 질서가 유지되며 잘 돌아간다. 운수업, 건설업, 생산 현장, 연구실 등에서 하루 종일 일을 하고 휴일에도 제대로 쉬지 못하며 묵묵히 일하는 사람들은 가히 당나귀에 버금가는 인내심을 지니고 있다 하겠다. 집을 지키고 주인에게 충성하는 개는 충실함이나 성실함을 상징한다. 두 눈을 동그랗게 뜨고 쳐다보는 고양이는 사물에 대한 통찰력을 상징한다. 어둠을 물리치고 새날이 밝았음을 알리는 수탉은 밝은 미래와 희망을 상징한다. 사람들은 앞날이 막히고, 어둡고 하는 일마다 자신감이 없고 실패가 예견되는 등 밝은 미래가 없으면 우울해진다. 그렇게 되면 현실 도피적으로 각종 쾌락에 탐닉하는 성향이 강해져 알코올이나 마약, 도박 등 자극적인 생활에 빠지기도 한다. 그래서 밝은 내일이나 미래를 맞이할 수 있다는 희망이 더욱 중요해진다.

이들이 늙어서 쫓겨난 동물이라는데 특별한 의미가 있다. 우리는 살아가면서 필요한 기본적인 덕목으로 인내심, 충실성, 통찰력, 밝은 미래 등을 이야기하곤 한다. 그래서 "인내는 쓰나 그 열매는 달다", "천 리 길도 한 걸음부터" 등과 같은 속담이나 격언을 통해 이들의 중요성을 강조하고 있다. 그러나 이런 개별적인 덕목들이 필요하다고 귀가 따갑도록 들어와서 진부하고 식상한 대접을 받는다. 이 동물들이 늙어서 쓸모없다고 집에서 쫓겨난 모습이다.

개별적으로는 식상하고 사람들이 거들떠보지 않는 이런 가치들이 음악대를 구성하여 탑을 쌓듯 하나로 똘똘 뭉치니 강력한 위력을 발휘했다. 음악이라는 것은 제각각의 음색과 특색을 지닌 개별적인 소리를 화음을 통해 하나로 통일시켜 내는 소리라 할 수 있다. 사람들의 행복을 앗아갈 수 있는 미지의 불확실성을 인내심, 충실함, 통찰력, 밝은 미래를 지향하는 마음이 하나 되어 물리치는 이야기가 바로 브레멘 음악대이다. 이런 덕목들이 개별적으로는 큰 위력을 발휘하지 못했는데 하나로 똘똘 뭉치니 세상 두려울 것이 없다는 이야기이다.

사람들은 인내심, 충실함, 통찰력, 밝은 미래를 지향하는 마음 등을 어느 정도는 다 갖추고 있다. 다만 그런 인격 요소들이 따로따로 움직이며 융합이 안 되고 활성화가 덜 되어 있을 뿐이다. 브레멘 음악대는 바로 이런 상태를 문제라고 지적하고 있다. 개인들의 마음속에 있는 그런 인격 요소들을 하나로 조화롭게 융합시키면 생활 속에서 당면하는 수많은 문제나 불확실성을 해결하는 힘이 된다고 강조한다.

당나귀 위에 충실함을 상징하는 개가 있다. 충실함이 무너지지 않게 아래서 버티고 있는 것이 당나귀가 상징하는 인내심이다. 충실하게 살다가도 방탕하게 살고 싶은 유혹에 빠지고 커다란 난관에 부딪히게 되면 자포자기해 충실성도 무너질 수 있다. 바로 그럴 때 인내심이 필요한 것이다. 유혹과 난관을 참고 견뎌냄으로써 충실성도 지켜낼 수 있다. 개 위에 통찰력을 상징하는 고양이가 있다. 인내심도 없고 충실하지도 못한 사람들은 통찰력을 유지하기 어렵다. 눈앞에 이익에 혈안이 되고 충실한 노력 없이 단번에 큰돈이나 벌려는 사람들은 사물에 대한 깊은 통찰력이 부족하게 된다. 통찰력은 긴 안목을 갖고 자신의 삶을 충실하게 살아가려는 자세와 인내심이 뒷받침되어야 유지될 수 있는 법이다. 그 위에 수탉이 상징하는 밝은 미래를 지향하는 마음, 희망이 올라가 있다. 한 사람의 밝은 미래는 어려움을 견뎌내려는 인내심, 충실한 자세, 통찰력을 갖췄을 때 가장 큰 힘을 낸다는 의미이다. 인내심도 없고, 불충실하고, 통찰력도 없는 사람에게는 밝은 미래와 희망이 있을 수 없다.

단체나 조직도 마찬가지이다. 프로야구 팀을 예로 들어보자. 팀원들이 안타를 못 치고 삼진을 당하거나 병살타를 쳐서 경기에 질 수도 있다. 스포츠의 세계에서는 승패는 매일 일어나는 일이므로 한 경기에 졌다고 다 진 것이 아니다. 그래서 이때 인내심을 탄탄하게 갖춘 팀의 선수들은 패배에 대해 화가 나지만 참고 다시 운동장에 나가 충실하게 자기 훈련에 임한다. 그리고 자신이 삼진이나 병살타를 친 요인을 자세하게 통찰하고 분석하여 이를 시정하려고 노력한다. 이런 팀원들로 구성되어 있는 팀이 밝은 미래가 있고 전체적으로 볼 때 시리즈를 우승으로 이끌 확률이 높은 것이다. 반대로 인내심이 없는 팀 선수들은 경기가 끝나자마자 화가 난다며 술집으로 향한다. 영상을 보고 통찰하며 자신의 잘못된 타격자세를 교정하거나 충실하게 훈련을 하는 대신에 재수가 없었다고 불평이나 늘어놓기 일쑤다. 이런 팀원들이 많은 팀은 미래가 없다.

한 사람의 인물됨을 알아보거나 평가하는 일처럼 어려운 것이 없다고 한다. 그러나 브레멘 음악대의 네 가지 인격적 요소를 적용하면 실체에서 벗어나지 않고 비교적 정확한 덕목이나 자질을 평가 할 수 있다. 먼저 가장 중요한 인내심을 제대로 갖추고 있는지를 보면 이 사람이 일을 처리하는 데 있어서 끈기와 승부 근성이 있는지 등을 알 수 있다. 인내심이 있으면 자기 앞가림은 할 줄 알고 밥은 먹고 살기 마련이다. 다음엔 좌고우면하지 않고 자신의 삶에 충실한가를 보고, 번득이는 통찰력을 지녔는지, 미래가 밝은지 등을 차례대로 보면 될 것이다.

인내심은 인간성을 떠받치는 기본 골격이자 바탕

성서에서는 믿음, 소망, 사랑 중 그중에 제일이 사랑이라고 말한다. 브레멘 음악대에서는 살아가는데 필요한 네 가지 덕목 중에서 가장 바탕이 되고 중요한 덕목이 당나귀가 상징하는 인내심이라고 강조한다. 세상은 인내심으로 시작해서 인내심으로 끝난다고 해도 결코 과언이 아니며 생활 모든 분야에서 인내심의 향연이 펼쳐진다. 살아가면서 전방위적으로 가장 큰 하중을 받는 것도 인내심이다. 공부, 일, 운동, 살 빼기 등 모든 분야에서 인내심이 필요하다. 살아가는 데 있어서 인내심이 이처럼 중요하듯이 보통 사람들도 다 인내심으로 똘똘 뭉쳐 있다고 해도 과언이 아니다.

집안에서는 배우자가 하는 일이나 잔소리에 대해서 인내심을 갖고 참아야 한다. 사춘기 자녀가 속 썩이며 말 안 듣는 것도 참아야 한다. 직장에서는 종종 일을 못한다고 수모를 당해 기분 같아선 사표를 당장 내고 싶지만 인내심을 갖고 참아야 한다. 작품 응모에 탈락하고, 복권 샀다가 당첨되지 않아도 참아야 한다. 자신이나 주변 사람에게 큰 사고가 나거나 중병에 걸리게 되었어도 자신의 운명을 저주하고 화내기보다 참아야 한다. 기껏 뽑아준 정치인들이 매사에 싸움박질하는 모습에 대해서도 참아야 한다. 자신이 응원하는 스포츠 팀이 어이없이 역전패해도 참아야 한다. 큰 죄를 저지른 무기수가 된 경우에도 인내심을 갖고 참아야 모범수로 석방되기도 한다. 사업이 망해 신용불량자가 된 사람도 참아야 재기의 기회가 주어진다. 이순신은 백의종군하며 참아냈기에 나라를 구한 영웅이 되었다. 한석봉도 이를 악물고 참아내며 글쓰기에 매진해 우리나라 최고의 서예가가 되었다. 춘향이는 한 대만 맞아도 볼기가 피투성이가 되는 곤장을 십여 대 맞으면서도 참아 낸 결과 암행어사로 성공한 이몽룡과 재회할 수 있었다. 신데렐라는 재를 뒤집어쓰는 부엌데기 생활, 지긋지긋한 콩 고르기 과정을 인내심을 갖고 참아내서 부귀영화를 지닌 왕자와 결혼했다.

위인들이 역경을 이겨내고 큰일을 이뤄내는 힘의 8, 90퍼센트는 참고 견뎌내는 인내심에서 나온다. 인류문명을 발전시켜온 원동력은 인간의 욕망과 그것을 구현하는 과정에서 반드시 필요한 인내심이다. 이처럼 세상은 온통 참아야 할 인내심으로 가득 차 있다. 법이 있고 사법부, 경찰, 군대가 있어서 세상의 질서가 유지되는 것이 아니다. 개인들에게 인내심이 있기에 세상의 질서가 유지되고 신사숙녀도 되는 것이다. 인내심이 바탕이 되어야 모든 것을 할 수 있고 모든 것이 정상대로 흘러나갈 수 있다. 전쟁터에서는 죽고자 하면 살고, 살고자 하면 죽는다고 하지만 생활 속에서는 참으면 살고 못 참으면 죽는다.

인내심을 마음속에 바탕으로 잘 깔아놓으면 그 위에 충실성, 통찰력, 밝은 미래를 올려놓는 것이 수월해진다. 인내심이 없는 사람은 생활 속에서 뭔가를 성취 할 수 있는 것이 그만큼 줄어든다. 그래서 세계 각 나라의 속담과 격언, 이야기에서 가장 많이 강조하고 있는 것도 역시 인내심이다. "참을 인(忍)자 셋이면 살인도 피한다.", "인내는 쓰나 그 열매는 달다."는 속담도 그중에 하나다. 미래의 불확실성을 제거하기 위해서는 현재 하는 일이 힘들고 괴로워도 참고 견뎌내야 한다. 군인들의 희생과 인내심 없이 나라가 지켜지지 않고 현실의 희생과 인내심 없이는 미래의 불확실성을 쫓아 낼 수 없다. '삶이 그대를 속일지라도 슬퍼하거나 노하지 말라' 는 푸시킨의 시(詩)도

결국 인내심을 갖고 살면 행복한 미래를 맞이할 수 있다는 내용이다.

삼국지에서 유래한 일신시담(一身是膽)이라는 고사성어가 있다. '온몸이 쓸개로 이루어져 있다' 라는 뜻으로, 두려움이라고는 모르는 담대한 사람을 비유하는 말이다. 조자룡이 적은 병력으로 용감하게 조조의 대군을 물리치자 유비가 "자룡은 온몸이 쓸개 덩어리구나."라고 말한 것에서 유래했다. 보통 사람들도 일신시담 못지않게 모두가 당나귀 같은 인내심을 온몸에 지니고 있다. 그래서 당나귀를 뜻하는 한자 '려(驢)'를 써서 일신시려(一身是驢)라고 부를 만하다. 용감하지 않으면 전쟁에서 패배하고, 참지 않으면 인생에서 실수하거나 패배한다.

수불석권하며 브레멘 음악대를 노래하자

수불석권하는 자세가 바로 네 마리의 동물이 구성한 브레멘 음악대와 비슷함을 알 수 있다. 손에서 책을 놓지 않거나 책을 쥔 손을 펴지 않는 것은 지독한 인내심을 상징한다. 책을 쥔 손을 펴지 않으니 불편하고 고통이 따르지만 당나귀 같은 인내심으로 버티는 모습이다. 책을 쥐고 읽으려는 것은 개처럼 자신의 삶에 충실한 모습이다. 또한 책을 읽는다는 것 자체는 눈을 동그랗게 뜬 고양이같이 지혜와 통찰력을 얻으려는 자세이기도 하다. 마지막으로 책을 읽으면 무지와 불확실성이 걷혀서 밝고 안정적인 삶, 희망적이고 긍정적인 미래가 열린다. 수불석권하고 있는 자세에는 인내심, 충실함, 통찰력, 밝은 미래를 지향하는 마음이 녹아들어 있음을 알 수 있다.

이처럼 네 가지 덕을 강조하는 이야기는 세상에 지천으로 널려있다. 그리스의 대표적인 철학자 플라톤은 지혜·용기·절제·정의를 강조했다. 지혜는 통찰력, 절제는 인내심과 동일한 덕이다. 우리나라 옛이야기 중에 초인적인 힘을 발휘하는 바위손이, 콧바람손이, 고무래손이, 오줌손이가 주인공인 네 장사 이야기가 있다. 이들이 하나가 되어 우리나라를 침범한 외적을 물리친다. 먼저 바위손이가 산 같은 바위를 번쩍 들어다가 외적이 들어선 골짜기를 막았다. 다음은 오줌손이 오줌을 넣어 외적을 물에 잠기게 만든다. 다음은 콧바람손이가 코로 세찬 바람을 불어 오줌 물을 얼려 외적들이 꼼짝을 못하게 만든다. 다음은 고무래손이가 산처럼 거대한 고무래를 밀고 당겨서 외적을 모두 처치하고 국난을 극복한다.

바위손이는 강력한 의지를 상징하고, 콧바람손이는 코가 냄새를 맡는 기능이 있기 때문에 뛰어난 현실감각을 상징한다. 끌어모으기도 하고 골고루 펴기도 하는 고무래손이는 치우치지 않는 균형감이나 완급조절능력, 오줌손이는 정력이나 열정을 상징한다. 우리나라 옛이야기는 의지, 현실감각, 사물에 대한 균형감이나 완급조절능력,

열정을 잘 갖추고 있으면 아무리 큰일이 닥쳐도 잘 해결해 나갈 수 있음을 보여준다.

이처럼 세상을 살아가는 데 있어서 필요한 덕목은 다양하게 표현되고 있지만 가장 간략한 것이 수불석권하는 자세이다. 하나 속에 인내심, 충실성, 통찰력 등이 다 들어있으니 이보다 더 좋을 수는 없다. 지천명의 시기에는 정신을 하나로 융합해 수불석권하며 브레멘 음악대를 노래해야 옳을 듯싶다. 그래야 괄목상대한 탄탄한 기반을 마련함으로써 불확실성에 흔들리지 않고 미래가 밝다 하겠다. 신데 렐라, 백설공주, 콩쥐팥쥐 이야기 등 동화나 옛이야기를 보면 주인 공들이 온갖 고생을 하지만 나중에는 성대한 결혼식을 올리며 끝을 맺는다. 지천명의 나이에도 브레멘음악대가 연주하는 노래를 들으며 수불석권하면 괄목상대함은 물론이며 밝은 미래와 결혼하고 새 출발을 할 수 있음을 알린다.

04
⋮
읍참마속, 갑질과 패가망신

우리가 알고 있는 읍참마속은 하책(下策)이고

읍참마속은 '울며 마속(馬謖)의 목을 베다' 라는 뜻으로 삼국지에서
유래된 말이다. 촉(蜀)나라 공명(孔明)이 부하 장수 마속의 재능을 아
껴 유비(劉備)의 유언을 저버리면서까지 중용하였다. 마속은 가정(街
亭) 전투에서 공명의 명령과 지시를 따르지 않고 산 위에 진을 침으
로써 고립되어 있다가 힘 한번 제대로 써보지 못하고 대패하였다.
이에 공명이 마속을 아끼는 마음을 누르고 울면서 그의 목을 베어
군사들의 본보기로 삼았다.

법이나 명령을 어기면 가차 없이 처벌하여 본보기로 삼는 것이 세

상의 인심이다. 형법을 어기면 벌금, 징역형, 사형에 처해지고, 민법을 어기면 배상을 해야 한다. 공무원이 관련법이나 규정을 어기면 처벌이나 징계를 받는다. 어느 단체나 사회도 그 조직의 기강과 질서를 유지하기 위하여 내부 징계 규정을 갖추고 있다. 군법과 군기가 엄하기로 소문난 군대에서 법을 어기거나 기강을 문란하게 했다면 관련법이나 징계 규정에 의거 처벌하는 것은 당연하다. 신을 찬양하는 종교단체를 비롯해, 학교, 경찰, 감사원 등 모든 사회단체가 내부 징계 규정을 갖추고 있다. 이에 따라서 위법과 과오의 경중을 가려 처벌하면 된다.

공명이 울면서 마속의 목을 베어 군사들의 본보기로 삼았다는 것은 누구라도 그렇게 해야 할 당연한 일일 뿐이다. 그것은 공명도 어찌할 수 없는 엄정한 군법이나 징계 규정에 의해 처벌해야만 할 의무가 있기 때문에 그리 비장한 것이 아니다. 각 단체에서 감사나 징계업무를 맡고 있는 당사자들은 모두 그렇게 행동한다. 따라서 공명이 마속을 참한 것은 당연지사이며 우리 사회에서 가는 곳마다 쉽게 볼 수 있는 평범한 하책(下策)에 불과하다.

내면의 그릇 된 나 자신을 읍참마속 하는 것이 진짜 상책(上策)이다

살아가면서 사람들은 자신의 어리석음, 과욕, 방심 등으로 커다란 실수나 실패를 저지르게 되는 경우가 있다. 면밀한 검토와 준비 없이 부동산이나 주식투자에 거액을 쏟아부었다가 큰 손해를 볼 수도 있다. 직장 내에서 자신의 지위만 믿고 갑질을 하거나 성희롱 발언을 하다가 그런 행실이 드러나 사회적으로 개망신을 당하고 처벌을 당하기도 한다. 타인이나 조직, 국가 등에 해를 끼치면 외부 힘에 의한 처벌을 받지만 스스로 자기 자신에게 중대한 손실이나 해를 끼치면 누가 처벌하는가? 예를 들어 장기간 과음을 해 위암, 간암 등 각종 암에 걸리고, 도박에 빠져 가산을 탕진하고, 잘못된 주식투자로 신용불량자 되고, 잔뜩 먹기만 하고 운동을 안 해 비만과 성인병에 걸리게 될 수 있다. 이런 행동은 타인에게 해를 끼친 것이 아니고 자기 자신이 피해 당사자이며 잘못된 행동이다. 이런 행위에 대해 타인은 비난과 충고는 할 수 있지만 당사자를 처벌할 수는 없다. 오로지 스스로가 자신을 처벌하는 수밖에 없다. 그러나 자기 자신을 방안이나 동굴에 가두고 장기간 노역을 시킬 수도 없다. 한다는 것이 대부분 후회나 죄책감을 갖는 것뿐이다. 그래서 나 자신의 어리석음, 과욕, 방심 등에 대해 사전에 읍참마속 하는 것이 더욱 중요해진다.

실수나 실패 없이 살아도 짧은 것이 인생이다. 그러나 앞선 선조들이나 선배들이 뼈저린 실수를 한 후 후세들에게 똑같은 실수를 하지 말라고 주의를 주고 신신당부를 해도 동일한 실수가 반복되는 것이 현실이다. 그러므로 자기 자신의 어리석음과 오만함, 과욕과 방심 등으로 실수를 반복하지 않기 위해서는 자기 자신에 대한 읍참마속이 필요하다. 자신의 실수에 대해 매사에 단죄하지 않고 그냥 넘어가면 우유부단하고 흐리멍덩한 인간이 된다. 그릇 된 나 자신을 읍참마속 하는 것이 '너 자신을 알라' 는 말에 충실한 자세요, 보기 드문 상책(上策)이라 할 것이다.

그러나 자기 자신에 대한 읍참마속이 말이야 쉽지 구체적으로 어떻게 해야 하는가? 라는 세부적인 실천 문제에 봉착한다. 프로야구 타자가 어이없이 삼진을 당했을 때 배트로 헬멧을 쓴 자신의 머리를 탕탕 치는 경우가 종종 있다. 그러나 자신의 잘못된 행동, 욕심, 고집, 어리석음에 대해 그때마다 야구 배트 같은 몽둥이로 스스로를 때릴 수는 없다. 대신에 별수 없다. 좀 더 실천 가능한 방법은 스스로를 나무라는 방법이다. 이때 점잖거나 좋은 말로 타이르거나 나무라서는 거의 효과가 없다. 금방 잊어버린다. 그래서 스스로에게 참을 수 없을 정도의 인격모독적인 비난, 비하적인 발언, 쌍욕 같은 것을 거리낌 없이 쏟아부어야 한다. 외부의 악인, 인간 망종, 머저리, 고집불통, 오만방자하고 안하무인적인 인간들에게나 쏟아부을 막욕을 스스로에게 하는 것이 바로 읍참마속의 실천적 방법 중의 하나가 될 것이다. 계모가 잘못한 전처의 자식을 구박하는 것처럼 자신을 사정없이 욕하며 읍참마속 해야 한다. 사실 이것보다 더 좋은 방법이 거의 없는 것이 현실이기도 하다.

갑질하는 사람들이 믿는 파죽지세의 힘

마속이 읍참마속을 당하게 된 계기는 가정전투에서 산 아래 진을 쳤어야 했는데 산 위에 올라가서 진을 쳤기 때문이다. 그는 산 위에 올라가 "높은 곳에 올라가 아래를 굽어보면 파죽지세와 같으니 적군이 온다 한들 한 놈도 살아가지 못한다."며 큰소리쳤다. 산 위에 올라가 진을 치는 것은 직장이나 단체에서 높은 지위에 올라가 부하직원들을 내려다보는 위치에 있는 상사나 주요 임직원들의 모습이다. 이런 사람들은 자신이 파죽지세와 같은 힘이나 권력을 지니고 있다고 생각한다.

파죽지세(破竹之勢)는 대나무를 쪼개듯 단호하고 맹렬하여 대항이 불가능한 기세를 의미한다. 직장에서 상급자나 임원들은 부하직원의 인사고과를 매기거나 업무를 지시하는 우월적 지위에 있다. 이런 직장상사를 포함하여 연예계, 정계, 학계 등 직업적인 측면에서 힘과 권위가 대단해서 아래 사람들이 쩔쩔매는 계층이 있다. 특히 학생들에게 학점, 박사학위, 일자리까지 주는 위치에 있는 교수들은 더욱 그렇다. 이들의 말 한마디면 마치 대나무가 쩍쩍 쪼개지듯 먹혀들어 가거나 일사불란하게 움직인다. 그렇게 행동하지 않으면 대

노하거나 인사고과나 학점 등에서 불리해지기 때문이다.

그러나 마속이라는 장수가 자신의 높은 지위와 파죽지세 같은 권력만 믿고 있다가 전투에서 지고 만다. 자신의 말 한마디면 조직에서 파죽지세처럼 곧바로 통한다. 그래서 브레이크를 걸거나 이의를 제기할 수 없는데 감히 누가 자신의 말이나 행동에 대해 왈가왈부하겠느냐는 것이 그의 오만한 자세였다. 결국 그런 오만함과 안하무인적인 행동으로 마속이 전투에서 패배했다. 그의 갑질이 만천하에 드러나 사회적인 비난과 함께 처벌이 뒤따르는 모습이다. 여론의 힘이 그만큼 무서운 것이다. 최근 수많은 갑질 사건이 있었다. 기업 총수를 비롯해, 총수의 자식들이 파죽지세 같은 권세와 오만한 자세로 욕을 하고, 무시하고, 폭력을 행사하다가 내부제보 등으로 세상에 알려졌다. 그들의 추한 악질 갑질에 대해 전 국민이 공분했고, 그 결과 그들은 기업의 경영권을 잃기도 했고, 구속되고 자리에서 물러난 사람들이 속속 등장했다.

그리스 신화에 등장하는 갑질의 원조

그리스 신화에 스키론이라는 갑질의 원조가 등장한다. 그는 헤라클레스에 버금가는 아테네의 영웅 테세우스가 물리친 악당이자 깡패이다. 그는 바닷가 절벽에 나 있는 외통수 길을 지키며 큰 바위에

255

앉아서 지나가는 나그네로 하여금 무릎 꿇고 자기 발을 씻게 했다. 나그네가 자기 발을 씻기 시작하면 발로 나그네를 걷어차서 절벽 아래로 떨어뜨려 바다거북의 먹이가 되게 하는 악행을 일삼았다.

스키론이라는 악당이나 마속이라는 장수가 취하는 행동이나 자세가 비슷하다. 마속은 산 위에서 사람을 내려다봤고, 스키론은 나그네에게 무릎 꿇고 머리 숙이게 함으로써 내려다본 것이다. 갑질하는 사람들은 직장이나 단체에서 상사나 임원, 전문가, 교수, 감독 등으로 높은 지위에 있다.

스키론이 앉아 있던 커다란 바위는 권위를 상징한다. 스키론은 학문이나 예체능 등 전문 분야에서 커다란 마당 바위 같은 안정적이고 부동의 권위를 지니고 있는 사람이다. 직업적인 측면에서 지식과 기술을 전수받으려는 학생이나 문하생들은 대가나 권위자가 버티고 있는 이런 벼랑길을 반드시 통과해야 한다. 학문이나 예체능에 관한 전문적인 지식과 기술을 전수받으려면 그 분야 최고 권위자를 만나서 지도와 수업을 받을 수밖에 없기 때문이다. 그래서 학생이나 문하생들은 무릎 꿇고 허리를 숙이는 자발적인 복종태도를 지닐 수밖에 없다.

문제는 학생이나 문하생들이 자신을 낮춰서 시중하고 복종하는 자세를 취하는 순간에 발생한다. 그들이 하인처럼 복종심을 표하게 되면 그다음부터는 자기 마음대로 해도 크게 반항하지 않기 때문이다. 자신이 지닌 파죽지세와 같은 힘을 믿는 모습이기도 하다. 스키론 같은 권위자는 이 신호를 놓치지 않고 이것을 시발점으로 자신의 야만적 욕망을 수시로 드러낸다. 스키론이 나그네를 발로 걷어차는 것은 상대방의 인격을 완전히 무시하고 충격을 가하는 매우 야만적인 행동이다. 나그네가 스키론의 발을 닦기 위해서 고개를 숙였으므로 스키론의 발에 걷어차이는 부위는 정확하게 얼굴 부위가 될 것이다. 얼굴을 발로 걷어차인다는 것은 당하는 사람의 입장에서는 엄청난 육체적 심리적인 충격이다. 권위자의 야만성 앞에 자신의 존엄성이 완전히 무너지고 망연자실해질 수밖에 없다.

권위자들은 학생이나 문하생들이 복종 자세를 취하는 순간 학대를 가하거나 거액의 돈을 요구하기도 한다. 수많은 잡무를 대신 보게 하며, 야만적인 성추행을 하고 성 상납 등을 강요하기도 한다. 자신에게서 배우는 일종의 통과세 성격이지만 기분 좋게 받는 것이 아니라 강제로 징수하는 악질 깡패적인 통과세인 것이다. 물론 모든 권위자들이 스키론처럼 행동하진 않지만 스키론 같은 작자들이 많다는 의미이다. 이런 일들이 오늘날도 아니고 신화시대에 벌써 발생하고 있었다. 권위자들이 자신의 우월적 지위를 이용해 온갖 횡포를 부린 갑질이 어제오늘의 일이 아니고 매우 뿌리가 깊음을 알 수 있다.

그런 스키론을 민주주의의 발상지인 아테네의 영웅 테세우스가 처치했다. 사람은 누구나 한 분야에 오랜 세월 정진하게 되면 그 분야에서 전문가나 최고가 되고 권위를 지니게 된다. 힘과 권위를 지니게 되면 그것을 사용하고 싶은 욕망이 생겨난다. 그 욕망이 더럽고 파충류만도 못한 치졸한 욕망일지라도 말이다. 감독, 목사, 교수 등 명칭 여하를 불문하고 그들을 따르고 의존하는 문하생, 신도, 학생들이 있는 사람들이 보편적으로 처하는 현실이다. 그런 상황에서 자신의 높은 권위를 이용하여 갑질을 하다가는 언젠가는 패가망신당할 수 있기에 마음속 스키론을 미리 읍참마속 해야 한다.

권위자로서 행사하고 싶은 자신의 치졸한 욕망들에 대해 차마 죽여 버리는 것이 아깝더라도 눈물을 머금고 읍참마속 해야 한다. 그래야 남은 인생길에 후환이 없다. 갑질이나 하다가 패가망신하려고 자신의 청춘을 바쳐가며 꿈을 가꾸고 이뤄온 것은 아니지 않은가? 그러나 어렵다. 갑질하는 나도 바로 나 자신의 일부이기 때문이다. 그럼에도 불구하고 갑질하고 싶은 어리석고 치졸한 욕망을 나 자신과 벌려 세우고 미리 읍참마속 하는 것이야말로 진정한 상책이다.

05

백미, 꾸준한 정력이 최고

마량(馬良), 정력은 평생 꾸준한 것이 최고

유비가 삼고초려해서 공명만 인재로 영입한 것이 아니라 마량(馬良)도 있었다. 그는 마(馬)씨 다섯 형제 중에 한 명으로 그 형제들은 모두 재주가 뛰어났다. 이들은 자(字)의 뒷부분이 '상(常)'으로 끝나서 마씨오상(馬氏五常)이라 부른다. 사마의(司馬懿)의 팔형제인 사마팔달(司馬八達)형제처럼 중국에서 매우 유명한 형제들이다. 그중에서 가장 뛰어난 사람이 마량(馬良)이다. 관우와 함께 양양전투에 참가했으며, 자는 계상(季常)이고 눈썹이 흰색이어서 백미(白眉)라고도 한다. 읍참마속 고사의 주인공인 마속(馬謖)이 그의 동생이다. 중국인들이

자(字)를 지을 때 보통 백(伯), 중(仲), 숙(叔), 계(季)의 순으로 짓고, 막내는 유(幼)자를 넣어 부른다. 마량의 자인 계상(季常)을 보면 그가 형제들 중에 넷째이며, 마속은 유상(幼常)으로 막내이며 다섯째임을 알 수 있다.

마(馬)씨는 일반적으로 말이 상징하는 추진력이나 정력적인 측면을 상징한다. 말은 옛날부터 어떤 일을 할 수 있는 힘을 상징하여 오늘날에도 엔진, 터빈, 전동기 출력의 크기를 나타내는 마력 단위로 사용된다. 사람에게 있어서 어떤 일을 할 수 있는 힘을 열정이나 정력이라고 한다. 물론 여기에는 성적인 정력도 포함된다. 마량(馬良)이라는 이름에서 '良'은 좋다는 뜻이므로 그의 이름은 정력이 좋거나 훌륭하다는 의미가 된다.

그의 자인 계상(季常)은 '계절이 일정하다' 또는 '끝까지 일정하다'는 의미이다. 성적인 정력을 봄, 여름, 가을, 겨울 사계절로 봤을 때 계상은 계절 내내 일정하게 유지됨을 의미한다. 젊었을 때는 물론 중년이나 노년까지도 정력이 꾸준하게 유지되고 좋다는 의미이다. 성적인 측면에서 모든 남성들이 부러워하는 가장 이상적인 정력의 소유자가 바로 마량이다. 정력이 좋거나 일정하다는 것은 발기력이 꾸준하고 좋다는 의미이기도 하다. 아울러 마량처럼 정력이 꾸준하고 좋다는 것은 심혈관계나 내분비계통이 건강하게 작동하고 있으며 젊다는 방증이기도 하다. 정력이 약해지거나 발기부전 등이 일어나면 자신이 늙어버렸음을 인정하지 않을 수 없다. 그래서 사람들이 나이 먹어서까지 꾸준하게 정력을 유지하는 것을 바라는 것이다.

마량과 마속을 제외한 나머지 형제들은 잘 알려지지 않았지만 중국에서 자를 지어주는 관습에 따라 살펴보면 백상(伯常), 중상(仲常), 숙상(叔常)으로 추론해 볼 수 있다. 이들의 자의 뜻을 각각 살펴보면 '백(伯)'은 첫째와 처음을 상징하므로 정력이 신혼 초기나 젊은 시절에만 좋다는 의미다. 백상(伯常)은 신혼 초기에는 정력이 넘쳐서 밥상을 치우기도 전에 달려드는 스타일이고, 넘치는 정력을 주체하지 못해 바람을 펴도 신혼 초기에 편다. 그러나 신혼을 넘기면 남보다 일찍 정력이 쇠퇴하기 시작하는 용두사미형 정력의 소유자다. 먼저 핀 꽃이 먼저 지고, 먼저 끓은 냄비가 먼저 식는다는 자연의 이치를 반영한다.

둘째인 중상(仲常)은 '중(仲)'이 가운데와 중간을 의미하므로 중간이 좋다는 의미다. 신혼 시절에는 별로였다가 오히려 중년이 되자 성에 눈뜨고 정력도 세지는 유형이다. 남성보다는 여성들이 이런 경우가 많다고 한다. 그러나 이런 유형의 사람들 역시 노년으로 넘어가면 정력이 좋지 않다. 셋째인 숙상(叔常)의 '숙(叔)'은 아저씨라는 뜻 이외 '끝과 말세'를 의미한다. '끝과 말세'가 상징하는 노년기에 좋다는 의미다. 젊은 시절과 중년기에는 별 볼일 없이 지냈다가 노년에 들어 이상하리만큼 정력이 왕성한 유형이다. 잘못하면 노망났다거나 나잇값을 못한다는 소리를 듣는다. 한때 세상을 떠들썩하게 만들었던 쭈꾸미잡이 노인처럼 노년에 성욕에 눈이 멀어 살인을 저지르고 패가망신 할 수도 있다. 이처럼 정력적인 측면에서 평생 동안 정력이 일정했던 넷째인 계상(季常)말고 나머지 형제들은 특정 시기에 치우친 정력의 소유자들이다. 별로 좋은 뜻이 아니므로 이들이 공식적인 역사서에 등장하지 않는 것으로 판단된다.

백미(白眉), 눈썹이 희게 셀 때까지 변함없는 정력

"마씨 5형제 중 흰 눈썹의 마량(馬良)이 가장 뛰어났다"는 말에서 '백미(白眉)'라는 말이 생겨났다. 여럿 가운데 가장 뛰어난 것을 가리키는 말이다. 그래서 '소설의 백미', '해외여행의 백미', '야구의 백미' 등 그 쓰임이 부지기수로 많다. 지금은 이렇게 본래의 뜻이 와전되어 사용되고 있지만 이 고사성어의 원래 의미는 정력과 관계되어 있다. 사람 몸에 나는 머리카락, 수염, 눈썹, 음모 등은 나이가 들어감에 따라 하얗게 센다. 일반적으로 머리카락과 수염이 먼저 세고, 눈썹과 음모가 나중에 센다. 머리카락은 경우에 따라서는 초등학생 때부터 세기도 하지만 눈썹이 센 경우는 볼 수가 없다. 음모는 사춘기를 즈음해 늦게 나왔듯이 눈썹처럼 늦게 센다. 그러므로 눈썹이 세서 백미가 되었다는 것은 머리카락이 센 것과는 달리 정말로 노년이 된 명백한 증거로 간주된다.

마량은 눈썹이 센 것이 상징하는 진짜 노인이 되어서도 정력이 좋은 남자라는 의미이다. '백미(白眉)'라는 말이 왜 여럿 가운데 가장 뛰어난 것을 가리키는 말이 되었는지 비로써 이해 가는 대목이다. 눈썹이 셀 정도로 늙을 때까지도 정력만큼은 일정하게 유지하고 싶은 소망이 담긴 고사이다. 도시에 사는 현대인들은 각종 스트레스 등으로 40대에도 정력이 떨어지고 발기부전이 찾아와 우울해지는 경우가 있다. 반면에 기네스북에 오른 인도 남성은 백미가 된 96세에도 자식을 낳아 마량처럼 정력이 일생 내내 유지되고 있음을 알 수 있다.

그러나 정력이 일생 내내 마량처럼 계상(季常)스럽게 유지되는 것이 좋은 것만은 아닐 수도 있다. 남성 호르몬이 꾸준하게 적당히 분비되면 건강에 좋은 면이 있는 것은 틀림없다. 그러나 시기적으로 배우자나 상대 여성은 성적인 욕구나 의욕이 떨어질 수도 있어서 부조화가 발생할 수 있다. 부부 사이에 정력궁합도 맞아야만 부부가 화목하게 백년해로 할 수 있다.

정력회복을 위한 남성들의 필사적인 노력

50대를 전후해서 일부 남성들에게는 발기력의 저하가 일어나 발기부전이 되기도 한다. 정선아리랑에는 이러한 중년의 발기부전 남편을 둔 여인네의 심정이 잘 표현되어 있는 가사가 있다.

앞산의 딱따구리는 생나무 구멍도 뚫는데 우리 집 저 멍텅구리는 뚫린 구멍도 못 뚫네.

여기서 멍텅구리는 발기부전에 걸린 남성으로써 뚫려있는 구멍에도 못 들어갈 만큼 발기 강직도가 시원찮은 모습이다. 이런 사람은 발기력을 상징하는 관우가 거의 죽어가는 상태라 할 수 있다. 발기가 제대로 안 돼서 성생활이 시원치 않은 남성에 대한 비난과 서운함의 감정을 엿볼 수 있는 대중적인 가사 내용이다.

스스로 자각 할 수 있을 정도로 정력이 많이 떨어졌을 때 남성들은 대부분 정력제나 보양식품을 찾는다. 그래서 발기부전치료제가 시장에 나오기 전까지는 온갖 종류의 정력 식품을 먹곤 했다. 고기나 회, 보신탕, 과일과 약초 등 정력에 좋은 온갖 음식과 종합영양제를 먹는다. 일부는 물개나 뱀의 생식기 등 효능이 입증되지 않은 각종 보신식품을 먹기도 했다. 현대 의학에서도 정력이 떨어지는 원인을 콕 집어 제시하지는 못하고 다양한 요인을 제시한다. 노화에 따른 호르몬 감소, 스트레스, 복부 비만, 과음과 흡연, 약물복용, 만성질환, 금욕적인 생활 등이 복합되어 일어난다고 한다. 정력이 떨어졌을 때 현대인들은 발기부전치료제를 먹으면 되지만 옛날 사람들은 떨어진 정력을 보충하기 위해서 엄청난 노력과 고생을 했다. 그래도 살아날까 말까 한 것이 정력이고, 살아났다고 해도 노화가 쉬지 않고 진행되기 때문에 정력은 자연 감소하기 마련이다.

관우가 번성(樊城)이라는 곳에서 전투를 벌이다가 그 성벽 위에 있던 궁노수 500명 중에 한 명이 쏜 화살에 어깨를 맞고 적토마 위에서 떨어졌다. 관우가 화살 맞은 부위인 어깨는 발기력을 의미하므로 그것에 상처를 입었다는 의미가 된다. 다만 관우 발기력에 상처를 입힌 그 화살이 누가 쏜 것인지 어디서 날아온 것인지 알 수가 없다. 발기부전을 일으키는 요인이 500명의 궁노수처럼 많다. 그 수많은 요인 중에서 특정할 수 없는 요인으로 인해 발기력이 꺾이는 모습을 표현한 것이다.

발기력이 처음 꺾였을 때 "자연의 순리니까 이제 나도 성생활에서 정년퇴직해야겠다."고 생각하는 사람은 한 명도 없을 것이다. 대신에 이게 아닌데 하면서 발기력 회생을 위해 온갖 방법을 다 써본다. 관우가 살던 시절의 의학지식으로는 발기부전이 일어나는 요인에 대해 거의 알 수가 없었다. 다만 나이 먹고 늙어서 그런가 보다 했을 뿐이다. 그러나 같은 나이를 먹었어도 마량처럼 정력과 발기력이 유지되는 사람들도 있으므로 의아한 생각은 들었을 것이다. 그래서 관우도 자신의 꺾인 발기력을 되찾기 위해 다양한 묘수를 찾았고 온갖 시도와 노력을 했다.

관우가 상처 입은 어깨를 화타라는 명의에게서 수술받으며 바둑을 두는 장면이 그런 시도와 노력을 상징한다. 이때 관우와 바둑을 둔 상대가 바로 마량이었다. 바둑에서 둘 수 있는 경우의 수는 전 우주에 존재하는 원자의 수보다 많을 정도라고 한다. 마량은 노년까지 정력이 일정하게 유지되는 사람이다. 관우가 자신의 부실해진 정력을 회복하기 위해 그런 마량과 바둑을 뒀던 것이다. 정력 회복을 위해 바둑이 상징하는 다양한 묘수를 찾으며 노력하는 모습이다. 옛날 사람들은 정력이나 발기력을 되찾기 위해 온갖 음식과 약제를 먹고, 운동과 냉수욕 등을 했어야 했다. 오늘날은 그런 노고 대신에 널리 보급된 발기부전치료제 한 알이면 적벽대전을 수월하게 치를 수 있게 됐으니 과학 문명이 인간에게 준 선물이라 할 것이다.

지천명이 되고, 이순, 종심이 되면 자연적으로 정력이 줄어든다. 사람마다 정력이 감소하는 정도의 차이가 다르지만 노년까지 정력이 꾸준하다는 마량도 피할 수 없는 현실이다. 이것은 자연의 순리이자 하늘의 명이다. 문명의 이기인 발기부전치료제는 보조적인 수단이다. 지천명 이후의 시기에 그것을 남용하며 젊은이들과 같은 성생활을 되찾겠다고 생각하면 오산이고 커다란 부작용을 일으킬 수 있다. 약에 의존하기보다 기왕이면 다홍치마라고 마량처럼 눈썹이 하얗게 셀 때까지 정력을 유지하기 위해 관우처럼 바둑 한판 두는 것은 어떨까?

06

서시(西施)와 동시(東施)의 워라벨

• •

서시(西施), 저녁 시간대만 되면 눈이 반짝이는 사람들

산업화를 거치면서 한국 사람들은 긴 노동시간에 시달려 왔다. 최근에야 일과 삶의 균형 (Work-life balance)을 유지하자는 워라벨이 유행하고 있다. 그러나 인류의 본성은 고대사회부터 워라벨을 추구해왔다. 개미처럼 일만 하면 사는 것이 재미없고 몸과 마음이 골병든다. 베짱이처럼 놀기만 하면 비 오는 날 낭패를 보고 뭐하나 변변하게 이뤄 놓은 것이 없어 인생이 허무해지기 때문이다.

중국의 유명한 고사성어 중에 하나인 와신상담(臥薪嘗膽)과 관련하여 서시(西施)라는 미인에 관한 이야기가 나온다. 그녀는 양귀비, 삼국지에 나오는 초선 등과 같이 4대 미인의 한 사람이다. 절세미인인 그녀의 행동을 따라 하면 예뻐 보일까 봐 심장병으로 얼굴을 찡그리는 모습까지 따라해 서시빈목(西施嚬目)이라는 사자성어까지 생겨났다. 일반인들은 서시 같은 매력적인 미녀와 연인관계가 되어 같이 생활하고 즐긴다는 것은 꿈속에서조차 언감생심이라고 생각한다. 그러나 그것이야말로 수많은 사람들이 별생각 없이 범하는 착각 중에 하나다. 사실은 동서고금을 막론하고 대부분의 사람들이 서시와 놀아났고, 현재도 그녀의 치마폭 속에서 놀아나고 있는 중이다. 더 놀라운 것은 남자들뿐만이 아니라 여성들도 동성애자처럼 그녀와 질펀한 사랑놀이를 벌이고 있다.

약 2,500년 전 월나라 미인이었던 서시가 실제로 어떤 용모를 지녔는지 알 수 있는 사람은 아무도 없다. 그녀라고 그려진 그림들은 다 가짜이며, 그녀가 남긴 것은 경국지색이었던 미모와 관련된 여러 가지 이야기들이 있을 뿐이다. 그녀의 실체를 알기 위해서는 역시 "호랑이는 죽어서 가죽을 남기고 사람은 죽어서 이름을 남긴다."는 속담을 적용해 보는 수밖에 없다. 비록 두 자의 이름이기는 하지만 그것에는 그녀가 살아온 발자취라든가 왜 그토록 뭇 남성들의 사람을 받았는지 흔적이라도 남아 있을 수 있기 때문이다.

西 = 서녘, 서쪽, 깃들이다

施 = 베풀다, 실시하다, 번식하다

서시(西施)를 직역하면 서쪽이나 서녘에 베푼다는 의미이다. 동쪽에서 해가 뜬다면 서쪽은 해가 지는 저녁이나 밤중, 휴식 시간을 상징한다. 그래서 서시는 저녁이나 밤중에 베푼다는 의미가 된다. 세상을 밝게 비추는 태양 아래서 땀 흘리던 사람들도 땅거미가 지면 일손을 놓고 삼삼오오 모여서 회포를 풀거나 향락을 즐긴다.

사람들은 좋은 일을 기념하기 위해 잔치를 베풀고, 지인들과 식사 자리를 베풀고, 동료나 친구들과 회식 자리, 술자리 등이 베풀어진다. 그래서 식당과 술집, 유흥음식점, 노래방, 나이트클럽, 직 · 간접적인 성매매 업소 등이 이 황금시간대를 놓치지 않기 위해 분주하게 움직이며 손님을 맞이한다. 서시 시간대에는 사람들이 낮에 마시던 물과 음료 대신 술을 마시고, 일하며 흘리던 땀은 춤과 노래의 향연을 벌이며 흘린다.

서시 시간대에는 밝은 대낮에는 거의 활동하지 않던 부류의 야행성 인간들인 탕자(蕩子)와 조폭과 창녀들이 활개를 치는 시간대이기도 하다. 밤의 세계, 밤 문화는 태양이 중천에 떠 있을 때와는 사뭇 다르다. 뒷골목 유흥가에는 네온사인 불빛이 휘황찬란하고, 짙은 화장의 거리의 여자들과 호객꾼들, 흐느적거리는 취객과 연인들이 넘쳐난다. 수차례에 걸친 술자리가 끝나고 집에 돌아가기 위해 몽롱한

269

눈빛으로 택시를 잡거나 대리기사 등을 부르는 진풍경이 연출되는 것이 서시 시간대의 일상이다.

저녁이나 한밤중에 베푼다는 것은 결국 음주가무와 성적인 탐닉 등에 베푼다는 것을 의미한다. 결국 서시(西施)라는 이름을 한마디로 표현하면 즐기는 삶의 자세가 된다. 여기서 서쪽 방향에 베푼다는 뜻의 서시(西施)보다 저녁에 베푼다는 '석시(夕施)'라고 미인의 이름을 표현했더라면 좀 더 이해가 쉬울 것 같다. 그러나 서시(西施)는 저녁인 밤에만 베푸는 것이 아니라 대낮의 휴식 시간이나 휴일에도 베푼다는 포괄적인 의미를 지닌다. 쉬는 날에는 등산, 자전거, 여행, 축구, 낚시, 영화감상, PC 게임 등 수많은 취미생활을 얼마든지 서시(西施)하며 아름답게 보낼 수 있기 때문이다. 일부 바람난 남녀들은 지인들을 피해 대낮에도 교외로 나가 맛있는 음식과 술을 곁들여 먹은 후 한적한 모텔에서 서시적인 쾌락을 즐기기도 한다. 생활에 여유가 있는 계층은 해외로 나가서 느긋하게 서시와 함께 뒹굴기도 한다.

지금까지 우리는 왜 서시가 진짜 미녀인 줄만 알았을까?

서시는 인생을 여유롭게 즐기며 사는 자세를 의미한다. 이런 의미를 몰랐을 때는 그녀가 지상 최고의 미녀 중에 한 명이었다. 그러나 그런 의미를 알고 난 다음에도 지상 최고의 미녀라는 그녀의 지위에는 흔들림이 없다. 예나 지금이나 재밌고 즐거운 향락적인 생활을 마다할 사람들이 없기 때문이다. 그녀를 사랑하고 환영하는 지지층이 전 세계적으로 광범위하여 미인투표라도 하면 그녀가 압도적으로 표를 많이 받고 최고 미녀가 될 것이다. 그녀는 우리가 진짜 미녀인 줄 알았던 것이 아니라 진짜 미녀였다.

사람들은 자신이 살아있다는 사실만큼 서시를 정서적 아내로 두고 있는 것도 사실이다. 다만 너무 익숙해져 있기 때문에 이를 의식하지 못하고 있을 뿐이다. 그래서 지인들과 만나서 음식 잘하기로 이름난 집에 가서 한잔하고, 시간 되면 노래방 등으로 2차를 가고, 3차로 당구장에 가는 것도 서시적인 생활이다. 이 과정에서 노래방이나 유흥주점에서 도우미나 접대부를 추가하면 말 그대로 주색잡기의 향연이 벌어진다. 서시는 이름 그대로 퇴근 후 저녁에 베푸는 삶, 즐기며 살아가는 삶이 그녀의 정체성이요, 본 모습이다.

그러나 즐겁게 사는 것도 좋지만 일은 등한시하고 하루 종일 서시만 끼고 살면 방탕해진다. 그래서 중국 고사를 보면 월나라 왕 구천(句踐)이 앙숙 관계에 있는 오나라 왕 부차(夫差)에게 서시를 보낸다. 이것은 부차로 하여금 서시가 상징하는 방탕한 생활에 푹 빠지게 함으로써 개인적인 능력이나 국력의 향상 발달을 등한시하게 하는 계략이다. 매일같이 술 마시며 놀자 판으로 살게 되면 개인이나 국가

모두 경쟁력을 유지할 수 없어 망하는 것은 시간문제이다.

고대 그리스와 트로이 두 나라가 국가 존립의 명운을 걸고 10년에 걸쳐서 전쟁을 벌였다. 그 원인이 헬레네(Helene) 라는 미모의 한 여성을 되찾기 위한 전쟁이었듯이 남성들은 결코 미모의 여성을 포기하는 법이 없다. 서시가 실제로 아름다운 여성이었다면 월나라 왕 구천이 그녀를 오나라 왕 부차에게 보내지 않고 자신이 직접 품고 살았을 것이다. 서시는 여자 스파이가 아니다. 오나라 왕 부차가 음주가무하며 방탕한 생활에 빠져 나랏일을 등한시함으로써 부정부패가 만연하고 국력이 쇠약해져 결국 멸망의 길을 걸었음을 역사가 말해주고 있다.

동시(東施), 일만 하는 일벌레

우리말에 '빈축을 사다' 는 말이 있는데 서시와 관련된 고사성어에서 유래한 말이다.

중국의 미인 서시는 가끔 위장병으로 고통을 받았는데, 증세가 나타나기만 하면 손으로 심장 근처를 누르고 눈살을 찌푸리곤 했다. 그런데 서시가 아픔을 참으려고 눈살을 찌푸리는 모습까지도 사람들은 아름답다고 말했다. 인근 마을에는 동시(東施)라고 하는 아주 못생긴 여자가 살았다. 어느 날 서시를 보고는 두 손으로 심장을 누르고 눈살을 잔뜩 찌푸린 채 마을을 돌아다녔다. 마을 사람들은 이 모습을 보고 놀라서 다들 달아나거나 숨었다고 한다.

　빈축은 '눈살을 찌푸리고 얼굴을 찡그림'이라는 뜻이다. 못생긴 여자가 미인 서시의 행동을 따라 하면 예뻐 보일까 봐 따라 한데서 유래한 말이다. 여기서 서시(西施)를 따라 했던 못생긴 여자의 이름이 동시(東施)라는 사실이 중요하다. 서시와 동시는 같은 마을에 살았는데 마을이 서쪽과 동쪽으로 갈라져 있었다고 한다. 서시는 서쪽 마을에 살아 서시(西施)가 됐고, 동시(東施)는 동쪽 마을에 살아 그렇게 불렀다고 한다. 한자를 액면 그대로 해석하면 서시(西施)는 서쪽에 베푸는 여인이요, 동시(東施)는 동쪽에 베푸는 여인이다. 따라서 이름만 보고도 두 사람이 정반대의 가치관을 지녔음을 알 수 있다.

　서시는 해가 진 저녁 시간대에 술 마시고 노래하며 쾌락을 추구하는 삶의 자세라 했다. 동시(東施)는 해가 뜨는 동쪽 시간대에 베푸는 삶의 자세다. 대부분의 사람들에게 있어서 새벽이나 아침 시간대는 하루 일과를 준비하고 부지런히 일해 나가는 시간대다. 술에 절어 사는 알코올 중독자가 아니면 아침 시간대부터 술 마시며 방탕한 생활을 하는 사람은 없다.

　서시적인 사람은 퇴근 후 딱 한 잔만 하겠다던 다짐이 일단 한잔이

들어가면 물거품이 된다. 2차, 3차로 이어지며 네, 다섯 시간이 훌쩍 지나가며 자정을 넘기기가 일쑤다. 그래서 다음날 과음과 수면 부족으로 피곤하여 얼굴에는 "나 어제 술 마셨어요."라는 표정이 역력하게 나타난다. 이런 사람들은 하루가 오전과 오후로 되어 있는 것이 아니다. 오전, 오후, 그리고 야밤이 있다. 즐기며 방탕하게 사느라 남보다 반나절이나 한나절을 더 살고 들어간다.

반면에 동시적인 사람은 새벽에 일어나서 한두 시간 하려던 일이나 공부에 재미가 붙어 조금씩 늘어난다. 궁금한 것을 더 알려거나 기왕에 내친김에 좀 더 일하려는 마음이 생겨서 역시 서너 시간씩 하게 된다. 이런 유형의 사람은 하루가 오전과 오후가 아니라 새벽, 오전, 오후가 된다. 남보다 거의 반나절을 더 살고 나오는 사람들이다. 그래서 동시적인 사람도 피곤하기는 마찬가지이다.

그러나 서시적인 사람이 쾌락적인 삶을 즐기고 난 후 느끼는 피로감과 동시적인 사람이 부지런히 일하고 난 후 느끼는 피곤함은 다르다. 서시적인 피로감은 자신의 행동에 대한 후회와 자책이 곁들여지는 피로감이다. 반면에 동시적인 피로감은 무엇인가를 성취할 수 있다는 자신감을 느끼게 해주는 피로감이다. 어떤 삶의 자세를 지녔는가에 따라 이처럼 하루 중 많은 시간을 소비하는 방식이 달라진다. 이것이 수십 년에 걸쳐서 축적되게 되면 후일 두 사람의 모습은 하늘과 땅처럼 차이가 나기 마련이다.

동시처럼 살아가는 사람들 입장에서는 서시처럼 행동하는 사람들이 맘에 들 리 없다. 그들의 눈에는 서시 같은 사람들이 일은 안 하고 밥이나 축내는 '식충이'나 '기생충', 남들 일할 때 그늘에서 노래나 부르는 '게으름뱅이 베짱이' 정도로 느껴진다. 따라서 동시적인 사람들이 건달처럼 사는 서시적인 사람들에 대해 눈살과 얼굴을 찡그리며 인상을 쓰는 것이 당연하다. 여기서 동시빈축(東施嚬蹙)이라는 고사성어가 생겨난 것이다. 동시라는 못생긴 여자가 서시의 행동을 단순히 따라 한 것이 아님을 알 수 있다.

이솝우화 〈개미와 베짱이〉이야기에서 여름 내내 그늘에서 노래만 하던 베짱이가 추운 겨울에 굶어 죽게 되자 개미를 찾아가 도움을 청했다. 오늘날에는 개미가 베짱이를 불쌍하게 여겨서 먹을 것을 나눠 준 것으로 변경되어 있지만 원전에서는 도움을 주지 않는다. 개미는 베짱이에게 "여름에는 노래를 했으니 겨울에는 춤이나 추렴." 하면서 도움을 거절했다. 여기서 춤을 추라는 것은 여름에 놀아댔으니 추운 겨울에는 몸을 떨면서 고생해보라는 의미이다. 이처럼 열심히 일하며 사는 동시나 개미 같은 사람들은 놀기 좋아하고 게으른 사람에 대해 인상을 찡그리며 빈축을 한다. 서시 같은 사람을 미워하는 의미도 있지만 그런 서시적인 행동을 용납하면 자신도 물들고 방탕해질까 봐 작동되는 경계심의 일종이다.

서시와 동시를 양 무릎에 두고 사는 것이 워라밸

쾌락을 추구하며 방탕하게 살아가는 서시는 최고의 미인으로 대접받는다. 그러나 하루 종일 고되게 일만 하는 동시는 추녀(醜女)라고 일컬어진다. 이를 통해 쾌락적인 삶과 일만 죽도록 하는 삶에 대한 사람들의 태도와 가치관을 엿볼 수 있다.

다람쥐 쳇바퀴 도는 것 같은 평범한 삶을 살아가는 회사원들은 복권이라도 당첨되어 직장을 당장이라도 그만두고 싶다. 국내외 여행을 수시로 다니며 멋진 풍광과 식도락을 즐기는 여유 있는 삶을 갖고 싶어 한다. 이런 여유 있는 삶은 누구나 원하고 사랑하며 갖고 싶어 한다. 그래서 서시는 만인에게 사랑받는 미인이다. 반면에 하루 종일 개미나 소, 당나귀처럼 죽도록 일만 하는 사람들도 있다. 간단한 식사로 끼니를 때우고 장시간 일벌레처럼 일만 하거나 거친 중노동을 하는 것을 좋아할 사람들은 없다. 그래서 동시는 대부분의 사람들이 싫어하는 추녀로 표현된다.

그러나 살아가는 데 있어서 서시만을 끼고돌며 애지중지하거나 반대로 동시만을 그렇게 해서도 안 된다. 인생을 전체적으로 놓고 볼 때 사람은 제대로 일할 줄도 알아야 하고 동시에 놀 줄도 알아야 한다. 그래서 두 여인 서시와 동시를 대할 때는 중용의 도가 필요하다. 어느 한쪽으로 치우치지 않고 두 여인을 각각 좌우 무릎에 앉히고 사랑하며 생활해 나가는 것이 진정한 워라벨이 아닐까?

07

사무(四冊), 도심 속
자연인으로 살기

산속 자연인들이 나름 건강하게 사는 이유

중년 남성들이 많이 보는 방송 프로그램 중의 하나가 산속에서 혼자 살아가는 자연인에 관한 것이다. 그들은 정글 소년 모글리처럼 태어날 때부터 산속에 살게 된 것은 아니다. 사회생활을 한창 하다가 인생의 굴곡진 시기에 아픈 상처를 안고 산속으로 들어온 사람들이 많다. 거꾸로 말하면 세상살이에 별문제 없고 행복하게 살았으면 산속으로 들어와서 굳이 자연인이 되지 않았을 사람들이다.

자식들은 공부 잘하고, 부모님은 건강하고 경제적으로도 문제가 없고, 자신이 하는 사업도 잘 될 때는 시간 가는 줄 모르고 행복하게 산다. 그러나 예로부터 인간만사새옹지마라고 했다. 세상살이를 하다 보면 사기와 배신, 연속되는 사업실패로 인한 신용불량과 파산, 암과 같은 불치병, 사랑하는 사람의 갑작스런 죽음 등과 같은 불행의 문이 열릴 수 있다. 이렇게 되면 세상과 문명 생활에 대해 뼛속 깊은 곳까지 배신감이 느껴져 더 이상 사람들과 같이 살아가지 못하게 된다. 그래서 산속으로 들어가 자연인이 된다.

산속에서 타인과 교류 없이 혼자 사는 생활에는 TV, 자동차, 전등, 시장, 법과 제도, 직장 등 아름답고 매력적인 문명의 이기나 제도가 없다. 이러한 것들이 없기 때문에 그것에 딸려 있던 경쟁심과 질투, 원한, 복수심, 싸움과 송사, 긴장과 불안, 우울증, 죄책감, 열등감, 실패나 실망도 없다. 이와 같은 스트레스에서 오는 각종 질병도 자연스레 감소하게 된다. 산속 생활이 많이 불편하지만 그곳에서 나름 자유스럽고, 건강하고 생동감 있는 자연인으로 살아가게 하는 비결이다.

이처럼 산속으로 들어와 사는 사람들의 가장 큰 변화는 사람을 거의 만나지 않고 문명의 이기를 거의 사용하지 않는다는 것이다. 이렇게 되면 매우 불편하고 외롭겠지만 돈과 재산 등에 대한 물욕과 인간관계에서 오는 스트레스가 줄어들어 마음이 여유롭고 편안해진다. 많은 사람들을 산속 생활로 끌어들이는 멋진 이유가 된다.

사무(四毋), 자유롭고 행복한 삶을 위해 끊어야 할 네 가지

공자께서는《논어》〈자한(子罕)〉편에서 끊거나 없애야 할 네 가지 것으로써 '절사(絶四)'를 강조했다. 오늘날 유행하는 말로 표현하면 행복하고 여유로운 삶을 살아가기 위해 내려놓아야 할 네 가지 자세라 할 것이다. '절(絶)'은 끊거나 단절하다는 의미이다. 없는 것이나 안 하고 있던 생각, 행동, 습관, 중독을 끊거나 단절할 수는 없다. 따라서 공자께서 말씀하신 대상은 우리들이 평소에 너무 많이 하거나 습관적이고 중독되어 있는 것을 끊거나 단절해야 함을 의미한다. 그 대상이 무의(毋意), 무필(毋必), 무고(毋固), 무아(毋我)의 네 가지이다. 먼저 '무(毋)'는 그만두다, 없다, 아니다 등 부정의 뜻을 지닌 한자이다. 따라서 '의(意)', '필(必)', '고(固)', '아(我)'가 의미하는 바를 그만두거나 없애야 한다는 의미가 된다.

먼저 '의(意)'는 뜻, 생각, 의도, 꾸밈, 사욕 등을 의미한다. 사욕추구나 일을 모사(謀事)하고 계략을 꾸미는 마음이다. 이처럼 어떤 일이나 계략을 꾸미고 모사하는 것은 자연스럽지 못하고 인위적인 일이 된다. 그 결과 착오, 오해, 그릇된 판단, 타인에게 해를 끼침 등에 따라 사람 사이에 갈등과 미움이 생기고 실패나 실수를 하게 된다. 따라서 무의(毋意)를 통해 사람들이 의도하거나 모사하지 않고 꾸미지 않고 생각을 내려놓음으로써 자연스럽고 순리대로 살아갈 수 있다.

'필(必)'은 반드시, 꼭, 틀림없다는 의미로써 무엇인가를 반드시 해야 한다는 의무나 강박감을 의미한다. 예를 들어 좋은 대학이나 직장에 반드시 들어가야 하고, 몇 세 이전에는 꼭 결혼해야 하고, 자신이 응원하는 프로 팀이 반드시 우승해야 한다는 강박감이나 의무감이다. 생각보다 이처럼 반드시, 꼭, '틀림없이'라는 절대 부사를 사용하는 사람들이 꽤나 있다. 목표지상주의자, 승부욕이 강한 사람, 도덕적 결벽증을 지닌 사람들이 이에 해당한다.

그러나 세상이 그리 호락호락하지 않아 어떤 일이 반드시, 꼭, 틀림없이 이뤄지기에는 벅차다. 세상일이란 '운칠기삼(運七技三)'이라는 사자성어가 들어맞는 경우가 많듯이 반드시, 꼭 이뤄지기보다 수시로 바뀌고 변수가 생긴다. 그래서 반드시, 꼭, 틀림없이 이뤄지거나 해야 한다는 의무감이나 강박감을 지니고 살면 스트레스를 펑펑 받기 쉽다. 이런 생각이나 자세는 종종 사람을 잡기도 한다. 이를 끊어 내거나 내려놓는 무필(毋必)을 실천함으로써 심리적 압박에서 벗어나 홀가분하고 여유 있는 마음으로 살 수 있다.

'고(固)'는 굳은 마음으로써 유연하지 않은 경직된 생각, 선입견, 편견 등 고정관념이나 자세를 의미한다. 이렇게 되면 사물의 진실을 제대로 볼 수 없게 된다. 그 결과 사람들과 사사건건 갈등을 일으키고 소통하지 못하게 된다. 굳음과 경직됨을 버리는 무고(毋固)를 실천함으로써 유연한 마음이 되며 있는 그대로의 사물을 바라볼 수 있다. 마음이 편하고 자유스럽게 된다.

'아(我)'는 나를 의미하므로 무아(毋我)는 나를 버리거나 내려놓는 것을 의미한다. 다시 말하면 무아(毋我)와 무아(無我)는 거의 같은 뜻이며, 무아지경과도 비슷한 의미가 된다. 나를 버리는 무아지경이 됨으로써 자기 집착 없이 화합하고 소통할 수 있고, 보다 큰 것을 위해 살아갈 수 있다. 이렇게 의도, 의무감, 고정관념, 나에 대한 집착을 내려놓을 수 있다면 이보다 더 좋은 경지도 없다. 마음이 얼마나 편하고 홀가분해지겠는가?

공자께서 말씀하신 네 가지 것을 끊거나 내려놓고 살아가는 사람들이 있다. 바로 산속 같은 오지에서 살아가는 자연인이라 할 것이다. 그들의 삶에는 의도나 꾸밈이 없다. 하루하루 자연과 벗하며 살면 그만이다. 그들의 삶에는 반드시, 꼭, 틀림없이 해야만 하는 의무감, 강박관념이 없다. 변수나 돌연변이가 일어나면 그것에 탄력적으로 적응하며 살아가면 된다. 그들의 삶에는 편견이나 선입견 등 고정관념도 필요 없다. 성별, 태어난 신분, 교육 정도, 자라온 환경, 외모, 추구하는 가치, 실력 등을 파악해야 하는 사람들을 거의 만나지 않기 때문에 편견이나 선입견이 필요치 않다. 특히 산속에서 살면 '나(我)'를 의식하거나 내세우고 집착할 일이 현격하게 줄어든다. 산속에서 모기, 나무, 바위, 구름 등에게 자신을 내세우거나 비교할 일이 전혀 없기 때문이다. '나'라는 개념은 '너'와 '그'라는 관계 속에서 성립된다. 그래서 산속에 혼자 있으면 자연히 무아(毋我)나 무아(無我)상태가 쉽게 형성된다.

모든 사람들이 육체적인 불편함을 감수하고 마음 편히 살기 위해 산속에 들어가 살 수 있지만 그것이 바람직한 세상도 아니다. 그렇게 되면 지금까지 단 한 번도 거꾸로 흐른 적이 없다는 시간과 인류 문명이 뒷걸음쳐서 다시 선사시대로 돌아갈지도 모르기 때문이다. 따라서 산속에 들어가지 않고도 자연인처럼 사는 자세를 터득하는 것이 세상을 위해서는 더 바람직하다 할 것이다. 그 방법이 바로 공자께서 말씀하신 무의, 무필, 무고, 무아의 사무(四毋)를 내가 살고 있는 현 위치에서 실천하는 것이다. 특히, 요즘은 눈만 뜨면 마주하게 되는 SNS상에서 악플이 난무하여 이에 시달리고 상처받는 사람들이 많다고 한다. 심지어 자살까지도 하는 사람들도 간혹 있다. 이럴 때도 4무(四毋)적인 자세로 마음을 비우고 내려놓으면 좋겠다는 생각이 든다.

우리는 평소에 '의(意)', '필(必)', '고(固)', '아(我)' 상태에 처해있거나 습관 되어 있고, 중독되어 있음을 자각해야 한다. 그래야 그것을 끊어 내거나 버릴 마음을 가질 수 있기 때문이다. 4무(四毋)를 실천한다는 것을 한마디로 표현하면 마음을 비운다는 의미이다. 마음을 비우게 된다면 그곳이 산속이나 번잡한 도시 어디든 간에 마음이 여유롭고 평화로울 수밖에 없다. 공자께서는 매사에 법도를 넘지 않았

다는 자기 자랑 대신에 이처럼 대중들이 마음의 평안과 행복을 찾아
가는 길을 구체적으로 제시한 실천가이다.

지천명이 되었으니 이제 영혼의 집 장만 정도는 하고 살자

몸뚱이는 고가의 고층 아파트나 경치 좋은 곳에 위치한 고급빌라
에 살아도 영혼이나 인격은 반지하 월세방에 사는 사람들이 있다.
인격적, 정신적으로 성숙하여 독립적이고 충만하지 못하면 영적인
무주택자나 다름없게 된다. 영적인 반지하 셋방살이를 하게 되면 영
혼에 밝은 햇살이 들지 않아 어둡고 불편하고 불만과 스트레스가 쌓
이게 된다. 이렇게 마음이 편치 않고 알 수 없는 불안감이나 열등감
으로 가득 차 있는데 몸뚱이만 편한들 무슨 소용 있겠는가?

우리는 타인이 어떤 집에 사는지 그가 말해 주거나 그 집에 가보기
전에 알 수 없듯이 타인이 영적으로 어떤 집에 사는지도 알기가 어
렵다. 더 큰 문제는 우리는 자신이 사는 집의 평수나 좋고 나쁨은 알
수 있지만 자신의 영혼이 거주하는 집의 좋고 나쁨은 알기 어렵다는
점이다. 평소 자기 마음이 거주하는 내면의 집에는 관심을 두지 않
고 투자도 거의 안 하기 때문이다. 먹고 마시고 즐기고 성취하기 바
빴기 때문이다. 따라서 인격적 성장은 자신이 영적인 셋방살이를 하
고 있는 무주택자임을 자각하고 내 집을 마련하고자 하는 의지에서

시작된다.

자연인들은 우리가 눈으로 보고 손으로 만질 수 있는 물질적인 집에 집착하지 아니한다. 그들의 물질적인 집은 도심의 잘 지은 집들에 비해 냉난방이나 편의성에 있어서 거칠고 불편하고 형편없다. 벌레들도 수시로 드나들며 친구처럼 지낸다. 그래도 그들이 그곳에서 마음 편하고 행복하게 살 수 있는 것은 그곳에서는 영혼의 집을 넓고 큼지막하게 지을 수 있기 때문이다.

산속에 들어가지 못해도 좋다. 어디에서든지 무의, 무필, 무고, 무아를 네 기둥 삼아 최대한 넓고 큼지막한 영혼의 집을 튼튼하게 지으면 된다. 그곳에 복잡하게 이것저것 들여놓을 필요도 없다. 영혼이 편히 쉴 수 있도록 네 기둥만 잘 세우면 된다. 젊었을 때야 쾌락과 즐거움 찾아 방랑하느라 영혼이 안주할 집이 필요치 않았을지도 모른다. 그러나 지천명 시기만 지나면 영혼이 거처할 집이 필요해진다는 사실을 저절로 알게 된다. 50 평생을 영혼의 무주택자로 살았으면 이제라도 자각하고 내 집 마련에 힘을 써야 자기 자신에게 떳떳한 인간이 될 수 있는 법이다.

우리의 영혼은 욕망과 집착, 편견과 강박적인 마음을 의미하는 의(意), 필(必), 고(固), 아(我)라는 재료를 사용하여 지은 집을 아주 싫어한다. 이런 집에 들어가 살면 잡념과 욕망이 꼬리에 꼬리를 물고 일어나 마음이 편치 못하고 괴로워진다. 그래서 그런 마음을 끊어 내거나 내려놓음으로써 만들어진 무의(毋意), 무필(毋必), 무고(毋固), 무아(毋我)라는 영적인 네 기둥으로 튼튼하게 지어야 한다. 세상에 온갖 집과 쉼터가 있는데 5, 60대 되도록 까지 자신의 영혼에게 편히 쉴 곳 하나 마련해 주지 못하면 어찌 창피하지 않겠는가?

08

천하를 얻고
사마의처럼 산다는 것

자신의 생활을 돌아보고 또 돌아본 랑고상(狼顧相) 사마의

중국의 삼국지를 보면 조조, 유비, 손권과 그의 후손들이 100여 년
간 치열하게 싸웠다. 적벽대전에서는 조조가 100만 대군을 잃었고,
이릉대전에서는 유비가 70만 대군을 잃는 등 각종 전투에서 사망한
병사들만 해도 수백만 명이 족히 넘는다. 이렇게 피 흘리며 싸웠건
만 정작 삼국을 통일하고 천하를 얻은 사람은 엉뚱한 사마의(司馬懿)
와 그의 후손이었다.

세 사람이 서로 치열하게 싸우느라고 힘을 소진하여 사마의와 그
의 후손들이 어부지리(漁父之利)의 효과로 천하를 얻었다고 볼 수도

있다. 그러나 사마의에게는 우리가 평소 주의 깊게 보지 않았던 신체 특성이 한 가지 있었다. 그는 몸통을 전혀 움직이지 않고도 목을 이리나 늑대처럼 180도 뒤로 돌려 볼 수 있는 랑고상(狼顧相)이었다고 한다. 보통 사람들은 목을 90도 정도 돌려 좌우를 볼 수 있다. 뒤를 보기 위해서는 몸통을 같이 움직여야 한다. 이에 비해 사마의는 목이 180도 돌아가니 힘 하나 안들이고 자유자재로 뒤를 바라볼 수 있는 사람이다. 바꿔 말하면 사마의는 앞을 보듯 뒤를 자주 바라보는 사람이다. 뒤를 돌아본다는 것은 자기 자신이나 생활을 뒤돌아봄을 상징한다. 결국 사마의는 앞을 보듯이 자기 자신의 생각, 행동, 자세 등을 쉴 새 없이 뒤돌아봄으로써 천하를 얻었다. 자기 관리에 매우 철저했던 인물이었음을 알 수 있다.

사마의(司馬懿)라는 이름을 직역해 보면, '말을 다루거나 관리하는 것이 훌륭하거나 아름답다'는 뜻이다. 말을 통제하거나 관리해 나갈 때 말고삐의 길이를 어느 정도로 유지하느냐에 따라서 말의 행동이 달라진다. 고삐를 아주 바짝 당겨 말뚝에 묶어 놓으면 말이 거의 움직일 수가 없어서 고통스럽게 된다. 말은 워낙 달리기를 좋아하는 동물이므로 달리질 못하면 욕구불만과 스트레스가 쌓여 병도 생기고 활력도 잃고 사는 게 재미없어진다. 반대로 고삐가 너무 느슨해지면 말이 바른길이나 정도에서 벗어나 주인이나 주변의 비난이 따르게 된다. 아예 말고삐를 놓치게 되면 말이 논밭으로 마구 뛰어다니며 농작물을 망치고, 말발굽으로 사람들까지 걷어차 인간 세상에 피해를 주는 동물로 전락한다.

　이와 같은 말은 사람들이 자기 자신을 관리해 나가는 것에 비유된다. 살아가는 데 있어서 자기 관리의 고삐를 너무 바짝 죄면 금욕 일변도의 생활이 된다. 이렇게 되면 숨이 막히고, 사는 게 재미없다. 욕구불만으로 스트레스를 받아 병이 나기도 하며 무기력한 삶이 된다. 반대로 고삐를 너무 느슨하게 풀어주면 정도에서 벗어나 주변의 손가락질을 받거나 갈등과 죄책감에 시달리기도 한다. 문제는 자기 관리의 고삐를 완전히 놓아 버린 사람들이다. 바로 이런 사람들이 자기 하고픈 대로 하는 사람들이다. 예를 들어 자기 욕구대로 술을 마음껏 마시고 하루 종일 술에 취한 채 길거리에 드러누워 있는 노숙자와 알코올 중독자들이 좋은 사례이다. 이들은 자기관리라는 고삐를 완전히 놓아버려 상식이 통하질 않고 되는대로 살며 횡설수설한다. 그 밖에 도박에 중독된 사람, 일확천금에 눈이 먼 사람들도 자기관리의 고삐를 완전히 놓아버려 그런 중독 상태에서 벗어나질 못한다.

　사마의는 자기 자신이라는 말을 관리함에 있어서 랑고상이 되어 수시로 뒤를 돌아 본 사람이다. 그래서 자신이 고삐를 너무 바짝 쥐고 있음을 발견했을 때는 살짝 풀어주어 생활의 활력과 삶의 재미를 회복했다. 어느 날은 자신의 고삐가 너무 풀려 있음을 발견하고는 살짝 당김으로써 적정한 거리를 유지하여 바른길에서 벗어나지 않게 했다.

　그의 이런 삶은 중달(仲達)이라는 별칭에 잘 드러나 있다. 최고 상태는 아니지만 그에 버금가는 상태에 도달한 사람이라는 뜻이다. 자기 관리에 중점을 두고 살아가는 사람은 최고가 되려고 무리하게 노력하기보다 항상 현실과 자기 자신의 전체를 돌아보고 또 돌아본다. 그도 최고가 되려고 노력하긴 했지만 지금 당장은 자신의 능력이나 여건으로 보아 아니라고 생각되면 억지로 달성하려고 노력하지 않고 한 발을 뺐다. 그래서 사마의는 자신을 낮추고 병이 든 것처럼 은인자중(隱忍自重)함으로써 꾀 많은 조조와 그 후손들의 견제를 피해 살아남을 수 있었다. 결국 여건이 무르익었을 때 정변을 일으켜 조조의 후손 조상(曹爽)을 제거하고 위(魏)나라 권력을 장악하였다. 그 자신이 직접 황제 자리에 오르지는 못했지만 그의 손자가 삼국을 통일하고 황제에 오른 후 그를 선제(宣帝)로 추존했다.

지천명 이후는 공명 보다 사마의의 비중을 높여 나가자

　공자는 70세에 모든 것을 자신이 하고자 하는 바대로 했어도 만사형통(萬事亨通)했다지만 보통 사람들 같으면 만사불통(萬事不通)이 된다. 예를 들어 오늘날 이름만 대면 알만한 유력한 대권후보, 대기업

회장, 세계적인 문인, 종교인들이 천하를 손에 쥐었다가도 자기관리가 안되어 하루아침에 몰락하는 처참한 모습을 볼 수 있다. 이들은 자신의 기분이나 성욕에 따라 행동했다가 단숨에 법도를 넘어서 그렇게 된 것이다. 결국 천하를 얻는 사람은 돈, 권력, 권위, 인기, 세력이 있다고 자기 하고 싶은 대로 하며 사는 사람들이 아니다. 랑고상 사마의처럼 자신을 수시로 돌아보며 자기관리를 아름답고 철저하게 하는 사람들이다.

자동차를 관리함에 있어서 오래된 차일수록 정비소에 자주 가고 부품을 갈아 끼워야 하는 등 더 많은 관리를 해야 한다. 사람도 마찬가지이다. 지천명 시기 이후 나이 먹을수록 관리해야 할 것이 더 많아진다. 눈과 귀, 치아를 비롯해 관절, 심장과 혈관 등 건강관리에 더 신경 써야 한다. 생계와 재정도 잘 관리해야 독립적으로 살아갈 수 있다. 그리고 포스터의 노래 〈올드 블랙 조〉의 가사 내용처럼 젊은 날은 어언 간에 지나고 주변의 친구나 지인들도 하나둘씩 세상을 뜬다. 그런 소식을 들을 때 마다 슬프고 우울해지기 때문에 삶의 의욕도 잘 관리해야 지천명 이후의 시기를 건강하게 지낼 수 있다.

한창때에는 공명을 책사 삼아서 적벽대전을 치르며 삶을 향유해 왔다. 지천명 이후의 시기에도 즐겁고 활기차게 살아가야 하는 것은 맞다. 그러나 이 시기는 공명보다는 랑고상 사마의를 책사로 삼아 인격과 인생을 완성해 나가야 하는 시기가 아닐까? 삼국지도 그렇게 결론이 났다. 공명은 유비를 보좌해서 한중왕(漢中王)과 촉의 황제가 되게는 했으나 통일된 천하를 바치지 못하고 죽었다. 대신 매사에 자신을 되돌아보고 또 돌아본 랑고상 사마의와 그 후손이 천하를 얻었다. 공자께서도 일일삼성하며 자신을 거듭 되돌아보는 랑고상이 되었기에 오늘날까지도 천하 민심을 얻고 있으며 그의 인격은 만고 역사에 빛나고 있다.

사람들은 나름대로 다 잘 살아가고 있다

나이 70에 마음이 욕망하는 바대로 살아가는 부류의 사람들은 어린아이 같은 사람, 동물적인 사람, 치매 환자, 노망난 사람, 정신이 상자 등이라 할 수 있다. 나이 들수록 랑고상이 되는 자세가 필요하다. 자기 자신을 돌아봄으로써 부족한 것은 채워주고, 과한 것은 줄여나가고, 정도에서 벗어났으면 다시 돌아오고, 정도를 가고 있으면 스스로 칭찬하며 계속 그길로 나가는 삶이 바람직하다.

보통 사람들, 대중들 개개인은 집, 자동차, 스마트폰 등을 대부분 갖추고 살아간다. 마찬가지로 대부분의 사람들이 지우학, 종심, 사마의, 공명적인 자질을 실천하거나 갖추며 살아간다. 어떤 사람이 살아있다는 것은 단순하게 숨만 쉬며 그냥 살아있는 것이 아니다. 이런 인생의 지침이나 진실, 좋은 좌우명 등을 생활 속에서 실천하고 있기에 살아있는 것이다. 우리는 공자나 사마의가 지녔던 좋은 덕목, 공명 같은 자질을 실행하며 살아가고 있지만 이를 의식하지 못하거나 정리하지 못하고 있을 뿐이다. 따라서 공자의 종심 이야기나 공명의 적벽대전, 랑고상 사마의 이야기를 통해 자신이 지닌 인격적인 덕목이나 자질을 정리해 볼 필요는 있다.

인생이란 고속도로를 달리는 운전자와 같다. 전후, 좌우 등 항상 주위를 살피며 속도를 준수하고, 안전운전과 방어운전을 해야 목적지에 안전하게 도달할 수 있다. 자기 기분 내키는 대로 내달리거나 급차선 변경, 중앙선을 넘나들면 사고가 발생한다. 여기에 더해 음주하고 역주행을 하거나 스마트폰 보면서 운전하다 보면 대형사고로 이어져 중상을 입거나 제명대로 못살고 세상과 일찍 하직하게 될 수도 있다. 운전할 때는 내가 아무리 조심하고 삼가도 상대방이 와서 내 차를 들이받기도 한다. 현실적인 상황이 이러한데 하고 싶은 대로 운전을 하면 대책이 없고 패가망신하기 쉽다. 인생의 고속도로에서는 삼가고 살피며 안전을 최우선 삼아 달려 나가야 한다. 사실 대부분의 사람들이 자기 인생의 고속도로에서 안전하고 성실하게 운전해 나가고 있다.

우린 재물뿐만 아니라 인격적으로도 이미 충분히 많이 가지고 있기도 하다. 과욕을 버리고 분수에 맞게 살고 있으며, 겸손하고, 성실하고, 삶이 자신을 속일지라도 인내하고 있으며, 아무런 대가 없이 이웃 간의 사랑도 실천하고 있다. 때론 불의를 참지 않고 위험을 무릎 쓰고 용기도 내고, 사회개혁에 적극 동참하기도 한다. 뚜렷한 주관과 독자적인 사고방식을 갖고 정의롭고 바르게 살아가려고 노력한다. 또한 자신을 주기적으로 돌아보며 수정하고 개선하고 발전을 도모해 나간다. 이 정도면 인격적으로 충분하다. 다들 사회구성원으로서의 제 역할과 몫을 충분히 수행하며 훌륭하고 행복하게 살아가고 있다. 이런 사람들을 굳이 "나는 70에 마음이 하고 싶은 대로 했어도 법도에서 벗어남이 없었다."는 말로 현혹시키고 흔들어 놓을 필요가 없다. 우린 모두가 사람의 자식 공자(孔子)이고, 생로병사의 길을 경건하게 걸어가는 다 같은 인간이다. 낡고 오래된 생각을 무너뜨리고 밝고 새로운 생각을 정립해 나가면서 당당하게 살자. (수고하셨습니다.)

우리가 지금까지 알고 있던
공자와 공명, 적벽대전, 고사성어 등에도
뻐꾸기알들이 너무 많이 들어있다.
그것들을 그대로 받아들여 내 생각의 둥지 안에서
아무런 의심 없이 키워왔던 것이다.
이제는 우리의 생각의 둥지에서 내 자식이 아니며
가짜에 해당하는 뻐꾸기알들을 골라내
밖으로 힘껏 던져버려야 한다.

두 구멍 이야기

초판인쇄	2019년 12월 24일
초판발행	2019년 12월 30일
지은이	모봉구
발행인	조현수
펴낸곳	도서출판 더로드
마케팅	이동호
IT 마케팅	신성웅
디자인 디렉터	오종국 Design CREO
ADD	경기도 고양시 일산동구 백석2동 1301-2
	넥스빌오피스텔 704호
전화	031-925-5366~7
팩스	031-925-5368
이메일	provence70@naver.com
등록번호	제2015-000135호
등록	2015년 06월 18일
ISBN	979-11-6338-057-3 03810

정가 15,000원

파본은 구입처나 본사에서 교환해드립니다.